Musicien, dramaturge, romancier, poète, chroniqueur de presse, adjoint à la culture de sa commune pendant vingt-cinq ans, où il a créé un Salon du livre, ***Bernard Duporge*** *est résolument tourné vers les arts. Dès son premier roman,* Les Pins de la discorde, *paru en 2001, il insuffle à son écriture sa passion pour l'histoire, de la grande à la petite, celle qui fait le quotidien des gens. Il a reçu le prix Saint-Estèphe 2011 pour* Le Tambour de Lacanau, *ainsi que le prix ARDUA en 2007 pour* Le Mal des marais.

MARIA
DE LA LANDE

Du même auteur

Aux éditions De Borée

L'Année des treize lunes
L'Ombre du lilas
La Cabane du berger
La Fiancée des sables
La Sans Pareille
Le Tambour de Lacanau, prix Saint-Estèphe 2011
Les Amants de la lagune
Les Pins de la discorde

Autres éditeurs

Des remous dans l'air bleu
Histoires peu ordinaires à Lacanau
Humeurs de Duvallon
La Maison du passé
La Saison des épinards
Le Mal des marais, prix ARDUA 2007
Le Prix de la terre
Les Amants du Médoc
Les Culottes courtes
Les Racontars du Courtioù
Les Silences de la sorcière
Un été de braise

TERRE DE POCHE
45, rue du Clos-Four – 63056 Clermont-Ferrand cedex 2

BERNARD DUPORGE

MARIA DE LA LANDE

de Borée
TERRE DE POCHE

On ne peut pas changer les gens, tu sais,
on peut juste leur montrer un chemin,
puis leur donner l'envie de l'emprunter.

Laurent GOUNELLE

Le caractère de la véritable grandeur est la simplicité.

Henri François d'AGUESSEAU
Maximes et Pensées (1751)

Les bons sont joyeux dans leur pauvreté,
et les méchants sont tristes au milieu de l'abondance.

Poème oriental

I

FRANÇOIS EST SUR LA LANDE. Autour de lui, le vide à perte de vue. À perte d'horizon. Au couchant, l'ombre d'une dune, comme dessinée sur un fond de ciel, rehausse légèrement le décor. Le vent cingle son visage. Il s'est levé pour aller chercher la pluie, les vieux le disaient. Ici, rien n'est fortuit, ni le vent ni la pluie. Tout s'assemble dans ce pays de misère. Parfois même, entente curieuse, le ciel rejoint le marais pour ne faire qu'un et déclenche les éléments. Les bêtes le savent, qui s'énervent avant l'orage. « Elles ont le savoir de la terre et du ciel, disait le grand-père, rien ne leur échappe. » L'instinct est plus fort que tout. En gros choux-fleurs, les nuages s'amoncellent de plus en plus. Un bout de rayon de soleil les rougit à outrance. Presque violet. Ils ont des joues d'homme en colère.

Un éclair épais vient rayer le ciel. D'un trait de lumière, il a marqué son territoire. C'est là qu'il va s'installer. C'est là qu'il va déclencher son tonnerre. Plus tard, il s'en ira au loin, mais pas avant d'avoir détrempé le sol. Pas avant d'avoir noyé les chemins de terre, les transformant en *hagne* glissante. Pas avant d'avoir hurlé sa violence, dérangeant l'habituel silence des lieux. Pas avant d'avoir fait peur aux enfants. Aux vieilles femmes. François pense à mémé. Elle fera brûler un cierge long et fin qu'elle a fait bénir le jour des Rameaux, en prévision des coups de tonnerre. Elle dit que ça éloigne l'orage, et donc le danger. Pourquoi pas ? Ça la rassure. Le mauvais temps passé, elle soufflera la flamme avec un sourire entendu, un sourire qui voudra dire : alors, vous voyez bien que ça y fait.

L'orage est là, maintenant. Il faut rentrer les moutons au *courtioù*[1] le plus proche. Celui de Mistre est à deux pas. Vite. À grandes enjambées d'échasses pour les faire courir, aidés des chiens qui leur aboient au train, ils vont vite. La peur du bruit, subit, dans la quiétude familière des lieux, propulse le troupeau vers l'abri. Vers la sécurité. Le danger n'est plus loin maintenant. Un violent coup d'orage, fracassant tout, les fait se précipiter encore plus. L'abri est là, porte ouverte, qui les attend. Ils se collent les uns aux autres, ne laissant plus passer la peur entre eux. Les chiens, oreilles tirées en arrière, langue pendante, regardent le berger. On dirait qu'ils lui sourient. Qu'ils expriment leur contentement d'avoir réussi leur mission. Le grand-père prétendait qu'ils savaient tout. Qu'ils comprenaient tout.

— Petit, il ne leur manque que la parole à ces bêtes. Je me demande même… disait-il en s'éloignant.

---

1. Courtioù : *bergerie trapue avec toit à trois pentes, avec une grande ouverture placée à l'est, évitant les vents dominants d'ouest.*

Non, grand-père ne les avait jamais entendus parler. Enfin, François ne croyait pas. Mais les vieux avaient vu tellement de choses ! Compris tellement de choses ! « Maintenant, regrettait-il d'un air las, je le sais bien, on veut tout expliquer. Tout. Eux se contentaient d'observer. En toute simplicité. Avec leur logique. » Malgré la hauteur de ses échasses, c'est vrai que ses chiens sentaient souvent les choses avant que le berger ne les voie. Ils n'avaient jamais parlé bien sûr, même si parfois il pensait, lui aussi, qu'il ne leur manquait que la parole, tellement ils se comprenaient, tellement ils exprimaient leurs sentiments. Le grand-père expliquait que la parole était née parce que les gens ne se comprenaient pas, alors, les grognements ne suffisant pas, il avait fallu trouver des mots pour communiquer. Mais il savait aussi que, parfois, on ne choisissait pas les bons mots et que, du coup, la parole ne servait à rien. François comprenait le grand-père. C'est vrai que sur la lande, seul comme il était, il avait le temps de réfléchir. D'imaginer. Parfois aussi, il se parlait à haute voix et croyait, à cause de ça, perdre la raison. La solitude n'avait pas que du bon, elle isolait de tout, parfois de soi-même. Il ne promenait que son troupeau dans l'espace de la lande, rien d'autre. Enfin, c'est ce que tous croyaient. Pour beaucoup, un berger n'était qu'un ignorant. Un sauvage sale et miséreux qui ne couchait que dans le foin ou dans la paille. Comment prendre au sérieux ces hommes, debout sur leurs échasses, se calant le dos à un grand bâton en regardant brouter leurs moutons tout en tricotant leur laine noire, cette laine que leur refusaient les marchands et qu'ils gardaient pour eux afin de se faire d'épaisses chaussettes ? Oui, comment ? Cependant, François ne savait pas que tricoter, il savait faire une décoction avec les plantes qui guérissaient une plaie avant que l'humidité du marais ne l'aggrave. Il savait faire des tisanes pour le mal de gorge qu'on attrapait facilement dans cette humidité qui rongeait tout. Il savait guérir les abcès. Il savait aussi soigner le mal de patte d'un mouton fatigué. Remettre en place un membre déboîté. Apaiser un muscle fatigué.

Soudain, dans les coups d'orage, François entend des cris poussant des bêtes.

— Té vous autres, té, té !

Les chiens ont dressé l'oreille. François regarde dehors. Il s'inquiète. Au loin, une forme court en menant des bêtes. Oh, c'est Maria qui arrive avec son troupeau. Il lui crie de loin qu'elle peut venir. Qu'il y a de la place pour elle.

— Viens vite te mettre à l'abri !

Maria est trempée. Ses longs cheveux bruns ondulés dégoulinent sur ses épaules. Son foulard aussi ruisselle. Comme elle est belle, Maria. Comme elle est belle. Mouillée comme ça, sa robe lui colle au corps et fait ressortir sa silhouette. Maria ne sait pas que François l'aime. Il n'a jamais osé lui dire. Depuis toujours, il la regarde. Il l'appelle Maria de la lande. Il se rappelle ce soir de Noël où il fut sûr de lui : la Sainte Vierge de la crèche lui ressemblait. Aussi douce. Aussi jolie. Maintenant, il savait que c'était vrai. Ses yeux noirs brillaient dans la pénombre de l'orage. Elle paraissait inquiète. Il lui demanda doucement :

— Tu as peur de l'orage, Maria ?

Non, lui répondit-elle en s'énervant, elle n'avait pas peur, mais une de ses bêtes boitait et ça l'inquiétait bien plus que cette tempête qui arrivait. Elle jeta un coup d'œil dehors.

— Le mois de juin est bien là avec ses orages.

Celui-là s'installait. Il durerait. À cause de lui, ils allaient passer la nuit dans ce courtioù, leurs troupeaux séparés par une balustrade de planches. Il ne fallait pas les mélanger.

— Si tu veux, Maria, je vais la soigner ta *tioque.*

— Au village, on dit que tu as le don pour les bêtes, c'est vrai ?

Oui, il le possédait, hérité de son vieux parrain qui lui avait enseigné. On venait parfois à sa rencontre pour un mouton qui boitait. Un jour, même, il avait soigné le cheval d'un *moussu*[1], une belle bête qui clopinait vilainement. Pour sa peine, il lui avait donné une pièce d'argent. François l'avait toujours, cousue dans un pan de sa chemise. « C'est mon porte-bonheur », disait-il. Peut-être qu'un jour la chance lui apporterait autre chose que des violents orages sur la grande lande. Lui apporterait le courage de dire à Maria qu'il l'aimait parce qu'elle était belle et qu'il aurait souhaité la marier.

Maintenant, les nuages, noirs et épais, touchaient presque le sol. François se demandait s'ils n'allaient pas l'avaler. Les vieux racontaient parfois que, dans ces contrées, des troupeaux avaient disparu sans laisser de trace. Mais c'était il y a longtemps. Du temps où les sorciers couraient la lande les soirs d'orage, cherchant les égarés pour les livrer au

1. Moussu : *monsieur en patois ; lou moussu : le monsieur.*

diable. C'était pour ça, affirmaient-ils, que des feux follets s'échappaient parfois des marais. C'étaient des égarés qui arrivaient à monter au ciel, en se libérant de la tourbe dans laquelle le mauvais sort les y avait enfermés. Une âme, c'est comme une flamme. Ça vacille, mais ça finit toujours par repartir d'où ça vient. On ne peut rien contre ça. La loi de la nature se complète avec la loi de Dieu. Enfin, c'est ce qu'il pensait. Pourquoi ? Il ne savait pas. D'ailleurs, est-ce que vouloir tout expliquer avait du bon ?

Maria ne croyait pas à tout ça. Maria était forte. Plus que lui. Pour les feux follets, elle ne savait pas trop. Pour les âmes, elle disait qu'elle s'en moquait. Que c'était foutaise et compagnie, son père lui avait affirmé. François n'osa pas la contredire.

Son père ! Félicien Tastet. Il passait au village pour fort en gueule, bouffant du curé à chaque occasion. Même le jour des rogations, il lui riait au nez pendant la procession. Le curé bénissait quand même la maison. Félicien rigolait très fort, mais laissait sa femme Madeleine mettre des œufs et du lard dans le panier du brave homme.

— Je me fous de sa religion, disait-il, mais l'homme doit manger.

Aux enterrements, il n'entrait jamais dans l'église.

— Je suis libre-penseur, affirmait-il avec force.

Ils étaient quelques-uns comme lui dans le village. Le Vendredi saint, pour fanfaronner, ils se réunissaient pour manger l'entrecôte, tandis qu'ailleurs on faisait maigre et on mangeait de la morue pour ceux qui pouvaient en acheter, et des poissons de l'étang pour les autres. Mémé secouait la tête. Un jour, ils paieraient cher leurs moqueries. Elle ajoutait en se signant que ces mécréants n'avaient pas intérêt à se promener dans la lande un jour d'orage, sinon !

La tioque de Maria avait l'épaule démise. Après l'avoir frottée énergiquement pour la chauffer un peu, François, d'un coup sec, la remit en place. Demain, elle irait mieux.

— Merci, dit Maria. On ne m'avait pas menti. Tu as le don.

Maria avait dit son merci accompagné d'un sourire. Ça valait toutes les pièces d'argent du moussu. « Je ne coudrai pas ce merci ni le sourire dans mon pan de chemise, pensa-t-il, mais dans mon cœur de berger. »

Sans répondre, il sortit un pain de son sac de toile, un oignon, de l'ail et un morceau de lard. Il lui proposa le partage. Elle en prit un morceau, éplucha une gousse, frotta son pain, tandis qu'il coupait une tranche fine de lard en s'excusant :

— Il doit me faire la semaine.

— Merci, dit-elle en la prenant.

Puis elle éclata de rire :

— Une belle rencontre et un repas de fête.

Qu'elle était belle quand elle riait. Il avait honte d'être si maladroit. Si timide.

— Tu ne rentres pas chez toi ce soir, Maria ? Ils vont s'inquiéter, non ?

Non, avec ce temps, Maria ne rentrerait que demain. Ses parents étaient confiants, elle savait faire face. Ils la connaissaient assez prudente pour éviter de se promener sous l'orage ou la nuit. Il y avait une foire dimanche, au village voisin, son père y vendrait quelques bêtes, elle devait les ramener, mais demain y suffirait.

L'orage finit par se calmer. Le ciel, lavé, avait retrouvé ses étoiles.

— C'est beau.

— Comme un ciel, trancha Maria en riant.

François ne retint pas ce rire, il ne l'avait pas aimé. Il l'avait trouvé ironique.

Il était temps de se souhaiter la bonne nuit.

— Bonne nuit, Maria.

— Fais de beaux rêves, répondit-elle.

Il ferait sans doute le rêve d'épouser Maria. Quel autre aurait-il pu faire ? Il se coucha sur la paille, en pensant qu'elle ne l'aimerait jamais. Une larme silencieuse coula sur sa joue avant qu'il ne s'endorme, tandis qu'elle, paisible, entamait une nuit sereine.

Le lendemain matin, Maria partit poussant ses moutons. En la regardant s'éloigner, le berger mesurait la différence entre eux. Lui, François Hostein, le fils du bossu, n'était rien. Juste un jeune berger qui gardait les moutons des autres. Juste un jeune berger qui promenait le troupeau des landes de Talaris aux landes des Porges, en passant par celles de Méogas, de Méjos et de Mistre. Par tous les temps. Par tous les vents. Rien d'autre. Il connaissait des étés caniculaires et des hivers gelés. Des marais pullulant de moustiques et des landes humides porteuses de fièvre. Il ne s'arrêtait que quelques jours par an, le temps d'assister aux fêtes carillonnées. Il ne connaissait que des draps de bruyère dans lesquels il passait des nuits en solitaire, se ravitaillant au gré des villages traversés, pour acheter une maigre pitance. Mais bon, il avait choisi ce métier. Il lui permettait de ne pas être à la charge de ses parents, ils avaient du mal à joindre les deux bouts. Fils simple, d'une famille simple, ce métier de berger lui convenait parfaitement. Il n'ennuyait personne, ne se disputait avec personne. Cependant, il ne comprenait pas, lui, le discret, lui, le sans-manière, pourquoi un jour des gens lui avaient raconté que son père était né bossu parce que Marthe, sa mère, ne le désirait pas. Qu'elle avait voulu le faire « passer » avec des tisanes à cause d'un homme de hasard qui avait déguerpi aussitôt son forfait accompli. Qu'elle avait englouti des décoctions de sorcière à n'en plus finir. Peut-être même avec du venin dedans. Que ça l'avait chavirée, tout le monde l'avait vu, compris, et que son fils, dans son ventre, en avait souffert. Des vieilles disaient en se signant qu'elle s'était peut-être fait engrosser par un vagabond. Peut-être par un Bohémien un peu sorcier qui l'avait envoûtée. On ne savait pas. Ou on ne voulait pas lui dire.

— Quand on a péché, François, on doit expier.

Alors Marthe avait expié en accouchant d'un petit bossu, et elle avait passé sa vie en solitaire à cause de la bosse de son fils.

Les gens lui avaient dit ces choses. Pourquoi ? Il ne demandait rien à personne. Ça lui était égal que son père soit bossu, ça ne l'empêchait pas de l'aimer. Sa grand-mère Marthe aussi, il l'aimait. Il n'avait qu'un grand-père, et alors ?

François s'était toujours demandé pourquoi les gens lui avaient raconté tout ça. Par méchanceté ? Il ne savait pas. Il les avait écoutés avec une envie folle de s'échapper dans sa lande de silence. Heureusement, Germaine Campet avait trouvé qu'être bossu n'était pas bien grave, elle l'avait épousé. Ils l'avaient fabriqué, lui, qui était né sans bosse. Mais, par la médisance des gens, il était devenu François le fils du bossu, puis carrément François du bossu. Il ne s'en offusquait pas, ça n'aurait rien changé à l'affaire. Il y avait d'autres François au village, comme ça, au moins, personne ne se trompait.

Alors, bien sûr, François le fils du bossu ne pourrait jamais épouser Maria, la fille Tastet. Pourtant, intimement, au fond de lui, il savait qu'un jour il leur montrerait que François du bossu était quelqu'un.

En attendant, ce matin, il faut poursuivre le chemin vers le sud. Le bois de Saoùcounos est à une heure de marche. Peut-être plus. La pluie a attendri l'herbe, les moutons vont se régaler, donc ils vont prendre leur temps pour brouter. Aucune importance, ce matin, il fait bon. L'air embaume des odeurs revivifiées par l'humidité. Les cistes du marais, ces petites fleurs blanches à pistil jaune, commençaient à disparaître en cette fin juin. D'autres fleurs, crevant le sol, les remplaceraient. Il en serait ainsi jusqu'aux grandes chaleurs, qui assécheraient tout de nouveau.

L'abord du bois qui longe l'étang est parsemé de gros touradons, ces touffes d'herbe rehaussées par les racines. Ils forment des *matocs*[1] touffus. L'osmonde royale, fière, côtoie sa cousine, la fougère ordinaire. Ces senteurs mélangées, fines, acides,

1. Matoc : *gros paquet d'herbe sur la lande.*

tenaces, passagères, enchantaient François. Il était dans son domaine. Chez lui. On lui avait raconté que, dans les salons chics de Bordeaux, les dames se parfumaient avec des parfums de riches. Il pensait qu'ils ne valaient pas ceux distribués par la nature.

Le bois était adossé à une frange de sable jaune foncé. Dans un chuintement léger, l'étang lavait régulièrement cette fine couche et, tout sable parti, laisserait apparaître l'alios. Il s'y arrêta, le temps pour ses bêtes de se désaltérer avant de poursuivre vers les Porges. Il y serait sans doute ce soir. L'orage d'hier avait nettoyé le ciel. « Le temps est beau, rien ne presse », se dit-il. En sortant du bois, François se ravitaillerait en eau fraîche au puits de la cabane du Grand Nelson. Berger toute sa vie, le Grand Nelson avait fait de l'endroit un coin clôturé, qui pouvait accueillir les bêtes en transhumance. Le puits lui donnait une eau ferrugineuse mais, additionnée de vinaigre, elle devenait supportable. Il y avait même une petite cheminée pour faire cuire du gibier pris au collet et une paillasse, défoncée certes, qui permettait de passer une nuit meilleure qu'à la belle étoile. Maintenant, les rhumatismes et les multiples douleurs, sans doute dues à sa vie dans le marais, interdisaient au Grand Nelson toute activité. Il y venait de temps en temps, mais n'y habitait plus. Il finissait sa vie chez sa fille à Cantelaude. Il n'aimait pas trop son gendre, mais bon, la vieillesse l'obligeait à accepter des choses qu'il ne tolérait pas autrefois. Mais le gendre aussi vieillissait, il était devenu plus souple. Et comme Camille, la fille, régentait tout, les deux hommes se laissaient guider, et tous y trouvaient leur compte.

La cabane se détachait sur l'horizon. François y serait dans une petite heure. Les jours étaient longs, il fallait en profiter. En approchant de la cabane, les chiens, nez au vent, reniflaient. Ils se mirent à grogner. « Tiens, se dit François, Nelson est là ? » Il s'approcha, heureux de cette rencontre, Nelson était un brave homme. Les chiens se mirent à aboyer avec force. François s'attendait à voir sortir quelqu'un, mais il ne vit personne. Il appela :

— Hé, y a *quaoucun* ?

Il crut entendre un grognement. Il bondit vers la cabane, s'attendant à voir Nelson en difficulté. Sur la paillasse, un homme était allongé.

— N'aie pas peur, berger, je suis blessé.

François s'approcha de l'homme.

— Je me suis salement tordu le pied dans un matoc hier vers midi. J'ai vu cette cabane au loin, je m'y suis rendu, mais je ne peux pas faire un pas de plus. Il me faudrait voir un rebouteux, mais ici, loin de tout, j'ai pas grand espoir. Pourtant, j'ai encore du chemin à faire.

François lui demanda où il comptait se rendre.

L'homme sourit. Il devait se rendre à Soulac, traverser l'embouchure de la Gironde et rentrer chez lui en Saintonge.

Soulac ? Mais que faisait-il par ici, bon Dieu ? Il savait que certains bergers venaient de là-haut pour faire pacager les bêtes dans les prés salés, vers le havre d'Arcachon ou d'Arès, mais il n'avait pas vu de tioques dans les environs.

Devant l'étonnement de François, l'homme sourit.

— Je suis pèlerin.

François comprit alors que l'homme revenait de Compostelle. Il savait que des gens faisaient le chemin, comme ils disaient. Il y avait une statue de saint Jacques dans l'église du village, coiffé d'un chapeau orné d'une coquille et tenant son bourdon de pèlerin. Il en avait déjà rencontré sur la lande. Il savait que ces gens faisaient, pour certains, plus de mille kilomètres à pied pour s'y rendre. Mais pourquoi ? Les larmes envahirent les yeux du pèlerin. Il avait fait le chemin parce que sa femme était gravement malade. Il y a plus d'un an, une neurasthénie, un mal d'être s'était emparé d'elle, qui l'avait mise dans une tristesse quasi permanente. Elle passait son temps à pleurer ou à rester couchée. Ni le médecin ni les guérisseuses du coin n'avaient pu la soigner.

— J'ai pensé que ma Francine était peut-être ensorcelée, mais le curé, avec ses messes, n'a rien pu y faire.

Son quotidien était devenu invivable. Il devait trouver une solution, sinon Francine finirait par mourir. Il avait entendu, par d'autres, que le tombeau de saint Jacques, en Espagne, possédait de grands pouvoirs de guérison. Alors, il y a quelques mois, après avoir amassé le pécule nécessaire à ce voyage, il avait décidé de faire ce long chemin, pour demander la guérison de sa femme.

— Je suis parti de Saint-André-de-Lidon, en Charente, le dimanche à la sortie de la messe, après que le curé m'eut béni.

Il raconta son périple. Soixante-dix jours de marche jusqu'à Santiago, et autant pour revenir, et voilà qu'il était coincé dans cette lande, à cause de sa cheville. Il lui tardait tant de rentrer pour savoir comment allait sa femme qu'il avait laissée avec le plus âgé de ses fils.

— C'est beau ce que tu as vu là-bas ?

Oh oui, c'était beau ! Il avait vu cette cathédrale immense, où le *botafumeiro*, un encensoir géant, se balançait dans toute la nef, en parfumant d'encens les pèlerins en prière. Il avait surtout vu le tombeau de saint Jacques. C'est à lui qu'il avait fait les prières pour Francine.

— Je m'appelle Jean Michaud, mais désormais je vais m'appeler Jean Michaud-Jacquet.

Tout tournait dans la tête de François. Le sacrifice de cet homme l'impressionnait. Quitter son village, sa famille, pour que sa femme guérisse ! Quel courage ! Mais pourquoi Jean Michaud-Jacquet ?

— Parce j'ai fait le chemin de Saint-Jacques, je suis devenu un jacquet ou jacquaire. J'ai mon papier signé qui l'atteste. Ils appellent ça une crédence. Et j'ai ma coquille, ajouta-t-il fièrement.

— Moi, je suis François…

Il n'ajouta pas « le fils du bossu ». Jean Michaud-Jacquet, c'était autrement plus joli que François du bossu.

— Montre-moi ton pied, Jean Michaud-Jacquet.

L'homme, surpris, l'interrogea du regard. François insista gentiment :

— Montre, montre.

Il le palpa. Le pèlerin fit la grimace. Il avait mal. François le frotta légèrement, puis, après avoir allumé un feu, fit chauffer de l'eau. Quand elle fut chaude, il y mit un peu de sel, posa des compresses, faites d'un chiffon trempé dans cette eau, sur la cheville et, tout en le massant, sans prévenir, il tira d'un coup sec sur le pied. Jean Michaud poussa un cri et faillit tourner de l'œil. François lui laissa un linge chaud toute la soirée sur le pied. Le mal partait tout doucement.

— C'est le Ciel qui t'a mis sur ma route.

— Tu ne repartiras pas demain, pas avant deux ou trois jours, sinon le mal reviendra.

Le pèlerin avait l'air contrit. François s'en aperçut.

— Je reste dans les parages avec mon troupeau, tu ne seras pas seul.

François se réjouit de cette compagnie inattendue. Au moins, il aurait à qui parler. Et puis, après un tel périple, le pèlerin avait sans doute beaucoup à raconter.

II

JEAN MICHAUD-JACQUET est parti depuis ce matin. Sa cheville allait bien. Hier, dans la journée, il a marché un moment, pour la tester, et s'est senti désormais en état de faire le reste de sa route. Il espérait être ce soir à Hourtin. Il passerait la nuit à Grayan-et-l'Hôpital demain soir, puis, une fois arrivé à la pointe de Grave, il s'embarquerait vers sa Saintonge natale. S'il trouvait une gabare qui pourrait l'emmener à Meschers, ce serait bien, son village n'était qu'à deux ou trois jours de marche vers le nord-est. Il lui tardait, il se languissait de son épouse. Serait-elle guérie ? Sans doute que non, mais il avait en lui les remèdes.

François ne l'avait pas quitté de quatre jours et avait été largement payé de ses soins. Non pas avec de l'argent, mais avec le récit du pèlerin. D'abord la voix. François pensait qu'elle ne lui correspondait pas. Malgré sa taille et son allure trapue de paysan rustaud et lourd, elle était douce, un peu comme s'il avait laissé sa rudesse dans les ornières du chemin. On aurait dit la voix du curé au sermon du dimanche lorsqu'il parlait du paradis. Jean Michaud-Jacquet racontait son chemin, comme il le nommait toujours, avec un tel bonheur, une telle joie dans les yeux, dans les mots, que c'en était troublant. Il espérait trouver sa femme en meilleure santé à son retour, avec une telle assurance que François lui avait demandé quel médicament mystérieux il avait trouvé en Espagne, pour lui administrer et la guérir.

Jean avait souri. Non, il n'avait trouvé aucun médicament. Il n'en avait même pas cherché.

Alors c'était quoi ? Un simple espoir ? Rien d'autre ? Il risquait d'être déçu, non ?

Non. Ce qu'il avait trouvé était autre chose de plus précis qu'un onguent quelconque, lui avait expliqué le pèlerin en le regardant droit dans les yeux. Il avait affirmé avec force :

— Je me suis trouvé moi-même.

Se trouver soi-même ? Étrange idée. François voulut comprendre. Quel rapport avec une possible guérison ? Lui, par exemple, lorsqu'il soignait une entorse, il savait comment réparer. Il savait à quel endroit du corps appuyer pour que tout rentre dans l'ordre. Il savait quelles herbes apaisaient la douleur. Pour soigner, outre quelques prières, il fallait tout de même posséder des onguents, des plantes. Savoir le processus de guérison. Se trouver soi-même, ça ne voulait pas dire grand-chose pour lui.

— Ma femme est fatiguée par l'ennui qui est tombé sur elle.

L'ennui n'était pas une maladie. Lui aussi parfois, seul dans la lande, il s'ennuyait, mais il savait qu'il verrait des gens plus tard, et son ennui disparaîtrait avec la rencontre.

Jean avait souri.

— Dis-moi, berger, tu es seul toute la journée avec tes moutons. Tu as le temps de penser, non ?

Oh que oui ! Même parfois, ses pensées l'emmenaient loin dans ses rêves les plus fous. Comme celui où il imaginait Maria sortant de l'église à son bras, tout en sourire et en robe blanche, tandis que lui l'admirait. Souvent, ce rêve se transformait en cauchemar, c'était un autre marié qui la tenait par le bras en riant. Mais François dit seulement son rêve au pèlerin. Pas son cauchemar.

— Ah, et elle t'aime, cette Maria ?

François avait baissé la tête et gratté la terre du bout de sa canne de berger sans répondre. Jean n'insista pas. Il avait compris. Il reprit :

— Chez moi, j'y suis rarement. Je travaille dur dans les champs et, à la saison des vendanges, je vais plus haut dans le pays où l'on fait du cognac. J'ai des amis. Je suis de toutes les fêtes. Je vis, je m'amuse tandis que ma femme m'attend. La maison ne risque pas de me tomber dessus, avait-il ajouté en souriant, j'y suis si peu.

Il baissa la tête, confus. Sentant qu'il était honteux, François attendit la suite en silence. Au bout d'un instant, Jean, larmes dans les yeux, avoua :

— L'ennui, ce sont mes absences qui l'ont mis sur elle. Sa tristesse, ce sont mes absences qui lui ont provoqué.

Ce n'était pas la peine d'aller sur le chemin, et aussi loin pour trouver ça. Il aurait pu s'en apercevoir avant, non ?

— Avant, je ne voyais que les autres avec qui je festoyais. Pourtant, je l'aime, ma femme. La preuve, j'ai pris ce long et dur chemin pour elle. J'y étais seul avec le souvenir de celle que j'aime et que j'espérais voir guérir, parce que je sentais bien qu'il fallait un médicament que je ne connaissais pas. Je me disais qu'aller toucher le tombeau de l'apôtre exaucerait mes désirs de guérison.

Il avait mis du temps à se décider. D'autres pèlerins, rencontrés au hasard des routes de Saintonge, lui avaient dit les bienfaits de la route. Il avait fini par croire que pour guérir sa femme il devait toucher le tombeau de l'apôtre.

— Je devais faire un gros sacrifice, et donc m'y rendre.

Il ajouta en regardant au loin :

— Sa tristesse m'a porté jusqu'à Santiago.

Il n'avait senti ni les cailloux ni les ornières. Ni la boue ni le froid. Ni la chaleur ni la pluie ou le vent.

— C'est l'ennui de ma femme qui m'a poussé. Mais ce que je n'ai pas compris tout de suite, c'est que ce n'était pas elle qui devait guérir, mais moi, en devenant celui qu'elle voulait que je sois.

Il avait laissé couler ses larmes. François avait compris que c'étaient des larmes de joie. D'espoir.

C'était donc ça le chemin ? Être face à soi-même ? Le tombeau n'était qu'un but à atteindre ? Une victoire personnelle ?

— Oui, c'est ça, lui avait répondu Jean.

Il en avait croisé, des pèlerins. Chacun avec son poids. Certains souhaitaient juste le bonjour, le bonsoir, bonne route. Rien d'autre. D'autres avaient besoin de parler, peut-être pour conjurer leurs peurs. Il avait fait des rencontres de solitude, parfois tristes, mais toutes étaient chargées d'espérance. Tous attendaient quelque chose. Compostelle signifiant champ d'étoiles, chacun espérait y trouver la sienne. Sur le chemin du retour, les visages étaient plus doux, moins marqués qu'à l'aller.

La difficulté du trajet, la pluie, les pierres, les bourbiers, les nuits à la belle étoile, les cols à franchir, tout ça ne l'avait pas freiné dans sa quête, mais l'avait poussé vers elle. D'autres fois, il avait été atteint par une plénitude qui l'avait surpris, comme devant la statue de la Vierge d'Orisson, posée sur le rocher qui domine le chemin.

— Il m'a semblé que je respirais mieux, un peu comme si le poids de mes erreurs commençait à me quitter.

Il avait ressenti la même chose à la Cruz de Ferro. Au pied de cette croix, les pèlerins devaient déposer un caillou qu'ils avaient pris chez eux, comme pour s'alléger de toute leur misère.

— Un jour, j'ai rencontré un homme. Nous avons cheminé sans rien nous dire. Côte à côte. À un moment, je lui ai tendu ma gourde. Il a bu, m'a remercié de la tête. Alors que je voulais entamer la conversation, il me coupa la parole : « Écoute, ami, écoute. — Que j'écoute quoi ? » Je n'entendais que le ruisseau qui chantait d'eau fraîche. Il m'a regardé, comprenant mon étonnement, et tapé sur sa poitrine : « Écoute là ou est ton cœur, et marche. Un jour, tu y entendras ce que tu attends. Un jour, tu trouveras ce que tu es venu chercher. » Il avait raison. Plus tard, bien plus tard, dans le silence, j'ai entendu mon cœur. Il m'a semblé qu'il faisait un vacarme assourdissant, comme les grandes orgues le dimanche à la cathédrale. Mais, comme la musique des orgues, il était doux, ce vacarme, harmonieux, et m'expliquait tout.

François, subjugué, écoutait Jean Michaud-Jacquet de tout son être. Comment une telle chose était possible ?

— Je me suis vu moi-même, tel que j'étais. Avec mes défauts. Je m'ennuyais de ma femme. La tristesse m'a alors envahi, et j'ai compris. Au village, j'étais près d'elle, mais j'ai réalisé que mes absences faisaient que j'en étais loin ! Trop loin. Maintenant, j'en étais sûr, mes absences avaient fait naître son ennui.

Il avait ajouté qu'il avait eu de la chance. Elle aurait pu se détourner vers un autre. Plus présent. Moins *festayre*. Il y en avait au village. Non, elle l'avait gardé, lui l'absent.

Ce matin, François avait eu du mal à quitter des yeux Jean Michaud-Jacquet. Au bout d'un long moment, il avait fini par ne devenir qu'un point sur l'horizon. L'éloignement du pèlerin lui laissait un goût de vide. Quelle rencontre ! Il en avait déjà croisé, des pèlerins. Ils marchaient, comme glissant dans le brouillard. Se faisaient discrets. On disait qu'ils priaient en chemin. Alors François ne les dérangeait pas. Et puis on disait aussi que certains, sous le prétexte du chemin, en profitaient pour rapiner par-ci par-là, ils n'étaient donc pas les bienvenus. Maintenant, François pourrait dire que c'était faux, pas tous. Il en avait rencontré un de bien.

Une fois seul avec ses bêtes, il se tourna vers le sud. Au loin, il devina les premiers pins de la forêt des Porges. Il se dit que le coin avait bien changé.

Bientôt, il ne reconnaîtrait plus ses pâturages. D'ailleurs, y en aurait-il longtemps ? Depuis 1860, le canal des étangs avait vidé l'eau du marais et, désormais, les semis de pins colonisaient les lieux en taches d'un joli vert clair qui s'agrandissaient d'année en année. Conséquence, de nombreux pâturages avaient disparu. Le progrès aussi chassait doucement le quotidien des gens du pays. Depuis 1885, le train emmenait les gens, en une heure à peine, à Bordeaux pour une quarantaine de sous. Certains allaient y faire provision dans les grands magasins. Bientôt, les grands troupeaux de moutons disparaîtraient avec tout ce qui allait avec : fabricant d'échasses, marchand de laine. On attendait le nouveau siècle avec impatience. François avait entendu des conversations chez la Mastroquette. On prévoyait les années 1900 heureuses, fastes, sans guerre. Certains avaient même dit, ils l'avaient lu, que la machine remplacerait l'homme. Beaucoup souriaient à ces affirmations. Mais si tout ça se réalisait, lui, François du bossu, que deviendrait-il ? Sur quel chemin irait-il pour se « retrouver » comme Jean Michaud-Jacquet ? Si son métier de berger disparaissait, qui serait-il ? Qui pourrait l'aimer s'il n'avait rien ? Il regretta presque cette rencontre. Elle lui avait tourné l'esprit. L'avait rendu malheureux.

Ah, si Maria l'aimait, comme tout serait différent.

*
* *

Les moustiques assaillaient les moutons. Ils étaient nerveux. Le printemps pluvieux et la sécheresse de juillet avaient favorisé leur prolifération.

Pour rentrer au village, François devait passer par le chemin qui longe l'étang, au sud du vieux port, le long des pêcheries du père Soula. Mauvais endroit, ils allaient être harcelés par ces bestioles suceuses de sang. Il fallait également se méfier des serpents. Ils se protégeaient de la chaleur en s'approchant de l'eau. Malheur à un mouton s'il se faisait piquer. Si on la dérange, la vipère est agressive. Ainsi, il y a deux ans, François a perdu un chien. S'il s'en était aperçu rapidement, il aurait pu le sauver, mais le chien n'avait même pas crié. Lorsqu'il avait constaté que sa patte était enflée et douloureuse, c'était trop tard pour faire évacuer le venin. Une sacrée perte, il fallait du temps pour en dresser un. Alors, depuis, chaque fois qu'il y a un risque, François marche devant le troupeau et, avec son grand bâton, tape par terre devant lui. « Le serpent est sourd, mais il ressent les vibrations, lui avait expliqué le grand-père, alors il s'échappe vite. »

Vers Punta-Rabut, tournant le dos à l'étang, il suivra le sentier à droite, dans la direction de la cheminée des anciennes forges. En briquettes rouges, elle se dresse, fière, comme si elle servait encore. Elle aussi a fait son temps mais elle résiste aux intempéries. Pour l'instant. On ne ramasse plus le minerai de fer, cette pierre d'alios brun, arrachée aux eaux de l'étang qu'elle rougissait, et avec laquelle on a construit les murs de l'église quand ils l'ont déménagée vers 1765. Déménager une église, pensa François. À la force des bras, avec l'aide d'attelages. Rien d'autre. Aucune machine moderne dont on lui rebat les oreilles pour ces années à venir. Quand l'homme veut, il peut. La preuve avec son pèlerin de Compostelle. La volonté. Seulement la volonté. L'aurait-il un jour, cette volonté de faire autre chose si ça lui était imposé ?

Une fois pris le chemin de la forge, il longera la Berle et atteindra Lacanau en fin d'après-midi. Une fois les bêtes comptées et rentrées dans le courtioù de Jules Marian, François se rendra chez ses parents. Il se régale déjà de la bonne soupe qui l'attend. Voilà une quinzaine de jours qu'il se contente de si peu. Demain dimanche, il se changera pour aller à la messe. Lundi matin, alors qu'il repartira, sa mère fera la lessive et, dans quinze jours, il récupérera son linge propre. À la sortie de l'office, comme à l'accoutumée, Jules Marian lui donnera son dû. Ensuite, il ira boire un verre chez la Mastroquette, prendra quelques nouvelles du village et partagera le repas familial. D'habitude, sa mère faisait cuire un poulet et il emportait les restes dans sa besace. Ça lui ferait un ou deux repas agréables. Il passera vérifier si le troupeau va bien, le soir, à la bergerie, et le prendra en charge lundi, pour le guider vers d'autres pâturages. Quotidien immuable, seulement modifié par la pluie ou le vent. Aucune surprise hormis les ennuis du troupeau. À sa sortie de l'école, où il avait eu du mal à apprendre à lire et à écrire, à ses douze ans, il avait gardé des bêtes autour de chez lui. Et puis il avait fallu trouver un travail. M. Marian, qui employait son père en forêt comme gemmeur, avait bien voulu lui confier ses moutons. Il avait tout de suite aimé. Au début, dans la lande, le soir, la solitude l'avait d'abord effrayé. À quatorze ans, on n'est pas forcément courageux, d'autant que ces histoires de sorciers, de *loumanins* et d'*antaoùmes* que racontaient les vieux à la veillée ne rassuraient personne. Certaines nuits, quand aboyaient des chiens, il n'était pas facile de s'endormir. Mais, le temps des peurs passé, François s'était coulé dans le silence et la solitude. La seule chose qui le hantait dans sa solitude, c'était Maria. Comme il aurait voulu ne pas tomber amoureux d'elle ! Mais, à la réflexion, ça servait à quoi d'avoir une femme quand on était seul comme lui ? Quelle vie pouvait-il lui offrir ? Il se disait qu'une famille ne pouvait pas vivre au rythme d'un troupeau. Surtout lorsqu'il se rendait vers les prés salés, qu'il n'en revenait qu'un mois ou deux plus tard. D'ailleurs, dans quinze jours, il s'y rendrait, et n'en reviendrait qu'après le 15 août. Mais elle était si belle Maria ! Elle paraissait si douce. Et c'était ce mauvais homme de Jacques Rambert qu'elle aimait ! Celui-là, chaque fois qu'il pouvait, il se bagarrait. En plus, le dimanche, il buvait sans mesure et, ensuite, il cherchait querelle à tout le monde. « Ah, elle ne se prépare pas un bel avenir, cette petite », avait dit le bossu. C'était la vie. Que faire d'autre ?

La messe est dite. François a pensé à Jean Michaud-Jacquet. Où était-il sur son chemin ? Il arrivait près de son but ? Décidément, cet homme l'avait impressionné. Lui ne pourrait pas faire un tel chemin. Même s'il n'avait pas peur de marcher. Et puis il faudrait avoir une raison, il n'en avait pas. Que pouvait-il attendre de ce chemin, sinon un éloignement encore plus long de Maria ? Même s'il n'avait pas d'espoir qu'elle l'aime un jour, il la voyait et se satisfaisait de ça.

Avec sa mère, François quitta la fraîcheur bienfaitrice de l'église. Elle rentra directement pour terminer les préparatifs du repas. Son père n'allait pas à la messe. Il avait en mémoire les mauvaises paroles des gens à son égard à cause de sa bosse. Il disait que ça ne servait à rien d'aller dans une église d'hypocrites, juste pour faire semblant. S'il voulait prier Dieu, il n'avait pas besoin des autres ni de se rendre dans l'église du village. La sienne, c'était la forêt de pins, alors les médisants, il s'en passait. Surtout de ceux qui priaient et qui ensuite se moquaient des bossus. Parce que sa bosse, c'est Dieu qui lui avait donné, disait-il, alors il avait le droit de lui en vouloir et de le prier ou pas ! Quand il parlait comme ça, Germaine, sa femme, faisait le signe de la croix en fermant les yeux. Pour laver l'injure. Pour laver le propos bravache. Pour demander pardon à Dieu de ces paroles. De temps en temps, elle faisait brûler un cierge. Pour effacer le péché et demander au Seigneur qu'il veuille bien prendre les bossus dans son paradis. Malgré tout.

François se dirigea vers le café de la Mastroquette. M. Marian devait l'attendre pour lui payer son dû.

Une bien brave femme, la Mastroquette. Elle avait monté cet établissement avec Yves, son mari, en 1860, au moment du creusement du canal des étangs. Les ouvriers se répandaient alors nombreux dans la commune, en quête de boisson. À l'époque, une seule buvette existait. Alors Yves Maleyran et Hermance, sa femme, avaient transformé la grange, sur le côté de la maison, en cave d'abord, puis en bistrot. Ils vendaient du vin à emporter ou à consommer sur place. Hermance était gentille, souriante, et les jeunes ouvriers, qui la considéraient un peu comme leur mère, firent du lieu leur quartier général, et le succès arriva très vite. À tel point qu'elle fit, en plus de leur vendre du vin, un peu de restauration. Le dimanche, les ouvriers venaient consommer des soupes, du pot-au-feu, des poules au riz, etc. Elle dut même embaucher Mireille, la fille du cantonnier, pour l'aider. Tout allait bien, mais voilà, Yves se mit à boire et, en 1885, alors que tous fêtaient l'arrivée du chemin de fer dans la commune, et donc la prospérité pour les commerces, il fit une attaque, resta paralysé six mois et finit par mourir sans avoir pu reparler correctement. Hermance, sans enfant, continua à tenir le commerce, finit par devenir la « Mastroquette », remplaçant ainsi le Mastroquet.

François entra dans le bistrot. Une odeur de limonade arriva à ses narines. Il adorait. C'était sa boisson favorite. L'alcool ? Non, ce n'était pas pour lui. Le dimanche, d'autres jeunes en consommaient, mais pas lui. Un jour de fête, il avait goûté un Picon-citron. Mal lui en avait pris. Pas habitué, le verre bu, sa tête s'était mise à lui tourner et il avait dû rentrer chez lui sous les quolibets des autres :

— Ah, ah ! François du bossu titube, François du bossu titube.

Il avait observé ses copains après boire, lorsqu'ils titubaient eux aussi, en disant des grossièretés. Parfois, ils en venaient aux mains, même après avoir trinqué ensemble. François n'aimait pas perdre ses esprits et n'aimait pas les conflits, il ne buvait donc pas et s'en portait bien. De toute façon, il avait rarement l'occasion de faire la fête.

Les clients, nombreux le dimanche à midi, se partageaient entre les tables et le comptoir. Aux tables, ceux qui prenaient leur temps. Au comptoir, ceux qui buvaient sur le pouce et rentraient vite chez eux pour le repas du dimanche. François aperçut son copain Francis, assis à une table du fond. Il le rejoignit.

— Salut berger, tu as remisé ton troupeau ?

Il lui serra la main, s'assit. Jules Marian arriverait bientôt. La Mastroquette questionna François d'un regard qui signifiait : comme d'habitude ? Il fit oui de la tête en lui souriant. Hermance aimait bien ce garçon. Bien élevé. Jamais une parole plus haute que l'autre. Sans doute la solitude de son travail lui avait appris à se contenter de peu de conversation. Il était effacé, discret, mais toujours souriant. Elle savait les moqueries qu'il avait subies à cause de son père. « On ne refait pas les gens, pensait-elle, ils savent être aussi gentils que méchants. » Le verre de limonade, posé devant lui, laissa échapper ses bulles piquantes. Elles sautaient un peu et retombaient dans le liquide en gouttelettes fines, faisant d'autres bulles plus petites, en un ballet joyeux, prometteur de rafraîchissement.

— Ça manque de limonade dans la lande, non ? ironisa Francis.

François but une gorgée du liquide et les yeux lui piquèrent un peu. Il les plissa.

— Oui, comme tu dis.

— Rien de neuf ? demanda Francis. Mais que peut-il y avoir de neuf dans la lande ? ajouta-t-il en riant.

— Tu te trompes, j'y ai rencontré un homme étrange, répondit François.

Francis dressa l'oreille. D'habitude, François se contentait de répondre : rien de neuf, et ici ? Un homme étrange ? Tiens donc.

— Un pèlerin de Saint-Jacques.

Pff, il y en avait souvent qui passaient, et ils n'avaient rien d'étrange, sauf que certains n'étaient que des chapardeurs comme les Bohémiens. François s'insurgea. Regarda son copain droit dans les yeux et dit fermement :

— Pas lui !

— Ah, se contenta de répondre Francis.

Il allait relater sa rencontre, lorsque M. Marian entra et s'installa à sa table favorite, que tous prenaient bien soin de lui laisser. Il était respecté et il se murmurait qu'il ferait un bon maire. On savait qu'il y avait pensé, mais maintenant il se faisait vieux, et l'ambition qu'il avait eue, plus jeune, avait fini par s'émousser. Ses bois, son troupeau, ses maisons de rapport à la ville suffisaient à l'occuper. Curieusement, il s'était un jour confié à François :

— Tu es un brave gars, François, et je suis très satisfait de ton travail, mais, tu sais, un jour viendra où je vendrai mon troupeau.

Il avait baissé la tête et soupiré. Presque une plainte.

— Mes deux filles sont mariées à des hommes de la ville. L'un est ingénieur aux chemins de fer et l'autre médecin, alors, mes moutons, tu penses bien qu'ils s'en moquent complètement. Dès qu'ils auront hérité de tout, ils feront couper les pins, vendront les terres et rachèteront des maisons de rapport. Comme ça, plus d'ouvriers, plus de peur que les arbres brûlent ou que la résine coule mal, ils toucheront des loyers tous les mois.

François avait été flatté de cette confidence faite au fils du bossu, mais en même temps inquiété, car, sans troupeau, que deviendrait-il ?

Il se leva, se dirigea vers lui.

— Alors berger, tout va bien ?

— Tout va bien, monsieur Marian. Les bêtes sont en bon état.

— Je ne suis pas inquiet, je te demandais pour la forme, c'est tout.

Il sortit de l'argent de sa poche, le donna à François qui le mit aussitôt dans la sienne.

— Tu ne comptes pas ?

— Oh, monsieur, j'ai grandement confiance. Compter, ce serait vous offenser.

M. Marian sourit. Son berger allait lui manquer. Il était temps de le prévenir. À l'automne, il vendrait le troupeau. Il avait de la peine, mais que faire ? Ses filles avaient été formelles : ça ne les intéressait pas.

— Enfin, père, vous voyez vos gendres déguisés en berger ? avaient-elles dit en s'esclaffant !

Ah, elles avaient bien oublié d'où elles arrivaient. Elles avaient oublié leur lieu de naissance. Déguisé en berger ? D'un regard, Marguerite, sa femme, l'avait empêché de répondre. Au bout de la table, lors des repas de famille, les gendres ne participaient même pas à la conversation, mais parlaient des choses de la ville. Ici, rien ne les intéressait. Marguerite avait voulu que ses filles soient éduquées à Bordeaux, joli résultat. Elles en avaient oublié la campagne. Oublié leur joie d'enfants ramassant les œufs des poules. Leur joie d'enfants jetant du maïs sur lequel les cocottes, comme elles les appelaient, se jetaient en piaillant sous leurs rires frais et clairs ? À croire que la campagne était une maladie redoutée par les gens de la ville. Il s'était levé de table pour ne pas montrer une larme qui commençait à couler sur sa joue, qu'une ride commençait à marquer.

— François, à la fin de l'été, je vends le troupeau.

François hésita à comprendre. C'était vrai ? Non, n'est-ce pas ? Pas déjà ? Une ombre passa dans ses yeux. Il questionna M. Marian. Seulement du regard. Pas un mot ne pouvait sortir de sa bouche. D'un signe de tête, M. Marian fit oui. La déception se lisait sur les deux visages. François allait quitter la lande ? Sa lande ? Son marais ? Il l'avait connu enfant, ce marais. À l'époque où ses copains jouaient encore, lui, François, gardait déjà des moutons. Ce marais lui avait mangé son enfance, mais il refusait de le perdre. Pourtant, il en avait connu, des peurs. Il en avait eu, des craintes. Parfois, des hurlements lointains des derniers loups qui le tenaient éveillé dans un courtioù tapissé de courants d'air, entouré de nuits sans lune et sans étoiles avec le froid comme seul compagnon. Des jours de pluie et d'orage sans fin, à marcher dans la hagne, comme étaient appelées ici les boues argileuses des chemins à peine tracés. Des maladies des moutons. Des craintes de toutes sortes. Loin de ses parents tandis que d'autres rentraient chez eux le soir et se chauffaient à la cheminée. Parce qu'il était le fils du bossu, il avait été ignoré de tous. Sauf de Francis qui l'avait toujours soutenu, même dans la cour de l'école lorsqu'il était pris à partie par des teigneux. Alors sa mère l'avait élevé à l'abri des autres. Il y avait gagné en tranquillité, mais il avait connu la solitude de ce métier, que pourtant il adorait. Les bêtes étaient sa vie.

— Monsieur, finit-il par dire avec peine, je… je ne sais rien faire d'autre. Vous ne pouvez pas, osa-t-il.

M. Marian eut de la peine.

— François, tu trouveras un autre troupeau. Un autre maître te confiera ses moutons. Tous savent que tu sais très bien faire.

Jules Marian se leva et, d'un pas vieilli, d'une allure courbée, quitta le bistrot.

François le regarda partir. Il lui sembla qu'une partie de sa vie s'envolait. Il eut l'impression qu'un fossé se creusait devant lui. Qu'un grand vide se créait dans lequel il enterrait son avenir. Il finit par revenir s'asseoir.

— Qu'est-ce qu'il se passe ? demanda Francis. Tu es tout pâle.

Il répondit dans un souffle :

— M. Marian vend le troupeau à l'automne.

— Et merde ! jura Francis.

Francis Clouet était employé aux ateliers des Chemins de fer économiques. Il avait appris le métier de peintre et, au retour du service militaire, la Compagnie du Midi l'avait embauché. Il entretenait les voitures de voyageurs. Ils étaient six, sous les ordres de Marcel Verrier, qui dirigeait cette équipe avec efficacité mais une totale gentillesse. C'est vrai que l'arrivée du chemin de fer et l'installation à Lacanau des ateliers de réparation et d'entretien avaient été une bénédiction pour beaucoup. Le « dépôt », comme on l'appelait familièrement, devait être installé d'abord au Porge, mais, la municipalité ayant refusé, c'est à Lacanau qu'il avait été construit, sur le bord du marais, à une centaine de mètres de ce coin qu'on appelait le « Château ». Autrefois, il y avait à deux pas une grosse construction dont il ne restait qu'un puits et quelques morceaux de pierre, où habitait le baron de Caupos, celui-là même qui avait cédé le Poujeau de l'Ascension, petit promontoire en centre-bourg, pour y reconstruire l'église, précédemment voisine de son habitation, mais qui se noyait tous les ans, à cause du marais proche. Ces ateliers avaient donné un essor fabuleux à la commune, seulement habitée par quelques familles de résiniers.

— Fais-toi embaucher au dépôt, dit Francis. On cherche du monde.

Embaucher au dépôt ? Et pour faire quoi ? Il ne savait que garder des moutons. Ils ne voudraient pas de lui.

Il rappela à son copain qu'à l'occasion du conseil de révision il avait été réformé.

Pour la conscription, les recruteurs avaient eu peur que sa constitution ne soit pas à la hauteur de ce qui était demandé aux soldats. Son allure chétive ne jouait pas en sa faveur et, comme il y avait le choix, les maires du canton, rassemblés à la mairie de Castelnau avec les médecins militaires, l'avaient réformé. Pas bon pour le service, pas bon pour les filles. Là aussi, il avait essuyé quelques railleries, mais il n'était pas à ça près. Cette décision ne l'avait pas troublé, bien au contraire. À l'armée, son tempérament solitaire aurait été mis à rude épreuve.

Mais, à part berger, il n'avait jamais envisagé un autre métier, alors entrer ouvrier au dépôt, il n'y pensait même pas.

— À l'entretien des voies, il ne faut pas grand savoir pour y travailler. Il suffit d'être vaillant, et tu l'es.

D'un geste nerveux, François balaya la proposition et, poussé par sa déconvenue, soudain, il se rebella. Disparue, sa gentillesse. Envolé, son calme. Il n'acceptait pas la décision de M. Marian. S'il fallait, le troupeau, il lui rachèterait ! L'argent ? Il en trouverait. Francis ne le reconnaissait pas.

Il parlait avec véhémence, lorsque Jacques Rambert entra avec ses copains.

— Tiens, François du bossu qui parle fort ? dit-il en riant. C'est nouveau.

François ne le regarda même pas, continuant à se livrer à Francis, tandis que Jacques s'approchait de lui.

— Alors, du bossu, il paraît que tu as offert un repas à Maria ? Je vous rassure, précisa-t-il à ses amis en se retournant vers eux, pas ici chez la Mastroquette, non, à la table du marais, le cul par terre, entre deux matocs d'*aoùbès*[1] mouillés. Et au menu il y avait un oignon et de la mauvaise piquette, mon prince !

Ils éclatèrent de rire.

François se retourna vivement. Jacques, celui qui lui volait Maria, était campé devant lui et se moquait de lui. Il répondit fermement :

---

1. Aoùbès : *nom local de cette herbe longiligne et fine, qui pousse par paquets, apparentée à la molinie.*

— Maria t'a dit aussi que j'avais soigné une de ses bêtes qui boitait et qu'elle était bien contente ?

Jacques Rambert sourit ironiquement et dit, faisant mine d'avoir peur :

— C'est vrai que tu es un peu sorcier. Hou, je tremble.

C'en était trop. Il venait de se passer trop de choses en peu de temps. François plissa les yeux d'un air qu'on ne lui connaissait pas. Le calme qu'il était se leva brusquement. Francis fit de même, s'il fallait, il protégerait son copain. Sentant le danger, la Mastroquette s'approcha. François n'était pas bagarreur, mais là, le visage livide, il était méconnaissable. Pourtant, ce n'était pas la première fois que Jacques se moquait de lui. D'habitude, il ne répondait pas et partait sans rien dire. Mais ce qu'elle ne savait pas, c'était la nouvelle que lui avait annoncée M. Marian. Elle ne savait pas non plus qu'il était amoureux de Maria.

— Et alors, dit Hermance à Jacques, dans le marais on y mange peut-être moins bien que chez moi, mais c'est un bel endroit quand même.

— Surtout quand on passe une nuit avec une fille dans un courtioù.

Jacques s'approcha de François, le menaçant.

— Ne t'avise pas de tourner autour de ma promise. Un fils de bossu ne mérite pas une fille comme elle. Remarquez, poursuivit-il, Maria ne risquait rien, comme vous le savez, monsieur du bossu a été réformé et n'est même pas bon pour les filles.

Il se tourna vers ses copains.

— Pour un bossu, il faudrait une fille boiteuse, ça ferait un joli couple qui fabriquerait des enfants tordus.

Ses copains éclatèrent de rire.

Sans prévenir, François fonça. D'un violent coup de poing, sous les cris des clients surpris, il fit tomber Jacques entre les tables, puis lui donna un grand coup de pied dans les fesses et quitta le bistrot, tandis que le fils Rambert, d'un revers de manche, essuya le sang qui coulait de sa lèvre et se releva péniblement sous le regard ébahi de ses copains.

III

LA NOUVELLE SE RÉPANDIT très vite dans le village. François du bossu s'était battu avec Jacques, le fils d'Augustin Rambert, l'adjoint au maire. D'un violent coup de poing, il lui avait ouvert la lèvre et lui avait botté les fesses. La stupéfaction fut totale. François du bossu avait osé frapper ce jeune homme de bonne famille. Mais à quoi pensait-il ? On savait que les jeunes, parfois, se battaient après boire, mais un dimanche, à la sortie de la messe, personne n'avait vraiment trop bu. En peu de temps, les trois gouttes de sang qui avaient sali la lèvre de Jacques Rambert devinrent un torrent intarissable, et les coups de poing et de pied donnés se transformèrent en violente bagarre.

La Mastroquette, essayant de rétablir la vérité, se débattait au milieu des ragots qui, peu à peu, firent de François un voyou devenu fou. Elle essaya vainement de minimiser la chose. C'était un mot, peut-être de trop, une phrase, sans doute sans fondement, qui avait énervé le berger. Certains affirmaient que le fils Rambert lui avait fait une crise de jalousie à propos de Maria, et François, énervé par on ne sait quoi, avait fini par le frapper. Personne ne parla des insultes de Jacques Rambert sur les bossus et les boiteux. Et puis Jacques était le fils du premier adjoint, qui faisait un peu la pluie et le beau temps à la mairie. Comme on le savait rancunier, on évitait de le contrarier. Et puis Maria ! François serait amoureux d'elle ? À cette supposition, les femmes, quand leurs maris, de retour du bistrot, leur avaient raconté l'affaire, avaient éclaté de rire. Enfin, elle n'était pas pour le fils du bossu. À quoi songeait-il, le pauvre ? D'autres, plus mesurés, mais prudents à cause de l'arrogance et du caractère trempé de l'adjoint, ramenaient la chose à une dimension plus modeste, mais le fait était là, le fils du bossu avait frappé le fils de l'adjoint, le village en fit des gorges chaudes !

— Pensez donc, à traîner en permanence sur la lande, il a les esprits troublés par la solitude. Maria ! Il rêve, ce pauvre fou.

— Si ça se trouve, il a fait de mauvaises rencontres qui lui ont tourné l'esprit. On dit qu'il a été vu avec un étranger du côté de Mistre. Il paraît même qu'ils sont restés quelques jours ensemble.

— On sait qu'il a des dons pour soigner et, quand on sait soigner, on sait aussi envoyer le mal, dit la vieille Françoise avec un air entendu. Allez savoir ce qu'il a fait !

— S'il tient de sa grand-mère ! avait ajouté Juliette. Elle en a connu, des choses louches, et elle en a utilisé pour faire passer sa grossesse. On a vu le résultat.

La Mastroquette était désolée de la tournure des événements. François, qui passait pour un timide sans méchanceté, devenait le mauvais garçon du village, à cause du caractère arrogant du fils de l'adjoint. Sous prétexte que son père était élu, il se croyait tout permis. Augustin Rambert avait dit à qui voulait l'entendre que cette histoire ne resterait pas sans lendemain, qu'il y aurait des conséquences ! Dans la commune, personne ne voulait le fâcher. Il avait son mot à dire dans beaucoup de familles, soit pour le travail, soit pour la mairie, donc prudence.

La rumeur enfla et, de jour en jour, elle fit de François un être dangereux, un sorcier à ne pas croiser sur les chemins sans faire un signe de croix. Qu'il retourne donc sur sa lande, et qu'il fiche la paix au village !

— À vivre seul dans ce marais misérable, il s'est gâté la tête, disaient les femmes du lavoir. Et puis vous avez vu ses habits ? Il a tout d'un mendiant.

— On dirait un de ces Bohémiens qui viennent chaparder nos volailles lorsqu'ils campent près du lavoir, affirma Simone avec force.

Ces ragots parvinrent aux oreilles de François. À croire que personne n'avait rencontré de bergers avant lui ! On savait bien qu'ils vivaient tous comme ça. Un peu comme les Bohémiens, en voyage perpétuel, mais de là à le comparer à des voleurs de poules !

Depuis que le progrès avait frappé à la porte du village, tout était devenu différent. Dès que les marais s'étaient asséchés, avec le creusement du canal de Lacanau et, ensuite, celui du Montaut, évacuant l'eau vers le bassin d'Arcachon, rapidement, les bergers s'étaient faits rares à cause des pâturages qui disparaissaient tous les jours un peu plus. Ils laissaient la place aux pins qui poussaient partout, maintenant que l'excès d'humidité avait fait place au terrain plus sec. Et puis il y avait aussi ce train, qui emmenait les gens vers cet autre univers qu'était Bordeaux. Dorénavant, « ils » allaient en ville. Dans les ateliers des Chemins de fer économiques, les ouvriers, en bleu de travail, étaient mieux habillés qu'un *pastoureau*. Mieux habillés que les gemmeurs, qui sentaient pourtant bon la résine et pas l'huile tiède de vidange comme eux. Alors le regard des gens avait changé sur les bergers, qui eux sentaient l'odeur âcre du mouton et passaient la vie sur ce qui restait de lande. Alors leurs habits ! Ils étaient simples et rapiécés, certes. Mais les paysans d'ici n'étaient guère mieux lotis. C'est vrai, son chapeau de feutre, brûlé par le soleil après avoir été trempé de la pluie des orages, ne lui donnait pas l'allure d'un monsieur. De noir, il était passé presque à un vert fané, sale, et s'était déformé au fil des ans et du temps, mais il lui protégeait la tête. Bien sûr, c'était sans doute le progrès qui donnait à certains des allures de monsieur avec des chapeaux bien formés. Le grand-père disait que le progrès, c'était bien, mais qu'un jour, à force d'être bien, il passerait de l'autre côté des choses essentielles et deviendrait mauvais. Il disait que le progrès, c'était comme un arc-en-ciel après l'orage. Il rassurait, mais ça n'empêcherait pas l'orage de revenir un jour ou l'autre frapper la lande et la noyer quand on s'y attendrait le moins.

— *Beyras, pétit, beyras*. Tout tourne, lui disait-il en levant son index, les bonnes choses comme les mauvaises.

Quant aux sorts, bons ou mauvais, François ne savait en jeter aucun. Il connaissait seulement quelques gestes et quelques herbes, pour soigner certaines maladies, rien d'autre.

Maria avait été surprise et peinée d'apprendre toute cette histoire entre son promis et François. Elle aimait bien François. Pourquoi ? Elle ne savait pas. Sans doute parce qu'ils se rencontraient parfois, sur la lande, et qu'il avait toujours été gentil avec elle. Jamais un geste déplacé comme parfois certains jeunes du village. Jamais une parole méchante. Comme tous, ici, elle savait les histoires de la famille du bossu, mais elle leur attachait peu d'intérêt. Elle avait grandi en apprenant tout ce qu'il y avait à faire dans une maison, sans s'occuper des histoires des gens. Ses parents lui demandaient parfois de garder le petit troupeau de moutons, c'est comme ça qu'elle avait rencontré François sur les chemins de pâture. Elle était plus jeune que lui et ne l'avait pas rencontré à l'école. L'an dernier, elle avait fait ses dix-huit ans et devenait jolie. Son père lui avait demandé ce qu'elle pensait du fils Rambert. Elle avait répondu qu'elle le trouvait beau garçon. Charmant. Mais pourquoi cette question ?

— Puisqu'il te plaît, je vais dire à son père que tu n'aurais rien contre un éventuel mariage, il m'a demandé ta main.

Il avait ajouté que marier sa fille au fils du premier adjoint, qui un jour serait peut-être maire, ça serait un grand honneur pour la famille. Elle avait souri et s'était imaginée en robe blanche sortant de l'église. Félicien, son père, ne fréquentait pas ce lieu, mais se marier sans passer par là était impensable. Il lui donnerait le bras pour aller de la maison à la mairie, et son parrain prendrait le relais de la mairie à l'église. Ainsi, tout le monde serait content ! Plus tard, elle habiterait chez les Rambert, dans cette grosse maison aux volets bleus et aux rideaux de dentelles, située au centre du bourg. Devant, à l'ombre d'un érable joliment taillé, il y avait un petit banc de bois peint en blanc. Le dimanche après-midi, avec ses beaux-parents, ils s'assoiraient et regarderaient passer les gens. Certains, marquant un arrêt, diraient en soulevant le chapeau ou le béret : « Bonjour monsieur le premier adjoint », et la jeune Maria Rambert, à côté, sourirait d'aise. Ça la changerait de la maison de ses parents, plus modeste, bâtie contre la *praise*[1] de Josive, et où ne passait pas grand monde, même s'il y avait un banc à côté du figuier, contre le mur blanc de chaux en plein sud, où s'asseyait sa mère le dimanche, en ravaudant du linge. Le premier adjoint était marchand de bois, et son commerce lui permettait de vivre à l'aise. Il le montrait. Pourtant, lorsqu'elle pensait à cet avenir, elle ressentait un pincement au cœur en imaginant sa lande perdue. Elle l'aimait bien, cette étendue sauvage. C'était un havre de liberté. On n'y entendait pas le coup de sirène de l'embauche ou de la débauche du dépôt comme au bourg. Sur la lande, seuls les oiseaux habillaient le silence de leurs trilles joyeux. Aucune fumée de machine à vapeur n'encrassait les lieux. Seule une légère brume, le matin, montait du marais,

1. Praise : *ancien champ garni de feuillus.*

et les rayons du soleil brillant venaient s'y perdre en petits arcs-en-ciel fragiles et furtifs. Et puis il y avait François. Elle aimait bien ce berger, mais bon, c'était sûrement d'un amour de camarade. Pas de mari et femme. Celui-là, elle l'aurait avec Jacques une fois devenue son épouse. Lorsqu'elle en doutait, parfois, elle pensait à sa robe blanche de mariée et ses craintes s'envolaient. Elle s'appellerait Maria Rambert, la belle-fille du premier adjoint, et s'assoirait sur le banc le dimanche après-midi, et les gens la regarderaient en pensant : elle est jolie la bru du premier adjoint. Cependant, elle avait été étonnée par l'attitude de François, lui si calme d'habitude. Cette colère lui paraissait bizarre. Étonnante. Il avait bu ? Non, elle savait qu'il ne buvait pas comme les autres. Son père lui avait raconté l'histoire à sa manière. Il avait ajouté que, si par hasard elle le croisait sur la lande, elle n'hésite pas à changer de pâturage, il n'était pas fréquentable.

— Quand tu l'as rencontré, ce mécréant, il t'a parlé d'amour ? lui avait-il demandé avec force.

D'amour ? Non. Jamais. Il avait été gentil. Prévenant. Attentionné.

— Attentionné ? Bigre ! Et tu ne t'es pas dit que ça pouvait cacher quelque chose ?

Cacher quelque chose ? Et quoi, bon sang ? François du bossu n'avait même pas de bosse à cacher, avait-elle répondu en riant.

Le père avait réagi violemment en précisant qu'ici on disait que « *tort et bossut n'a jamais ré balut.* » Qu'elle devrait s'en rappeler. Maria s'était presque emportée :

— Il n'est ni *tort* ni *bossut*.

— Non, mais c'est les idées qu'il a de tordues, comme sa famille. Regarde ce qu'il a fait à ton promis, c'est honnête, ça ?

Maria avait senti la méchanceté de ces mots, et ça l'avait dérangée. Pourquoi ? Une ombre passa dans ses yeux. Elle voulut défendre François. Insista. La dernière fois qu'elle l'avait rencontré, le soir de l'orage, il avait soigné sa brebis qui boitait, et il l'avait guérie.

— C'est quand même pas rien, ça, non ?

— Je te dis de te méfier de lui, avait insisté son père. Si ça se trouve, c'est un sorcier !

Et il avait tourné le dos.

Un sorcier ! Cette réflexion dans une autre bouche que celle de son père l'aurait fait éclater de rire, mais le ton l'avait tellement surprise qu'elle n'avait pas eu envie de rire.

Maria ne comprenait pas son père. Jacques s'était peut-être montré méchant avec François, ça lui arrivait d'être violent. Elle se rappelait l'an dernier pour la *mayade*, où ils s'étaient battus entre copains, après avoir trop bu. Parfois, dans son regard, elle trouvait de la dureté. François n'avait pas ce regard. Enfin, elle ne croyait pas. C'est vrai que, lorsque son mariage avait été décidé et qu'elle avait rencontré sa future belle-famille, Jacques avait été gentil, mais n'avait pas montré de joie excessive, un peu comme s'il subissait cette situation. Ça ne l'avait pas inquiétée outre mesure. C'était souvent comme ça les mariages chez les gens qui avaient un peu de bien. Il fallait les conserver et surtout les améliorer. Son père, Félicien Tastet, possédait une centaine d'hectares, sa belle-famille un peu moins, mais les

Rambert avaient de l'argent, comme tous les marchands de bois, et ils possédaient deux petites maisons qu'ils louaient. Ils n'étaient pas encore fiancés et se voyaient peu. Il fallait attendre les fiançailles. Elles confirmeraient leur promesse et ils se verraient plus souvent. Ainsi, ils se connaîtraient mieux.

L'affaire était réglée, elle épouserait Jacques au printemps prochain. D'ici là, les saisons enterreraient cette dispute, et plus personne n'en parlerait.

*
* *

Apprenant que son fils s'était battu, Germaine Hostein fut peinée. Pourquoi diable avait-il fait ça ? C'était loin de l'image qu'elle avait de son fils. Quelle mouche l'avait piqué, lui si calme d'habitude. Il n'avait pas voulu lui expliquer. Le bossu s'était tassé un peu plus. De nouveau, tous parlaient d'eux au village, et il n'aimait pas ça. Il avait assez enduré de moqueries sur sa famille, que ça recommence l'attristait, mais surtout le mettait en colère. De la cour de l'école, où les premiers quolibets étaient tombés sur lui, au conseil de révision où il avait été bien sûr réformé, rien ne lui avait été épargné. « Pas bon pour le service, pas bon pour les filles », ricanaient les autres. Certains jours, sa bosse lui pesait des tonnes, mais c'étaient des tonnes de désarroi. Heureusement, alors qu'il n'attendait rien de personne, il y avait eu Germaine. À croire qu'elle n'avait jamais vu son dos cassé ! Il avait été surpris, un soir de bal, alors qu'il se cachait presque dans un coin pour éviter les rires, qu'elle vienne, pendant le quart d'heure des dames, lui demander de danser.

Il avait cru à une plaisanterie méchante de sa part. Courroucé, il lui jeta un air furieux, mais, surpris, il avait alors vu, dans le regard de Germaine, un sourire doux et gentil, sans aucune moquerie. Parce que les regards, depuis le temps, il avait appris à les reconnaître.

Après les premières mesures de la danse, il avait oublié sa bosse, s'était senti comme les autres, autres, d'ailleurs, qui le regardaient stupéfaits de le voir danser, et aussi bien. À partir de ce jour-là, avec Germaine, ils ne s'étaient plus quittés. Un an après, le mariage les avait unis. Oh, ils n'avaient pas fait grande fête. Parents, parrains et marraines, deux ou trois cousins, et la journée de juin avait été très belle. Mais les foins n'attendaient pas, il fallait vite les faire. Et puis la résine aussi devait être ramassée. Germaine quitta ses parents le jour du mariage. Ils habitèrent une petite maison que leur avaient louée les Cazaux, à deux pas de chez Marthe, la belle-mère, dont on avait dit pis que pendre à la naissance de son fils. Peu importe, Marthe était gentille, elle avait payé assez cher en calomnies son erreur de jeunesse. Plus tard, elle s'était occupée de son petit-fils avec un tel amour que c'était beau à voir.

Le travail ne manquait pas pour les journaliers. Les journées dures succédaient aux journées dures, mais l'amour dans le foyer était total, et le bossu avait oublié sa disgrâce physique. Avec Germaine, ils étaient heureux. Deux ans plus tard, François était venu remplir de joie leur foyer. Ils l'avaient attendu, cet enfant. Dans la joie et dans la crainte. Serait-il bossu comme son père ? Si c'était le cas, Germaine savait qu'elle l'aurait aimé encore plus, pour lui faire oublier son infortune. Non, il avait le dos droit. Au fond d'elle-même, elle fut satisfaite pour ce petit bout de chou qui n'aurait pas à subir les ricanements des méchants. Oh, maintenant, Germaine savait que depuis longtemps, au village, on avait oublié son nom de famille et qu'on appelait son fils François du bossu, mais ce n'était même pas par méchanceté, non, c'était l'habitude, ici, de donner des surnoms. Ils étaient la marque de fabrique. Quelque part, lui avait dit le curé, il y avait une certaine noblesse dans ces *chaffres* attribués souvent avec ironie certes, mais c'était aussi une manière de marquer la différence des gens. Alors il fallait comprendre. Pardonner.

— Et vous, monsieur le curé, avait-elle répondu avec un brin d'ironie, vous savez comment ils vous appellent ?

Oh, il le savait. Sa soutane noire était tout indiquée pour qu'on l'appelle le Corbeau.

— Dieu a sans doute voulu cela pour tester mon orgueil, alors ça m'est égal.

Mais, aujourd'hui, cette nouvelle de la bagarre, ajoutée à la vente du troupeau de M. Marian, ça faisait beaucoup.

Qu'allait devenir son fils sans troupeau à garder ? M. Marian avait dit qu'il retrouverait des bêtes à surveiller, tous savaient le jeune berger sérieux. Mais, après ce geste de colère, les propriétaires changeraient peut-être d'avis, personne ne souhaitait entrer en conflit avec le premier adjoint. Par ailleurs, il n'y avait pas grand troupeau dans la commune. François avait avoué à sa mère qu'il espérait bien en acheter un en septembre. « Avec quel argent ? » s'était-elle écriée. Marcel, son père, ne savait que penser. Une histoire de fille ? Son travail perdu ? Que ferait-il à l'automne ? François n'aimait pas le travail de gemmage, lui préférant celui de berger. Il aimait les bêtes. Il aimait ce contact avec la lande. Il aimait ces parcours de pâturage en pâturage. Il aimait, le soir, être dans ces courtioùs de la haute lande. Il aimait ces petits ruisseaux qui couraient entre deux rives de sable et chantaient comme des rires frais. Et puis, dans la forêt, il ne rencontrerait pas Maria. Elle n'y venait jamais. Ou pas souvent. À son sujet, Germaine avait demandé à son fils si c'était vrai ce qu'on disait au bourg. Il en était amoureux ? Il s'était retourné sans rien dire, mais elle avait bien vu son visage s'empourprer. L'été allait passer. On verrait après. S'il fallait, on irait voir Amélie, la *recommandayre*. Elle était de bon conseil. On venait la voir de loin. Elle écoutait, réfléchissait et disait quel saint il fallait prier pour faire avancer les choses. Quelle source pouvait guérir tel mal. Quelle attitude à tenir devant telle ou telle personne. Elle avait la réputation d'être sage et elle saurait, pour François, ce qu'il devrait faire.

— Bah, avait-il répondu en touchant la pièce du moussu cousue dans sa liquette, avec son aide, je m'en sortirai. Elle me portera chance un jour.

La chance était une chose rare pour les sans-le-sou et trouver de quoi acheter un vrai troupeau avec une seule pièce serait difficile.

Germaine avait appris que la patience était bonne conseillère, alors elle se résigna à attendre des jours meilleurs pour son fils.

IV

PARTI TÔT, François avançait vers le village du Grand Courgas. Les vieux disaient qu'avant, du temps des fonds de la mémoire, Courgas se disait Corguas. À cet endroit, c'était la fin du bras de mer qui s'enfonçait dans les terres, peut-être appelé cours d'eau, ou plutôt, en patois, *lou grand cours d'aïgue*, qui, déformé par l'accent, était devenu Corguas, et puis Courgas. Autrefois, il y avait, paraît-il, une chapelle et quelques masures. Ce que savait François, c'est qu'il connaissait un endroit qu'on appelait le cimetière, alors qu'aucune pierre tombale ou vieille croix n'apparaissait sous la végétation. Mais les vieux le disaient. L'endroit, haut, était ensemencé de pins et, avec les troupeaux, on l'évitait pour ne pas déranger les esprits. Ne sait-on jamais.

Ce matin, François avait senti son cœur se serrer. C'était sans doute le dernier voyage qu'il faisait avec les bêtes de M. Marian. Son dernier été. L'anxiété s'effaça aux premiers jappements des chiens. Il fallait garder la tête froide et surveiller sans penser à autre chose.

Après avoir emprunté la passe de la Meule, dépassé le moulin adossé à la maison du meunier, sur la berge du ruisseau du Lavoir, il bifurquerait vers le sud. Plus loin, il serait obligé de traverser la voie de chemin de fer. Il n'aimait pas car, si un train arrivait, le bruit de la machine et les multiples coups de Klaxon donnés par le conducteur pour faire fuir les moutons semaient la peur dans le troupeau. Ça lui était déjà arrivé, la panique avait été totale. Il avait fallu du temps aux chiens, encouragés par les nombreux cris du berger, pour que tout rentre dans l'ordre. Le père Bouscarrut, au Grand Courgas, qui avait sa ferme proche de la voie ferrée, avait déjà eu trois bêtes d'écrasées. Quand ça se produisait, le train ne s'arrêtait pas. Il poursuivait son chemin en laissant les cadavres sur le ballast, et perdre des bêtes était la hantise des bergers. La Compagnie des chemins de fer économiques ne remboursait rien du tout, c'était au berger de surveiller ses bêtes. Depuis l'arrivée des trains dans ce coin, la conduite des moutons était devenue délicate. Il pensait aux paroles du grand-père concernant le progrès. Pourtant, il rêvait parfois du jour où il pourrait monter dans un train et aller voir à quoi ressemblait Bordeaux. On disait que c'était immense, avec des maisons partout, beaucoup d'agitation et de bruit dans les rues. Beaucoup de bruit. François n'aimait pas le bruit.

Pour l'instant, l'allure du troupeau était bonne, il serait aux alentours de Saumos avant la nuit. Le bois de la Cure serait un bon pacage pour la soirée. Le temps était encore beau, il dormirait à la belle étoile sous les grands chênes, après avoir mangé son pain frotté d'ail. Il aimait ces soirées à la belle étoile. Ce soir, sa halte était à deux pas des premières maisons du village et, comme il était connu, il n'était pas rare qu'on lui porte une bricole à manger. La dernière fois, le curé l'avait invité à sa table. Il avait refusé, par respect, et seulement accepté un bol de soupe qu'il avait mangé debout, contre le chambranle de la porte d'entrée du presbytère. Le saint homme, avant de retourner à ses prières du soir, avait béni le troupeau en souhaitant à François qu'il soit un bon pasteur pour ses brebis.

Aujourd'hui, il faisait beau. En cette saison, les voisins viendraient bavarder avec lui, tandis que leurs enfants joueraient en poussant des cris d'orfraie. C'est ainsi qu'il apprenait les nouvelles des gens qu'il connaissait dans le village. Peut-être apprendrait-il qu'un propriétaire cherchait un berger ?

Demain, à l'aube, il se dirigerait vers Sérigas. Les semis de pins n'étaient pas encore trop nombreux dans la région, et les pâturages libres. Là encore, il devrait traverser la voie ferrée, puis la longer une centaine de mètres avant de bifurquer à droite. Pour être tranquille, il partirait avant que le premier train ne passe. Jules Berron, le garde-barrière, avec qui il avait discuté plusieurs fois, lui avait indiqué l'heure de passage de ce convoi. Il suffisait qu'il passe juste avant pour être tranquille. Sitôt traversé le hameau, il bifurquerait vers Sautuges, et, dans quelques jours, il se dirigerait vers les landes de Blagon, vers l'ouest, puis vers Arès, où il trouverait quelques prés salés. Les moutons adoraient. Il y passerait presque deux mois, étape par étape, entre Arès et Audenge, et ne reviendrait au pays qu'en août. François espérait que d'ici là le calme serait revenu dans le village et que personne ne parlerait plus de lui et de cette bagarre. En partant de Lacanau, il aurait pu se diriger directement vers le sud, depuis les prés de M. Marian, mais vivait à Sautuges un berger, Edgard Dubreuil, qu'il souhaitait rencontrer. Il lui indiquerait comment trouver un troupeau à garder ou à acheter. C'était un vieux roublard qui connaissait tous les propriétaires du coin. Il avait encore jusqu'à la Saint-Michel, le 29 septembre, date de fin des baux, pour trouver une solution, M. Marian lui ayant indiqué qu'à cette date il se déferait de ses bêtes. Il avait déjà trouvé acquéreur à Berron : le vieux Bérard souhaitait agrandir son troupeau, pour arranger ses fils.

— En voilà au moins un qui a de la chance avec ses enfants, avait dit tristement M. Marian, ils n'ont pas honte d'être berger.

François était toujours sous le coup de l'émotion à cause de cette histoire avec le fils Rambert. En l'espace d'un rien de temps, elle l'avait rangé dans la catégorie des mauvais garçons. Ce qui le gênait le plus, c'est que le nom de Maria avait été évoqué. Il avait suffi que cet imbécile de Jacques hurle qu'elle avait passé une nuit dans le courtioù avec lui pour que soient lancées ces suppositions malveillantes dans le village. Maria, c'était son secret. Ça ne regardait que lui. Personne ne savait. Alors pourquoi imaginer des choses ? Le coup de poing, il l'avait donné presque avec plaisir, le fils de l'adjoint le méritait amplement. À jouer les fanfarons comme il le faisait, il en recevrait d'autres. François ne comprenait pas comment Maria, si douce, si tendre, pouvait aimer ce garçon. Pour lui, tout les séparait. En suivant ses bêtes, il méditait cela, lorsqu'il entendit qu'on l'appelait. Aurait-il oublié quelque chose ? C'est vrai qu'il avait besoin d'emporter plus que d'habitude pour ce temps qui serait plus long qu'à l'accoutumée. Un vêtement peut-être, et sa mère s'en était aperçu ?

— François ! François !

Il se retourna. Une silhouette qu'il ne reconnut pas tout de suite arrivait en courant. Il réalisa que ce n'était pas sa mère, elle ne courait pas comme ça. Stupéfait, François reconnut Maria. Il siffla et les chiens stoppèrent le troupeau qui se mit à brouter sur place, ravi de cette pause inattendue.

Maria ? Que voulait-elle ? C'était au sujet de ce coup de poing ? Jacques était capable de tout, il le savait. Elle venait le prévenir d'un danger ? Elle le rassura :

— Non, François, aucun danger, mais je voudrais simplement comprendre ce qui s'est passé chez la Mastroquette.

Il lui sembla que Maria avait perdu son sourire, ce sourire qui illuminait son visage de madone qu'il adorait. Il répondit, gêné, que ce n'était rien. Juste une querelle stupide entre garçons comme il en arrive parfois.

— Sans doute, mais à cause de moi, c'est ça ? On me l'a dit.

François acquiesça. Oui, Jacques l'avait menacé s'il continuait de la rencontrer sur la lande, ou la nuit dans les courtioùs. Rien d'autre. Une jalousie de mauvais aloi.

— Mais c'était une rencontre inévitable, pas exprès ! s'insurgea Maria. Tu lui as dit que c'était à cause de l'orage que j'étais restée avec toi, non ? Je ne pouvais pas rentrer sous les éclairs et sous la pluie violente quand même. Il le sait bien.

Bien sûr, ce n'était rien qu'une incompréhension ridicule. Rien d'autre. Il ne fallait plus lui attacher d'importance.

— Il avait sans doute un peu bu, ajouta François comme pour l'excuser.

Maria baissa la tête. Elle voulait lui poser une autre question, mais elle n'osait pas. François comprit.

— Il y a autre chose, Maria ?

Elle se lança et débita d'un seul trait :

— Mon père m'a demandé si tu m'avais parlé d'amour, si tu avais fait des vilains gestes, et il a ajouté que je devais me méfier de toi.

François fut éberlué. Parler d'amour ? Se méfier de lui ? Des vilains gestes ? Grand Dieu, c'était quoi ces bêtises ? Il savait que Félicien Tastet n'était pas un tendre et n'aimait pas trop la famille du bossu, mais quand même, c'était trop ! Il cacha sa colère. Sa peine fut grande. Il baissa les yeux. Eut envie de pleurer. Voilà que ça continuait. Le fils du bossu ne pouvait pas être comme les autres. Il répondit avec tristesse :

— Alors moi, François du bossu comme vous dites, je n'aurai donc jamais la paix ?

Maria fut surprise de voir le visage malheureux du berger. Elle se défendit : elle ne l'avait jamais appelé François du bossu. Elle insista : au village, elle savait qu'on le nommait ainsi, mais elle, jamais !

Elle voulait une réponse. C'était vraiment à cause d'elle qu'ils s'étaient battus ? Il fit oui de la tête. Mais pourquoi ? Il lui sourit. Il avait de l'affection pour elle depuis longtemps. Petit à petit, cette affection avait envahi son cœur et, chaque fois qu'il la voyait, il était heureux de la rencontre. Très heureux.

— Pour moi, tu n'es pas Maria Tastet, mais Maria de la lande.

Alors il n'avait pas supporté les remarques blessantes de Jacques, à propos de la nuit passée dans le courtioù avec elle. Stupéfaite, Maria l'écoutait. En lui parlant, le regard qu'il lui portait la troublait. Son visage était si tendre et si douloureux à la fois qu'elle en fut perturbée. François l'aimait donc ? Jacques ne lui avait jamais parlé comme ça. Une émotion intense l'envahit alors. Elle réalisa qu'elle n'avait jamais ressenti ce genre d'émoi avec son promis. Quelque chose d'indéfinissable s'installa en elle. Sa respiration lui sembla plus difficile. Elle sentit son cœur battre plus fort. Plus vite. Ses larmes n'étaient pas loin. Un souffle curieux l'envahissait, lui faisant tout oublier. Il n'y avait plus qu'elle et François, ce berger qui venait de lui avouer son amour. Elle se surprit à faire un pas vers François. De tendre la main pour lui toucher le bras comme pour le réconforter. Il fut tenté d'en faire autant, mais n'osa pas. Se dit qu'il n'oserait jamais. Oh, comme il aurait voulu la prendre dans ses bras. La serrer contre lui. Passer ses mains dans ses cheveux fins et souples. Lui dire des mots qui sortaient de l'ordinaire, mais il n'en connaissait pas, on ne les apprenait pas sur la lande. Le silence s'installa entre eux, seuls leurs regards parlèrent. Intensément.

Maria, toute tremblante, ne comprenait pas ce qui lui arrivait. Il se passait en elle quelque chose qu'elle ne soupçonnait pas, finit par comprendre qu'en ce moment elle découvrait l'amour. Une onde de bonheur la traversa qu'elle n'avait jamais éprouvée avec Jacques. Elle sut alors qu'elle aimait François. La tête lui tournait, elle manqua en perdre l'équilibre.

— François.

— Maria.

Ils tombèrent dans les bras l'un de l'autre.

Le soleil jetait ses rayons au travers des arbres, projetant sur eux des rais de lumière. Les brebis pacageaient en silence. Il leur sembla que l'éternité était avec eux. Que rien n'empêcherait leur amour.

— Je vais parler à mon père, dit Maria. Je ne veux plus épouser Jacques. Je ne l'aime pas, mais je ne le savais pas.

Cette déclaration rompit le charme. François sut que ses ennuis n'allaient pas s'arrêter ainsi parce que la fille Tastet ne voulait plus épouser le fils du premier adjoint. Surtout pour épouser le fils du bossu.

— Tu n'y arriveras pas, protesta-t-il tristement. Je crois que c'est trop tard. Il y a longtemps que je t'aime, je te l'ai avoué maintenant, mais je n'osais pas te le dire parce que je ne suis que le fils du bossu. Rien d'autre. Ton père ne me voudra jamais pour gendre.

— On verra bien, répondit-elle fermement.

Prestement, elle l'embrassa sur la joue et repartit en courant vers le bourg.

François resta pantois. Ce sont ses chiens qui, en aboyant pour regrouper le bétail, le ramenèrent à la réalité.

*

* *

Félicien Tastet était fou de rage. Depuis une heure, il vociférait. Sa fille était devenue folle. Épouser le fils du bossu ? Et pourquoi pas le premier Bohémien venu tant qu'elle y était ! Il tournait son béret dans tous les sens. Jamais on ne lui avait manqué de respect à ce point. Mais il avait quoi cette espèce de berger miteux pour plaire à sa fille ? Madeleine, sa femme, pleurait toutes les larmes de son corps. Maria allait les faire passer pour qui au village, eux qui avaient accepté qu'elle se marie avec Jacques Rambert ? Ils seraient la risée de tous, sans compter que le premier adjoint ne leur donnerait plus aucun appui pour des travaux forestiers.

— Mais enfin, Maria, tu perds la raison, pleurnichait sa mère.

Non, elle ne perdait pas la raison. Elle en était sûre, elle aimait François et le voulait pour mari. Ça l'avait pris comme ça, d'un coup ? Félicien continuait à hurler :

— Qui sait ce qu'il lui a raconté dans le courtioù dans cette nuit d'orage ?

Il essaya de lui faire avouer :

— Tu as eu peur, tu t'es blottie contre lui, et il t'a fait des choses ? demanda-t-il avec rage. Nom de Dieu, si c'est ça, je vais aller voir les gendarmes !

Pas du tout, rien de tout cela. Il avait toujours été gentil, tout simplement. Respectueux. C'est ce matin, grâce à l'explication qu'elle avait eue avec lui, qu'elle avait compris l'amour qu'elle lui portait. En expliquant cela à ses parents, elle était sereine, encore sur son nuage amoureux. Les cris et les larmes de ses parents ne l'atteignaient pas. Elle resta ferme, François serait son époux. Il l'aimait lui aussi, et depuis longtemps, il lui avait dit.

La gifle que lui donna son père la fit chavirer. Cette brutalité inaccoutumée lui fit peur.

À l'inverse de son mari, Madeleine parla doucement à sa fille. Elle devait la raisonner, d'autant que son mariage allait se faire l'an prochain et que les Rambert étaient d'accord. Jacques avait fait ses premières visites, tout devait continuer comme c'était prévu.

— Petite, tu ne sais pas ce qu'est l'amour. Il ne vient pas d'un seul coup un beau matin comme tu le crois.

Maintenant qu'elle avait réalisé ce qu'elle ressentait pour François, Maria avait compris le plaisir éprouvé à chaque rencontre. C'était ça, l'amour. Comment ne pas l'avoir compris plus tôt ? Lorsque son père lui avait parlé de Jacques, elle aurait pu se défendre. Ne pas accepter l'idée. Il avait fallu cette histoire au village pour lui ouvrir les yeux. Quand ses parents l'avaient promise au fils Rambert, elle ne s'était pas posé de questions. Félicien trancha d'une phrase :

— Tu es la honte de la famille, tu ne sortiras plus jusqu'à nouvel ordre.

Maria réalisa que son rêve n'était pas près de se réaliser.

Elle fondit en larmes.

V

L'abbé Despeyroux était un homme bon. Curé de cette paroisse depuis plus de quarante ans, il connaissait tout du village. Les bons, les moins bons, ceux qui « bouffaient » du curé mais qui le saluaient lorsqu'il passait devant eux, ceux qui souriaient mais, dès le dos tourné, cancanaient avec force. Il savait que le monde était ainsi fait et que pas grand-chose, sinon la patience, venait à bout des choses. C'était le propre de l'homme, pensait-il, et s'il ne les comprenait pas toujours, il les pardonnait volontiers.

Mgr Donnet l'avait installé dans cette église en 1860, avec mission de comptabiliser les bons chrétiens et de les inciter à fréquenter davantage les offices. Un maniaque des chiffres et de l'ordre, cet archevêque. Étant un féroce défenseur du dogme sur l'infaillibilité du pape, il marchait aux ordres du Vatican et agissait en vrai despote, jugeant les idées contraires condamnables. L'abbé Despeyroux respectait sa hiérarchie, mais reconnaissait humblement, au fond de lui, que, quels que soient son importance et son titre, tout homme pouvait être faillible. Mais bon, il fallait compter les ouailles, alors il comptait les ouailles. Les paroissiens présents, le nombre de communions du dimanche, surtout celles du jour de Pâques, comme celles des grandes fêtes carillonnées. Le cardinal disait que le Nord-Médoc était un exemple à suivre, car soixante à soixante-dix pour cent de ses habitants se rendaient à l'église régulièrement. S'il s'en félicitait, ce n'était pas le cas pour le village voisin du Porge, dont seulement dix pour cent des habitants assistaient aux cérémonies. L'abbé Despeyroux ne comprenait pas que l'on puisse ainsi compter le nombre de communions le dimanche et mettre en colonnes des chiffres, comme le ferait un boutiquier de la ville. Il se demandait si l'Église ne filait pas un mauvais coton, mais n'en parlait jamais, car, à Bordeaux, deux prêtres, l'abbé Mouls et le chanoine Junqua, ayant ouvertement critiqué le cardinal, l'avaient payé par deux ans de prison !

Grâce aux travaux qu'il avait faits pour réparer, transformer les églises, le cardinal-archevêque avait un rayonnement auprès des riches et des puissants du département. Trois cent dix églises, cent clochers, trente presbytères et un grand nombre de chapelles avaient été démolis, transformés, rebâtis, rénovés, sur les six cent cinq églises que comptait la Gironde. Il s'était fait, malgré tout, quelques ennemis chez quelques maires, car les communes devaient payer ces dépenses, les églises étant leur propriété depuis 1790, et les caprices du cardinal Donnet leur restaient parfois en travers du gosier ! L'abbé avait même lu que certaines personnalités éminentes girondines n'hésitaient pas à dire que ces travaux avaient détruit le patrimoine, bien plus que pendant la guerre de Cent Ans, les guerres de Religion et la Révolution réunies ! Le but du cardinal était clair : prendre un élan nouveau et restaurer la foi grâce au décor, comme au Moyen Âge ! C'est ainsi que les églises de Sainte-Hélène, de Carcans, d'Hourtin, de Salaunes, du Porge, les paroisses voisines, ressemblaient depuis peu à des vaisseaux qui incitaient, disait l'archevêque, à la prière. L'abbé se rappelait sa petite chapelle, dans son village natal des Landes. Elle se nichait au creux d'un petit vallon sur le bord de la Leyre, où tout n'était que paix. C'était là, dans cet endroit où gazouillaient les oiseaux et qui abritait une petite fontaine dont l'eau passait pour guérir les maladies de peau, qu'il avait eu la révélation de sa foi et décidé de devenir prêtre. Alors l'idée qu'une grande église à l'allure semi-gothique pouvait ramener la pratique religieuse le laissait perplexe. D'ailleurs, argumentait-il après le banquet de la fête du village, en 1858, la Sainte Vierge n'était-elle pas apparue à Bernadette dans un simple creux du rocher ? L'Enfant Jésus n'était-il pas né dans une misérable étable ? Ces signes de simplicité et d'humilité semblaient avoir échappé à ses supérieurs. Le cardinal Donnet les avait quittés pour un monde meilleur en 1882 et son successeur avait moins la manie des chiffres. Donc, ici, dans sa paroisse, l'abbé Despeyroux était aimé et respecté. Pas par tous ! Il y avait ce groupe de libres-penseurs qui parfois le narguaient, mais il leur pardonnait facilement, après tout, comme eux, à sa façon, il était un peu contestataire.

Il avait appris pour François Hostein. Un garçon si gentil. Bon élève au catéchisme, il subissait les moqueries que son père et sa famille enduraient depuis longtemps. Quelle histoire dans le pays lorsque Marthe, la fille Hostein, s'était retrouvée enceinte ! Le village avait osé tout dire. Rien ne lui avait été épargné. Au milieu d'une population qui jugeait sans savoir et se régalait à inventer des suppositions ridicules, odieuses, sa grossesse avait été un véritable enfer. Elle n'avait pourtant rien changé à sa vie, à ses habitudes, mais, comme elle pliait sous le fardeau du travail, elle avait fini par plier sous le fardeau de la calomnie. Lorsque le village avait appris la naissance de son petit, bossu de surcroît, ce fut un déchaînement de jugements et de moqueries. L'abbé avait été obligé, en chaire, de calmer les esprits en redisant la fameuse réplique qu'avait lancée Jésus au sujet de la pécheresse Marie-Madeleine : « Que celui qui n'a jamais péché lui jette la première pierre. » Il avait ajouté qu'il valait mieux naître bossu que sournois, le mal était moins profond. Les ragots s'étaient tus. Marthe, ayant appris ce qu'il avait dit, était venue au presbytère, un soir en cachette, pour confesser sa faute de chair, comme on disait. En pleurant, elle lui expliqua tout. Il comprit sa sincérité, à l'inverse de certaines personnes qui venaient à confesse par habitude. Le brave curé lui avait donné l'absolution, et personne ne l'avait jamais su. Il n'avait exigé qu'une pénitence légère, juste deux ou trois Ave, pour la forme, car il savait bien qu'avec ce petit bâtard bossu toute sa vie serait une longue pénitence. Et voilà que la vie du petit-fils explosait au grand jour : il s'était battu pour une fille, dont on disait qu'elle était promise au fils de l'adjoint. Il réfléchissait à tout cela, lorsqu'il entendit toquer à sa porte. Il était tard, mais avec ces longues journées d'été l'heure ne comptait pas pour les besogneux et ils rentraient parfois tard des champs. Sa soupe du soir mangée lentement, il allait dire une dernière prière avant de partir se coucher. Il se leva pour ouvrir. Sans doute quelqu'un qui venait le chercher pour un mourant ? Bizarre, il n'avait pas connaissance d'un malade. Il se trouva nez à nez avec Félicien Tastet et Madeleine, sa femme, qui était restée deux pas derrière lui. Le curé ne manquait pas d'humour, il demanda en souriant :

— C'est pour une conversion tardive ? Entrez donc, chers amis.

Félicien était rouge de honte. Il triturait son béret entre ses doigts et se retournait sans cesse, par peur d'être vu. Si la population apprenait cette visite, c'en était fait de sa réputation. À ce moment, intérieurement, il jura contre sa fille. À cause d'elle, il faisait ce qu'il avait toujours juré ne jamais faire, demander de l'aide à un curé.

Il faut dire qu'à l'annonce que lui avait faite Félicien Augustin Rambert avait vu rouge. On ne se moquait pas impunément de lui. Son rang social et à la mairie imposait du respect. C'était donc à eux de régler cette histoire en se faisant obéir de leur satanée fille. Pour ça, l'éloigner. La cacher. Loin. En ville. Dans une école sévère. Les sœurs, en ville, en tenaient quelques-unes, il fallait que Félicien règle ça. Il avait été formel, pour réussir, il devait rencontrer le curé, car lui seul pouvait donner le coup de pouce nécessaire à l'obtention d'une place dans une école religieuse de Bordeaux, estimant que la seule marche à suivre était d'éloigner la fille jusqu'au mariage. Malgré ses accointances, l'adjoint au maire n'avait pas ce pouvoir-là. « Alors va voir le curé, Félicien, avait-il martelé avec force et colère, c'est ta fille qui a décidé de rompre, pas mon fils. Démerde-toi. »

Et il lui avait claqué la porte au nez.

Félicien avait bien compris qu'Augustin se vengeait de l'affront et lui faisait payer. Que faire, sinon accepter cette entrevue ?

La cuisine du presbytère était petite, mais bien rangée. Une table de bois au milieu de la pièce servait de bureau. Sur un mur, une patère soutenait le long manteau noir qui valait son surnom de Corbeau au prêtre. Dans le fond, un évier en pierre sur lequel était posée une cruche en terre remplie d'eau. À côté de la cuisinière, sur un égouttoir en bois, la vaisselle séchait. Valentine, une vieille paroissienne, venait trois fois par semaine faire un brin de ménage, repriser ses habits et, surtout, surtout, lui racontait les échos du village.

Pour faire un peu de place, le curé poussa des journaux posés sur le coin de la table, débarrassa son assiette de soupe vide, montra du doigt les chaises, mais Félicien fit non de la main. Il n'allait quand même pas s'asseoir à la table de son ennemi ! Madeleine s'assit, ou plutôt se laissa tomber sur une chaise. Monseigneur, le gros chat gris qui dormait sur un vieux fauteuil, dérangé par ce remue-ménage inhabituel, se sauva dehors en courant.

— Il me reste un peu de vin rouge, Félicien, en veux-tu un verre ? demanda-t-il en souriant.

Félicien eut envie de partir en courant, se calma en faisant non de la tête. Sa fille allait payer ça très cher. Il se le jura.

— Alors, que puis-je faire pour vous ? Parce que j'imagine que vous n'êtes pas venu juste pour me souhaiter le bonsoir. Je me trompe ?

Un silence pesant s'installait, mais pas pour l'abbé Despeyroux. Bien qu'il soit bon et généreux, il vit dans cette présence exceptionnelle, chez lui, ce soir, l'occasion de donner une leçon à ce bouffeur de curé. Gentiment, mais fermement, il leur demanda s'ils venaient pour le mariage de leur fille, et, si c'était le cas, leur compère et leur commère auraient dû venir avec eux. C'est comme ça que ça marchait. La date était fixée ? Si c'était le cas, il fallait qu'il rencontre les fiancés rapidement.

Félicien tremblait de colère, de honte. Il balbutia plus qu'il ne parla. Non, ce n'était pas tout à fait ça. Le mariage était prévu, mais quelques difficultés venaient d'apparaître. Sur un ton offensé, le curé questionna :

— Ils ont fait Pâques avant Rameaux ? Mon Dieu, quelle horreur !

Félicien éructa ! N'importe quoi, sa fille était une brave fille et ne se donnait pas avant le mariage.

— Calme-toi, Félicien, tu sais bien que ce sont des choses qui arrivent. La chair est faible, mon fils.

Voilà que le Corbeau l'appelait « mon fils » ! Félicien manqua s'étrangler. Il cria d'un trait plutôt qu'il ne parla, et déballa le tout sans respirer :

— Monsieur le curé, je viens vous voir parce que je veux foutre ma fille en pension chez les sœurs, en souhaitant qu'elle se calme en attendant que la date du mariage soit fixée !

Le curé s'amusait. Par contre, s'il voyait la colère qui étouffait Félicien, il mesurait aussi la peine de Madeleine. Assise, les mains jointes entre ses genoux, tête basse, visage lavé par des larmes silencieuses, elle ne disait rien. Mais que s'était-il donc passé pour qu'ils en viennent à lui demander de l'aide ?

— Qu'elle se calme ? Il faut m'expliquer la situation, j'avoue ne rien comprendre.

Félicien se racla la gorge, finit par avouer que sa fille s'était amourachée du fils du bossu et ne voulait plus se marier à celui qu'on lui avait promis. Le curé rétorqua malicieusement :

— Il me semble que lorsque tu dis le fils du bossu, Félicien, il y a, dans tes mots, un peu de mépris, je me trompe ?

Félicien balaya l'objection de la main. C'était une vieille habitude. Tous, ici, le nommaient ainsi.

— Et ça autorise à continuer de faire suivre l'humiliation à travers les générations, n'est-ce pas ? Autre chose, Félicien, ta fille, tu lui avais promis le fils Rambert, ou c'est toi qui avais promis ta fille au père Rambert ?

Et alors, c'était pareil, non ? Un mariage était un mariage et, si les deux familles s'entendaient pour cela, c'était bien.

— Sans doute, Félicien, sans doute. Mais, dis-moi, si ta fille était d'accord, pourquoi a-t-elle changé d'avis ?

Félicien souffla en remuant la tête. Pour rien. Une couillonnade. Une idée de femme, rien d'autre.

— Elle dit qu'elle l'aime, le berger, souffla doucement Madeleine. Elle ne sait pas vraiment de quoi elle parle, ce n'est qu'une gamine. Alors, si on l'éloigne un peu, elle l'oubliera vite et tout rentrera dans l'ordre.

L'abbé Despeyroux comprenait mieux. Dans le pays, la coutume des mariages arrangés était tenace. On alliait deux familles. On rassemblait deux propriétés. Qui parlait d'amour ? L'amour, c'était pour ceux qui n'avaient rien et qui s'imaginaient que leur vie allait être une vraie bénédiction. Ceux-là se trompaient rarement, les autres se supportaient rarement, mais faisaient bonne figure. Il en avait entendu, dans son confessionnal, des plaintes douloureuses. Il en avait entendu, des brus se plaignant de leur belle-mère. Des femmes, honteuses de la conduite de leur mari. Chez les Tastet, il n'était sans doute pas question de propriété, seulement d'orgueil. Marier sa fille avec le fils du premier adjoint, qui, un jour, le maire vieillissant, serait sans doute maire à son tour, c'était valorisant. Et Félicien débordait d'orgueil, il fanfaronnait sans cesse. Sauf ce soir. Sa colère et son dépit le rendaient pitoyable. L'abbé Despeyroux eut presque de la peine pour lui, mais les moqueries de son groupe de libres-penseurs à son égard, certains jours de fête de l'Église, lui revinrent en mémoire. Il devait faire quelque chose. La vie de Maria et de François risquait d'être difficile, voire impossible, mais ils avaient sa sympathie. Pour lui, la vérité de l'amour était plus belle que celle d'un mariage en grande pompe, cachant des intérêts mercantiles. Réflexion faite, il allait pourtant donner satisfaction à Félicien et à Madeleine, et pour une raison simple : trouver un endroit discret pour abriter Maria ne signifiait pas l'envoyer au couvent. Par contre, s'il lui trouvait un établissement dans lequel elle pourrait s'instruire encore plus, ce serait un excellent moyen pour qu'elle se construise une vie meilleure que gardienne de moutons, ou d'être la bru au service d'une famille exigeante et orgueilleuse.

— Je vais t'aider, Félicien. J'ai quelques adresses qui pourraient convenir à Bordeaux. D'excellentes pensions. En plus, tu pourras te vanter, dans le village et ailleurs, d'envoyer ta fille aux écoles avant son mariage.

Envoyer sa fille aux écoles ! Seuls les gens « bien » le faisaient. Cette phrase retentit dans l'esprit de Félicien comme une révélation. Son orgueil eut un sursaut d'espoir. Au village, il passerait pour un père moderne et il tiendrait même la dragée haute à son futur compère, le mettant presque à égalité. Son fils ne faisait, après tout, que le seconder dans ses affaires. Il pourrait même lui dire que, plus tard, sa fille, ayant appris aux écoles, saurait l'aider !

— Alors, demanda le curé, ça vous va ?

Félicien avait retrouvé le sourire, Madeleine aussi.

— Bien sûr, monsieur le curé, ça nous convient tout à fait. Vous savez, j'ai toujours essayé de faire ce qu'il fallait pour ma fille.

Le curé s'amusait, il savait que dans un instant Félicien allait le maudire.

— Ravi que ça vous plaise, mais il y a une condition à tout cela, Félicien, outre les frais de scolarité, bien sûr. Tu t'en doutes.

Félicien comprenait. Le curé allait lui demander de l'argent. Sous leurs allures de donneurs de leçons, les curés étaient bien tous pareils ! Peu importe, il était d'accord et paierait le prix réclamé. Ça ne posait aucun problème. Il demanda avec un sourire en coin qui en disait long :

— Et ce sera combien, monsieur le curé ?

L'abbé Despeyroux se fit suave et précisa :

— Félicien, je ne suis pas un homme d'argent, seulement un homme d'Église.

Puis, changeant de ton, il se fit dur et intransigeant en laissant tomber sa sentence :

— J'exige seulement de t'entendre samedi prochain en confession, sinon pas d'école en ville pour Maria.

Félicien sentit ses jambes flageoler. La sueur l'envahit. Intérieurement, il jura contre ce maudit curé. Contre Dieu et tous ses saints. Madeleine l'observait, devinait ce qu'il ressentait. Il essaya de transiger. Pourquoi cette confession ? Ça n'avait aucun rapport avec la conduite de sa fille. De l'argent pour l'Église, oui, c'était sans problème. Mais rien d'autre. Ou alors qu'il confesse sa femme, mais pas lui. Ce serait pareil, non ?

— Non, dit le curé en se levant, ce ne serait pas pareil. C'est toi que je veux entendre. Sinon je n'interviendrai pas pour Maria.

Félicien pleurait presque. Il s'imaginait dans le confessionnal, un samedi à l'heure où toutes les femmes allaient confesser leurs babioles, et ça le rendait fou. Parce qu'elles le verraient, et tout le pays serait vite au courant. Le curé se fit conciliant :

— Félicien, si tu veux, je peux te recevoir le soir. Après l'angélus, à part les hommes qui vont au bistrot, il y a peu de monde dans les rues.

Félicien comprit le piège. Le curé se vengeait de son attitude. De ces repas des libres-penseurs. Il n'avait pas le choix.

En sortant du presbytère, il se dit qu'un jour sa fille le paierait très cher.

VI

François était désemparé. Depuis une dizaine de jours, il errait sans savoir où il allait ni ce qu'il faisait. Ses parents avaient bien essayé de le calmer, rien n'y avait fait. Il ne voulait écouter personne. Voir personne. Même Francis avait tenté de le raisonner, impossible. Il n'avait pas repris son travail, le troupeau l'attendait dans les prés de M. Marian. « Les tioques n'ont pas besoin de moi pour brouter », avait-il rétorqué à sa mère qui s'inquiétait de sa décision. En ce moment, il n'avait pas la tête au travail. Il avait besoin de réfléchir. Ah, il n'était pas près d'oublier cette journée du 15 août. Il s'en faisait pourtant une joie. Une double joie. Celle de la fête de la Société, comme on disait familièrement, et celle de revoir, même furtivement, Maria. Son sourire le paierait de ses longues journées de solitude qu'il venait de vivre. Il lui tardait aussi de savoir comment ses parents avaient réagi à l'annonce de leur fille, refusant le mariage prévu. Oh, il imaginait sans peine l'indignation de Félicien et de Madeleine Tastet. Mais quelle importance, Maria ne voulait pas de Jacques, et c'était tout. Ça lui paraissait simple. Même le fils du bossu méritait d'être aimé, non ? Il n'hésiterait pas à braver leur colère, leur expliquerait que depuis longtemps il aimait leur fille et qu'il saurait la rendre heureuse. Souvent, il avait touché sa pièce porte-bonheur avec l'espoir qu'elle l'aidât. Il se rappelait son excitation, le soir où il avait commencé sa remontée vers le village, après avoir quitté les bords du bassin pour se diriger vers le nord.

L'été avait brûlé la lande. Certains s'étant asséchés, il avait fallu trouver de nouveaux points d'eau. Avec cette chaleur, les moutons avaient moins mangé et cherché sans cesse un peu d'ombre. Heureusement qu'ils avaient été tondus assez tôt en mai, la repousse les avait protégés des rayons ardents.

Comme tous les soirs, les moustiques tourbillonnaient dans la clarté du soleil qui baissait sur l'horizon. Ils harcelaient les bêtes et les chiens. Heureusement, la chaleur commençait à diminuer, et la fraîcheur de la nuit serait salutaire à tous. En août, les jours raccourcissaient. Dans une heure, il ferait presque noir. Il devait se hâter. Près du domaine de la Saussouze, à la sortie de Lège, il y avait un endroit clôturé où parquer les bêtes pour la nuit. Le lendemain, il partirait vers Lacanau, il voulait y être pour le 15 août. Depuis son départ, il n'avait rencontré personne de bien intéressant, ou plutôt personne à qui il aurait aimé se confier. Sa tête était remplie des mots de Maria lui avouant son amour, il y avait pensé sans cesse et aurait voulu partager ce bonheur. Contrairement à ce qu'il comptait faire, il s'était à peine attardé à Sautuges pour rencontrer Edgard Dubreuil. Le vieil homme lui avait paru inquiet. Il l'avait prévenu, le métier devenait difficile. Tous se tournaient vers le gemmage. Il était prêt à parier que dans peu de temps, il n'y aurait plus de grands troupeaux.

— Petit, mangé par les pins, la lande va disparaître et sa vie aussi. L'aoùbès ne poussera plus qu'entre les arbres, lui avait-il dit avec mélancolie.

C'était pourtant joli un troupeau de moutons qui pacageait, gardé par un berger perché sur ses *tianques*.

— Les bergers, petits, on ne les verra plus que sur les photos que prend un certain Félix Arnaudin dans la grande lande. Tu verras, nous alimenterons les souvenirs.

Lui-même s'inquiétait pour son travail. À son âge, on ne devenait pas résinier du jour au lendemain. Alors il tiendrait le coup tant qu'il pourrait.

Pourtant, ces propos pessimistes n'avaient pas découragé François. Il était jeune, il était aimé, il s'en sortirait. Encore quelques jours et il assisterait à la messe du 15 août à Lacanau. C'était une belle fête religieuse, mais aussi celle de la Société de secours mutuel de l'Assomption, où il avait adhéré sur les conseils de M. Marian, qui en était le président. C'était nouveau ce genre de sociétés, mais elles naissaient dans presque toutes les communes. Il y en avait même deux dans le village, pourtant pas grand. François avait aimé cette idée de solidarité. Aider ceux qui étaient dans le besoin, quoi de plus beau ? disait-il. C'est qu'ici, dans ce marais, la maladie arrivait rapidement et, lorsque la maladie s'acharnait sur le chef de famille, celle-ci avait vite fait d'être anéantie. La femme, avec souvent cinq ou six enfants, tombait rapidement dans la misère. François n'avait jamais rien demandé pour lui, mais un jour peut-être serait-il content d'avoir fait ce choix. Le 15 août, après le paiement des cotisations, les membres assistaient à la messe, et un banquet suivait. C'était l'occasion de revoir les amis, les copains, d'avoir des nouvelles de chacun et de passer un moment agréable, en faisant un bon repas ensemble. Il se rappelait celui de l'an dernier, un festin pour lui qui ne se régalait que de lard, de pin, d'ail, d'oignon et d'eau pas toujours bonne. Le potage au vermicelle avait été suivi de hors-d'œuvre variés : jambon, saucisson, boudin, pâtés, puis des moules grillées sauce verte, du salmis de dindonneau, des poulets de grain, salade et desserts, le tout arrosé au vin de Médoc, plus café et pousse-café, dégustés dans une ambiance de fête. L'ordinaire de la semaine qui avait suivi avait été plus maigre. Mais, au-delà de ça, il tardait à François de savoir si les ragots le concernant avaient cessé. Il espérait très fort que cette histoire n'alimentait plus les conversations. Somme toute, elle avait été banale. Une bagarre, et encore, à peine, entre deux garçons, rien d'autre. Mais c'est vrai que cette bagarre avait déclenché quelque chose d'important pour lui, l'aveu de Maria. Sûr, elle resterait dans les mémoires, si tout se passait comme il l'espérait.

Il était quand même inquiet au sujet de Maria. Avait-elle parlé à ses parents ? Et Jacques Rambert, il savait qu'elle ne voulait plus de lui ?

Encore deux ou trois jours de marche et il en saurait davantage. Il lui tardait.

Le 15, après avoir bu un bol de chicorée et fait sa toilette dans une bassine d'eau chauffée au soleil, il avait mis son pantalon de coutil, celui des jours de fête, et sa veste noire sur une chemise grise. Aujourd'hui, il chausserait ses sabots neufs. Avant de clouer les brides de cuir avec des *guingassons*[1], son père les avait laissés tremper pendant deux jours, elles seraient plus solides. Elles allaient sans doute lui faire un peu mal sur le cou-de-pied, mais, une fois la bride un peu sèche, ce serait parfait. Coiffé de son béret, vers 9 heures et demie, il s'était rendu au bourg. La lande l'avait tellement habitué au silence qu'il avait horreur de la foule. Mais, ce matin, il n'avait pas le choix, il devait faire face. Il lui tardait de se mêler aux gens, d'écouter, de savoir et, surtout, il espérait voir Maria. La nervosité l'avait gagné.

Devant la mairie, dans un brouhaha de conversations, les membres de la société attendaient leur tour pour payer les cotisations. Il s'approcha en leur souhaitant le bonjour. Ils lui répondirent d'un geste, mais il lui sembla que les conversations se faisaient un ton plus bas. Certains, même, s'éloignèrent. Il chercha son copain Francis du regard. Il était plus loin avec trois autres copains. Il leur fit signe, Francis resta, mais les autres partirent. Quelque chose se passait qui le concernait ? Quoi donc ? Sa nervosité s'accentua. Ses parents ne lui avaient rien dit de particulier. Il faut avouer que

1. Guingassons : *petits clous servant à fixer les brides de cuir sur les sabots, un peu plus gros que des clous de tapissier.*

Marcel, son père, vivait loin de tous, heureux qu'il était dans ses pins. Même ce matin, au grand dam de Germaine qui, en ce jour, allait à la messe, il était parti ramasser quelques *escouartes*[1] de résine dans une petite pièce de pins à côté de la maison. Les gens s'étaient tellement moqués de sa famille qu'il les évitait depuis longtemps. Quant à Germaine, occupée par son jardin, sa volaille, la lessive, le repassage, le bois à casser, le repas à préparer, tirer le lait à la vache qui broutait dans le pré derrière la maison, elle manquait vraiment de temps pour écouter les commérages. Les seules visites qu'elle faisait étaient chez Amélie, la recommandayre, pour y chercher des simples avec lesquelles elle faisait des tisanes contre les douleurs. À cause de sa bosse, son homme souffrait souvent du dos, surtout lorsqu'il pleuvait, les tisanes le soulageaient un peu. Amélie était bonne, gentille et toujours de bon conseil. Elle portait bien son surnom de recommandayre. Écoutée de tous, elle jouissait d'une réelle sympathie de la part des gens du village. Amélie demandait souvent des nouvelles de François. Germaine répondait toujours de la même manière : comme un berger. Eh oui, répondait Amélie, solitaire et un peu sauvage. Germaine lui avait parlé de la vente du cheptel de M. Marian et de ses inquiétudes pour son avenir. Dans la contrée, ce serait difficile de trouver un grand troupeau, mais peut-être que dans la grande lande, dans le département voisin, ce serait

1. Escouarte : *seau en métal ou en bois d'une contenance de dix litres dans lequel on met la résine avant de la mettre dans une barrique.*

possible, avait répondu Amélie, « j'y réfléchirai, je lui recommanderai quelqu'un ». Germaine redoutait une réponse qui la priverait de la présence de son fils. La grande lande, c'était loin mais, si c'était une solution, elle s'y ferait. Et pour la fille ? avait questionné Amélie. Ah, elle savait. Germaine avait répondu évasivement. Maria était jeune et jolie, mais promise. Ce n'étaient que des histoires de jeunes. Et puis François n'était que le fils du bossu, alors cette fille n'était pas pour lui, cette histoire cesserait avant d'avoir commencé, affirmait-elle.

Francis s'était approché de François. Au moins lui ne le fuyait pas comme les autres semblaient le faire. Il lui demanda en riant :

— Alors le bourreau des cœurs, ça va ?

Le bourreau des cœurs ? François fit une drôle de grimace. Bourreau des cœurs ? C'était quoi cette histoire ?

— Il paraît que monsieur le berger en a encore fait de belles ? Non content de foutre une rouste au fiancé, voilà que maintenant il lui vole sa promise ?

François s'insurgea. Il n'avait rien volé du tout. Un matin, Maria lui avait fait des confidences, et elle devait parler à ses parents d'affaires concernant son avenir. Leur avenir même, mais ce qui l'étonnait, c'est que ça se soit su. Il s'indigna :

— C'est la vie privée. Ma vie privée.

Il était un berger honnête et méritait qu'on le respecte. Francis le rassura, on le respectait, mais ça n'avait pas empêché la rumeur de se répandre.

— Quelle rumeur ?

— Té, couillon, la rumeur que tu veux épouser Maria alors qu'elle est déjà promise au fils de l'adjoint. Tu sais, celui que t'as boxé chez la Mastroquette, dit Francis en riant.

Mais comment cette rumeur s'était installée ?

— Comme d'habitude, avait répondu Francis. Le bourg est petit, et rien de ce qui s'y passe ne peut être caché. Derrière chaque rideau, il y a toujours un ou une observatrice. Tu sais bien qu'il y a toujours quelqu'un qui sort pisser un coup dehors avant d'aller au lit, ou qui sort du bistrot un peu tard. S'il voit une ombre, hop, c'est que cette ombre a quelque chose à cacher.

C'est ce qui s'était passé un soir, où, en sortant de chez la Mastroquette, Georges Maleyran avait reconnu Félicien et sa femme quitter le presbytère en rasant les murs. Plus tard, au lavoir, la vieille Berthe avait raconté qu'en sortant de l'église le samedi suivant, à l'heure des confessions, elle avait vu Félicien y entrer discrètement.

— Sans blague ! Il allait à confesse ? demanda en riant Maryse.

— Il y est sans doute resté longtemps, poursuivit Jeanne, il n'a pas dû se confesser depuis son mariage, et encore, s'il l'a fait.

Effectivement, il y était resté un moment.

— Je me suis assise sur le banc, contre le kiosque, et, en disant ma pénitence, j'ai attendu qu'il sorte.

— Et alors ?

— Et alors ? J'ai dû la réciter trois fois, ma pénitence ! Il y est tellement resté que j'ai failli manger ma soupe à la nuit !

La confession supposée se répandit comme une traînée de poudre dans le village. La femme de Georges Maleyran prévint son mari : Félicien, le libre-penseur, allait à l'église. Un comble !

Georges entra dans une colère noire. Félicien n'allait pas quitter ses copains pour revenir à la messe. Il fallait savoir pourquoi. Harcelé de questions, après avoir nié plusieurs fois, Félicien avait fini par cracher le morceau.

— C'est ainsi que l'on a appris que Maria ne voulait plus Jacques Rambert comme époux, mais toi.

Et alors, qu'est-ce que ça pouvait faire aux gens ? C'était leur vie, non ? Elle avait fait son choix, quoi de plus normal ?

Son choix ! Mais enfin, seuls les sots le croient, mais les « ayants pins » savent bien que c'est faux. On marie toujours un intérêt avec un autre, sinon le marché ne peut que boiter.

François hurla presque. Le mariage n'était pas un marché. On n'échangeait pas des pieds de radis contre des pieds de salade !

— Sans doute, n'empêche que la nouvelle a foutu un sacré remue-ménage. Surtout l'histoire de la confession.

Mais enfin, quel rapport y avait-il entre le curé, l'Église et cette histoire ? La réponse tomba abrupte :

— Un bon coup monté, berger, qui ne va pas te faire plaisir.

À la sortie de la messe, Maria partait en ville dans une école tenue par des sœurs. Marceline, la femme de ménage des Tastet, l'avait appris un matin par sa patronne, qui pleurait toutes les larmes de son corps. L'après-midi, elle apporta la nouvelle au lavoir et, depuis trois ou quatre jours, tout le village le savait.

— Ils racontent qu'ils envoient leur fille aux écoles, ce que tout le monde ne peut pas faire, poursuivit Francis. Félicien en est fier, alors que Madeleine pleure. Mais nous, on a compris pourquoi : tout le monde dit que c'est pour cacher l'insulte que leur fait Maria en refusant le fils Rambert, rien d'autre.

François comprenait la situation. Maria avait dû avouer son amour pour lui et, pour la punir, ils l'enfermaient en ville jusqu'au mariage. Loin de lui, entre quatre murs, elle aurait le temps de changer d'avis. Il fut abattu. Cette histoire allait lui mettre le village à dos, personne ne tiendrait tête aux Rambert pas plus qu'aux Tastet. Tête basse, il s'approcha de la salle de la mairie pour payer sa cotisation. À la sortie, M. Marian le retint par l'épaule.

— François, laisse dire les gens, ce n'est pas grave. Tu n'es pas le premier à qui ce genre d'histoire arrive. Patience, le temps travaille pour toi.

François n'écouta pas la messe. À la sortie, il aperçut de loin Maria qui le cherchait du regard, mais elle disparut rapidement, emmenée par sa mère. Francis le traîna chez la Mastroquette. L'engueula. Il devait se remettre de ça. Penser à son travail. Au dépôt, ils cherchaient des ouvriers pour la voie ferrée. Dans le domaine de Lacanau aussi. François écoutait à peine. Ses pensées étaient ailleurs.

Le bruit que provoqua Félicien Tastet en entrant dans le bistrot le fit sursauter. Il hurlait.

— Où il est, le voleur de fille ? Où il est, que je lui casse la gueule à ce putain de fils de bossu ?

La Mastroquette se rua sur lui, lui barrant le passage.

— Tu fais la loi chez toi et sans doute à la mairie, puisque tu es élu, mais pas chez moi. Alors calme-toi, sinon j'appelle les gendarmes !

Félicien stoppa net. Se tourna vers la patronne, l'air méchant.

— Tu vas m'interdire quoi ?

Elle jeta sur son épaule le torchon des verres qu'elle tenait dans sa main, mit ses mains sur ses hanches et le regarda fermement.

— Tu veux frapper François ? Si tu fais ça, méfie-toi, il faudra de nouveau que tu ailles à confesse, comme un certain samedi. Je me trompe ? Tu vois, tu me surprends. À t'entendre bouffer du curé, je croyais que tu avais fait un pacte avec le diable, et je m'aperçois que tu en fais un avec le curé. C'est mieux.

Félicien sentit les rires rentrés des clients du bistrot. Il fulminait. Il se tourna vers François.

— Tu n'auras jamais ma fille, parce que je ne veux pas de petits-enfants d'un bossu. Et avec ce que je vais raconter sur toi, plus personne ne te confiera de troupeau.

François se rua sur Félicien, mais Francis l'attrapa au vol et le fit s'asseoir, tandis que la Mastroquette poussait fermement Félicien vers la sortie. Devant tant de haine et devant les regards amusés des gens, il ne resta pas au banquet. Ce serait se donner en spectacle devant tous. Même si beaucoup l'estimaient, pas beaucoup n'oseraient contrarier le premier adjoint.

François venait de perdre l'immense espoir qui l'habitait. Il comprenait qu'au village même ceux qui ne le jugeaient pas trop mal, le jugeaient quand même. Soit on le plaignait, soit on le critiquait. Il comprit que François Hostein resterait toujours François du bossu, le berger voleur de fille.

De retour chez lui, il se changea rapidement. Expliqua à ses parents qu'à cause des ragots il avait besoin de rester seul quelques jours.

Son père voulut aller au bourg casser la gueule à Tastet, mais Madeleine lui fit entendre raison. Si on en restait là, cette affaire finirait rapidement par cesser. Si on lui donnait de l'importance, qui sait comment ça finirait. Et puis c'était un premier amour. Si subit qu'il en était fragile. Maria se marierait avec le fils Rambert, et le berger trouverait bien une bergère par là dans la lande.

— Va réfléchir à tout ça, François, et reviens-nous l'esprit plus clair. Nous aviserons ensemble.

VII

François était épuisé. Il n'avait rien mangé depuis deux jours. En ce moment, il errait sur cette piste de terre qui le conduisait vers le *Crohot* du marin, au bord de l'océan. Il devait mettre de la distance entre les ragots et lui. Insoutenable, cette histoire. Francis avait tout fait pour le calmer. Il avait essayé de le garder au banquet, ça lui aurait fait du bien. Ça lui aurait changé les idées. Il avait refusé en bloc. Entre ceux qui le comprenaient mais ne le diraient jamais à cause du caractère coléreux de Félicien, et ceux qui le critiquaient ou se moquaient de lui, il y avait trop de regards qui le transperçaient comme des flèches acérées. Il avait mal au cœur. Il avait mal au corps. Partir. Partir vite. Loin. Fuir.

Après avoir quitté ses parents, il s'était dirigé vers l'étang proche. Le grand Pascal laissait toujours deux ou trois bateaux accrochés à un arbre par une corde qui avait fini par s'effriter au soleil et à la pluie. Les rames ne quittaient jamais la barque. Ici, personne ne volait rien. À quoi bon ? Il avait sauté dans le plus proche et avait ramé comme un forcené, jetant sa colère avec force. Le bateau avait glissé sur l'eau de l'étang à vive allure. François était tendu comme un arc. Il n'avait même pas regardé le soleil couchant qui lançait des rais rougeoyants entre les pins habillant désormais la dune. Il ne pensa même pas à l'adage des vieux qui disait : « *souleil roudie aoù désey, séquey* », qui laissait présager que demain il ferait sec.

Il avait accosté dans la conche de Longarisse. La cabane de Léo l'abriterait pour la nuit. Après avoir bu l'eau puisée au puits, il s'était effondré, en pleurs, sur une paillasse. Au petit matin, calmé, il s'était rafraîchi, toujours à l'eau du puits. Il eut presque envie de rentrer, hésita, mais il avait besoin de réfléchir encore. Il longea l'étang jusqu'à la pointe du Tedey. Vers midi, arrivé dans la conche de Carreyre, il prit le petit chemin de muletier qui allait vers l'océan en suivant la dune du Moutchic. La solitude des lieux lui fit du bien. Il poursuivit sa marche et, en début d'après-midi, se retrouva au Crohot du marin, face à l'océan qui jetait ses rouleaux avec fracas sur la plage de sable. François trouva le spectacle magnifique. Il l'avait déjà vu, mais ne s'en lassait jamais. Il songea à ce qu'on racontait au bourg, qu'un homme d'affaires souhaitait monter, dans les années à venir, ici, dans ce lieu retiré du monde, une ville où les gens viendraient prendre les bains de mer et faire le plein d'iode nécessaire à leur santé. Tous en riaient. Qui voudrait venir ici, dans ce trou perdu, car crohot signifiait bien trou en gascon, profondeur. Et comment s'y rendre, en marchant dans le sable ? Seuls les pêcheurs du coin y venaient à pied ou en charrette, mais des gens de la ville ? Ridicule.

François descendit la dune. Plus bas, à droite, deux hangars allongés et une cabane en bois étaient les seuls vestiges de vie. Chaque hangar abritait une pinasse. Des hommes du village, en équipe, les sortaient pour pêcher. Chaque pinasse avait son équipe. Ils passaient les brisants à la force des rames et, tandis que l'un d'eux tenait le filet à terre, ils allaient au loin et revenaient au bord après avoir fait un grand cercle, et là ils tiraient le filet qui se remplissait de poissons. Certains posaient un tramail ou deux à marée basse et venaient le récupérer à la marée basse suivante.

François s'assit dans le sable, devant la cabane, se régalant du spectacle de la nature, mais ses pensées volaient vers Maria. Le cafard l'empêchait de profiter de ce moment où les vagues se fracassaient dans un bruit assourdissant.

Quelqu'un s'approchait, tenant un filet à la main. François se leva. S'avança. L'homme leva la tête.

— Holà berger, tu as perdu tes moutons ?

François reconnut Élie. Il faisait gemmer les pins sur les dunes et, ici, il était connu de tous comme étant un brave homme, plein de bon sens.

— Bonjour Élie.

Il posa son filet sur une table de bois, les poissons brillaient au soleil. Élie les sortit de leur prison de mailles.

— Alors, c'était bien le banquet de la société, petit ?

François mit du temps à répondre. Élie continuait de démailler son poisson en silence. Seul le cri des mouettes et des *kayocs*[1], ayant senti le poisson, accompagnaient le bruit du ressac.

— Je n'y suis pas allé, répondit François après un moment.

— Ah, se contenta de dire Élie.

Lui non plus n'y allait pas. Il préférait être ici que dans les cris du banquet. La solitude de la forêt lui convenait très bien. Et puis hier, avec ce temps et les vents placés comme ils l'étaient, il s'était dit que la mer devait être bonne. Après le casse-croûte, il s'était rendu ici. Il ne s'était pas trompé, des rouilles en quantité coloraient l'eau. C'était l'indication que les poissons s'agitaient sur les hauts-fonds, soulevant le sable. Ils étaient bien là. D'ailleurs, les kayocs ne s'y étaient pas trompés non plus, ils plongeaient en piqué dans les vagues et ressortaient avec leur butin au bec. La marée baissait, c'était le bon moment, il avait posé ses tramails, les avait ramassés ce matin. Il leva la tête.

— Tu as mangé, petit ?

— Non, pas depuis hier matin.

— Depuis hier matin ? Tu es donc parti de chez toi depuis hier et tu n'arrives qu'à cette heure ici ? Depuis le bourg, il faut à peine trois heures pour venir.

François sourit gauchement. Il n'était pas venu directement, mais avait traversé l'étang.

— Justement, avait ajouté Élie, tu accostes au Mountic, après tu es vite arrivé.

1. Kayoc : *c'est ainsi que dans la région on nomme les goélands.*

— J'ai débarqué à Longarisse et j'ai dormi dans la cabane de Léo.

Élie ne releva pas. Ne demanda pas pourquoi. Il avait remarqué l'air triste de François. Il mit quelques poissons dans un sac de toile et en garda deux jolis.

— Prends du bois sec derrière la cabane et allume un bon feu. Je nettoie les mulets.

Il s'éloigna. Quand il eut sorti les entrailles des poissons, il les jeta aux mouettes qui se jetèrent dessus en criant. Maintenant, le feu brûlait bien et les braises rougeoyaient. Élie prit un gril pendu à un clou contre la cabane, le mit sur le feu et posa les poissons dessus. Un frétillement se fit entendre. François se régalait d'avance du festin qu'ils allaient partager. Une planche large posée sur des piquets leur servit de table, et des billots en bois, de sièges. Élie posa le gril sur la table et, face à face, ils se servirent avec les doigts.

— Attends, dit Élie, et il sortit une bouteille de piquette de sa musette qu'il avait accrochée à un clou planté sur les planches du mur.

Il y en avait plantés partout, ils servaient à accrocher les filets pour les faire sécher après la pêche et les raccommoder.

— Un verre ne peut pas nous faire de mal.

Le vent était tombé et l'océan se creusait moins. François appréciait l'instant. Le calme. La paix de l'endroit. Ce silence habillé du bruit régulier des vagues se brisant sur le sable, dans un souffle chuintant. Doux. Caressant. Cette douceur ressemblait à Maria. Il eut un pincement au cœur. Le chassa, ce n'était ni le lieu ni le moment.

— Merci Élie, tu ne peux pas savoir comme ça fait du bien.

Élie sourit.

— Tu avais faim ?

Pas seulement. Il avait besoin de réfléchir.

— C'est à cause de Tastet que tu n'es pas resté au banquet hier, je me trompe ?

François se figea. Alors lui aussi savait. Décidément, tout le village était au courant. Il baissa la tête sans répondre. Élie le rassura. À son âge, la vie ne faisait que commencer et lui donnait tous les espoirs. François pensait le contraire.

— Sauf quand on est fils du bossu.

Élie balaya d'un geste cette remarque. Tout le monde avait des bosses dans sa vie, affirma-t-il, et celles que l'on ne voyait pas étaient souvent les plus grosses, les plus difficiles à gommer, celles qui pesaient le plus lourd.

— Tu crois que Tastet n'a pas de bosse ? Lui, le libre-penseur, obligé de demander de l'aide au curé ? Cette bosse va lui peser longtemps je te dis, et aux prochaines élections, sans aucun doute, elle va lui coûter sa place.

François n'avait pas pensé à ça, et il se moquait que ça arrive ou pas. Ce qu'il savait, c'est que Maria était cloîtrée et qu'elle allait sans doute l'oublier. Et puis M. Marian vendait son troupeau, et il n'aurait plus de travail. S'il devait quitter les lieux, Maria l'oublierait encore plus vite.

— Il paraît qu'ils embauchent au dépôt.

Non, il n'en voulait pas de ce travail. Il l'obligerait à rencontrer tous les jours des moqueurs. Pour la fille, et toujours pour la bosse de son père. À côtoyer des gens qui le prendraient pour un prétentieux à vouloir voler la fiancée d'un autre. Il ne voulait pas que ses parents souffrent à cause de lui. Il ne voulait pas que son père subisse, à travers lui, les sarcasmes qu'il endurait depuis son enfance. Demain, il irait chercher le troupeau, il l'avait jusqu'en septembre, ensuite il aviserait.

Il remercia vivement Élie, le quitta à regret. Sur le chemin du retour, il pensa au pèlerin qu'il avait rencontré quelques semaines plus tôt. À ce chemin de solitude qu'il lui avait raconté et qui lui avait été bénéfique. Durant les trois heures de marche qui l'emmenaient chez lui, il se posa mille et une questions. Est-ce que lui aussi, comme Jean Michaud, il se retrouverait un jour ? Il se sentait tellement perdu. Un peu comme une brebis égarée qui bêlait pour qu'on l'aide. S'il savait comment récupérer une de ses bêtes, il ne savait pas le faire pour lui. Sur qui pouvait-il compter ? Francis avait bien essayé de lui dire que ce n'était qu'une péripétie de rien du tout, rien n'y avait fait. Cette histoire les avait dépassés, eux qui ne demandaient qu'à s'aimer. Leur amour avait été traîné dans le village et avait ranimé des médisances ridicules. Aller voir la recommandayre ? Elle lui dirait comment faire ? Elle lui dirait comment avoir le droit d'aimer qui on veut ? Il avait de gros doutes. En y réfléchissant, il se disait qu'être gentil, effacé, l'avait fait toujours passé pour un faible. Un jeune dont on pouvait se moquer. C'était ça la vérité ? La faiblesse n'engendrait que la faiblesse ? La gentillesse n'engendrait que de la moquerie ? Lui vinrent en tête les paroles de son grand-père, Léon Campet, lorsqu'il affirmait : « Trop bon, trop con. » C'est ce qu'il reprochait à Marcel, son gendre, qui lui rétorquait que la méchanceté n'avait jamais rien résolu et qu'elle ne ferait pas disparaître sa bosse.

Ses parents furent heureux de le revoir.

Au village, son absence au banquet et sa disparition pendant deux jours avaient fait l'objet de toutes les conversations. Le berger perdait la raison, disait-on. Dans la journée du 15, le fils Rambert l'avait cherché partout en criant qu'il allait lui casser la gueule. « La bosse, c'est dans le cerveau qu'il l'a, hurlait-il, je vais arranger ça à coups de poing ! » Il avait tellement bu que, le soir, il était tombé dans le caniveau devant la salle du banquet, ce qui fit dire à beaucoup que Maria, avec lui, se préparait un bel avenir. Mais, comme le premier adjoint avait une réelle influence sur le maire et sur le village, on taisait ses idées, en prenant bien garde de ne pas prendre parti.

Dans l'immédiat, François devait se ressaisir. Il devait reprendre le troupeau en main, jusqu'à septembre. La foire de la Sainte-Croix, à Sainte-Hélène, approchait, François comptait s'y rendre pour rencontrer des éleveurs de bêtes.

Peut-être que l'un d'eux pourrait lui confier un troupeau.

*

*   *

Maria pleurait. Les murs de l'école bouchaient son horizon. Seul le bruit de la ville lui parvenait. Irrégulier. Sourd. Elle avait été surprise de ce qu'elle avait vu dans les rues. Tous ces gens. Rien ne ressemblait à son village. La lande lui manquait. Les craintes de sa nouvelle vie, qu'elle devinait fermée comme une prison, avaient fait d'elle une fille sans vie. Où était passée sa joie de vivre ? Sa détermination ? Lorsque ses parents lui avaient annoncé qu'ils allaient la mettre en pension à Bordeaux jusqu'au mariage, Maria avait cessé de vivre. Il lui semblait que le sang ne coulait plus dans ses veines. Le plus difficile avait été l'entrevue avec Jacques, son promis. Ses parents l'avaient obligée à le rencontrer. Elle devait lui affirmer en face qu'elle avait perdu la raison. Qu'elle ne pensait pas ce qu'elle disait. Que c'est lui qu'elle aimait et pas ce berger de malheur qui l'avait, sans nul doute, envoûtée. Ce n'était pas la première fois que ça arrivait. Les vieux se rappelaient les rites de messes sèches, dites de San Sécaïre, célébrées en secret au temps de pleine lune par quelques malfaisants, pour faire s'étioler des corps et des âmes et les conduire au diable. Elle devait dire à Jacques qu'elle serait sa femme. Qu'elle ne serait qu'à lui, rien qu'à lui. Il lui pardonnerait ce geste fou et tout redeviendrait comme avant. L'an prochain, le mariage serait célébré, tous oublieraient cette erreur de jugement, compréhensible, d'une jeune fille qui ne connaissait rien à la vie.

Lorsqu'il s'était présenté devant elle, Maria avait lu dans son regard une fureur terrible. Si ses parents n'avaient pas assisté à la rencontre, elle en était sûre, il l'aurait frappée. Violemment. Elle avait eu du mal à lui parler. Elle ne pensait qu'à François. N'imaginait que François. Elle était surprise de cet amour subit. Violent même. De cet amour qu'elle avait mis du temps à découvrir, mais qui lui paraissait maintenant tellement évident, qu'elle s'en voulait de ne pas l'avoir compris avant. Avant que son père ne la promette à Jacques. Mais non, Félicien aurait quand même refusé. Jamais le fils du bossu ne serait entré dans sa famille. Jamais le fils du bossu n'aurait été son gendre. Jamais le fils du bossu n'aurait couché avec sa fille !

Ce que Maria avait du mal à admettre, c'était l'aide de l'abbé Despeyroux. Elle lui avait fait ses adieux après la messe du 15 août, il lui avait promis de lui écrire. Lui écrire ? À elle qui faisait scandale au village ? Oui, lui avait-il répondu dans un sourire qui lui parut bienveillant.

Elle avait donc dit à Jacques, ou plutôt récité, ce que ses parents voulaient entendre. Il n'avait fait aucun commentaire et, le jour de son départ, il n'était même pas venu lui dire au revoir. Seul souvenir de ce moment-là, l'image d'un François désemparé, aperçu de loin. Quand le reverrait-elle ? Est-ce qu'il l'attendrait ? Et même s'il l'attendait, que ferait-il ? Pourraient-ils fonder un foyer dans le village ? Sans doute pas. Devraient-ils s'échapper ailleurs, loin d'ici, si leur amour résistait ? Ce qu'elle savait, c'était qu'elle ne pardonnerait jamais à ses parents leur décision de la mettre en pension.

La petite cloche sonnant le rassemblement des élèves se fit entendre, elle rentra dans le rang.

VIII

LES QUINZE KILOMÈTRES qui lui restaient à faire à pied ne faisaient pas peur à François. Ils allaient même lui faire du bien, après ce qu'il avait vécu depuis ce matin : un changement complet dans sa manière de vivre. Il s'était rendu à la gare de Lacanau vers 7 heures, pour prendre le train de la compagnie, qui l'avait emmené jusqu'à Facture en une grosse heure et demie. Là, il avait attendu un long moment sur le quai de la gare, puis était monté dans un train qui arrivait de Bordeaux et se dirigeait vers les Landes. Pour ne pas se tromper, il avait demandé plusieurs fois au chef de gare lequel il devait prendre, si bien qu'à un moment le chef de gare avait éclaté de rire en disant à qui voulait l'entendre : « En voilà un qui prend le train pour la première fois ! » François s'était abstenu de toute autre demande, si bien qu'il était resté inquiet tout le long du trajet. Il était descendu à la gare de Laboueyre, et maintenant il se dirigeait, à pied, vers la chapelle de Bouricos.

Ce matin, c'était la première fois qu'il prenait le train. D'ailleurs, René Dubos, le chef de gare, s'était étonné de le voir prendre un billet.

— Et où donc vas-tu te perdre, berger ? Tu vas faire le tour du monde par dépit amoureux ? lui avait-il lancé en riant.

François n'avait rien répondu, seulement haussé les épaules, et avait rejoint Francis sur le quai de la gare. Au courant de ce départ, il avait tenu à lui dire au revoir et lui souhaiter bonne chance. La chance, jusqu'alors, ne lui avait pas vraiment souri. « On verra bien », avait-il répondu, fataliste.

Crachant et soufflant, le convoi s'était ébranlé vers le sud, dans un bruit de ferraille. Le vent repoussait la fumée jusque dans les compartiments, faisant tousser les rares voyageurs présents à cette heure-ci.

Jusqu'à Arès, il avait reconnu presque tout le paysage. Après, le voyage avait vraiment commencé.

Il y avait pris du plaisir, il se l'avouait, mais ça n'avait pas été sans une réelle méfiance. Il avait toujours en tête l'appréhension que lui procurait cette bête de fer, qui crachait le feu et tuait des moutons, et il s'en méfiait. D'ailleurs, en arrivant vers Audenge, il avait vu un troupeau détaler le long de la voie ferrée sous les coups de Klaxon de la machine. Durant le trajet, il avait eu le temps de méditer sa décision : quitter son village pour trouver du travail ailleurs et mettre de la distance entre les fielleux et lui. C'était fou le pouvoir de destruction qu'avait la médisance. Après son père, c'était son tour d'être leur cible.

L'espoir de trouver un troupeau à garder chez quelque propriétaire rencontré lors de la foire de Sainte-Croix avait été brisé. Après trois ou quatre conversations, il avait compris que Félicien Tastet et Augustin Rambert étaient passés par là. Tous regardaient François avec méfiance. Ils n'allaient pas confier leur troupeau à un berger, même recommandé par M. Marian, qui avait fait des histoires aux Rambert et aux Tastet. Connus, ils avaient des amis partout, et on savait ce qui s'était passé. Ici, disaient les vieux, quand on est un honnête homme, on ne vole pas la promise d'un autre. C'était sans se soucier de ce que pensait la fille, mais quelle importance ? Une histoire d'amour, le mariage ? Allons donc ! C'était une affaire bien plus importante qu'un coup de cœur.

Ce jour-là, François ne s'était même pas acheté une babiole quelconque, pourtant en abondance chez les bonimenteurs qui avaient le chic pour repérer leur cible. Il avait trouvé la foire triste et, perché sur ses échasses, il avait parcouru rapidement les quatre lieues pour rentrer chez lui.

Le lendemain, il avait vu Amélie, la recommandayre. Elle ne fut pas très encourageante. Ici, trouver du travail serait dur pour lui. Il devrait mettre de la distance entre lui et le village. Loin, tout pourrait recommencer. À ces mots, François s'était rebellé. Faire sa vie ailleurs ? Quelle faute impardonnable avait-il faite aux gens d'ici ? Quel crime avait-il commis ?

— Mon seul crime, c'est d'aimer Maria, avait-il presque crié.

Sans doute, avait rétorqué Amélie, mais tout aurait été plus simple s'il en avait aimé une autre.

— Tu sais, petit, dans les villages, il y a des familles comme les Rambert, les Tastet. Par leur comportement, ils tracent le quotidien des autres qui réagissent, souvent, comme les moutons réagissent aux ordres du berger. Tu connais bien ça. Sans calcul, c'est plus simple. Alors on ne s'y oppose pas, et la vie s'écoule, paisiblement. La machine est bien huilée, et tu as été le grain de sable qui l'a fait dérailler.

Et puis cet amour, avait dit doucement Amélie, il était quand même récent, non ? Donc peut-être pas si sûr que ça. Pas du tout, avait répondu François avec énergie. Pas pour lui. Depuis longtemps il aimait Maria. Oui, mais Maria était désormais en ville.

— Ce sera peut-être sa force, sourit Amélie. Son père croit l'enfermer ? Elle va apprendre des choses qu'elle n'aurait jamais apprises ici. Elle lui reviendra, mais pas forcément comme il le souhaite.

François pensa immédiatement aux filles de M. Marian. Elles avaient été élevées en ville et la campagne ne les intéressait plus du tout. Et si Maria devenait comme ces filles ? Et si la campagne ne l'intéressait plus ? Si ça arrivait, François ne compterait plus beaucoup pour elle. À cette idée, son moral fut au plus bas. Alors rester à attendre ? Oui, il le voulait, mais le travail ? Seul le dépôt pourrait l'embaucher, ou alors il devrait se convertir en résinier. Aucune de ces deux solutions ne lui convenait.

Il tenait sa tête dans ses mains, en silence.

Depuis un moment, Amélie l'observait. Elle finit par lui demander si ces plaques de rougeurs, situées à la limite de l'implantation de ses cheveux, il les avait depuis longtemps. Elles étaient apparues vers l'été, à son retour des pâturages, et elles avaient progressé. Ça le démangeait beaucoup. Elle toucha et dit :

— C'est du psoriasis, petit. C'est les nerfs qui le provoquent. Et il y a de quoi en ce moment, non ?

Il fit oui de la tête. Il y avait deux solutions, dit-elle, faire disparaître la nervosité ou se laver avec l'eau d'une fontaine guérisseuse. Il n'en connaissait pas dans la région.

Amélie en connaissait une, célèbre, situé à Bouricos, un ancien village de la lande, situé entre Pontenx-les-Forges et Luë. Il n'y avait que quelques maisons, qui abritaient des religieux.

— C'est un peu loin, mais plus j'y pense et plus je me dis que ça vaut la peine de s'y rendre, parce que tu pourrais faire d'une pierre deux coups.

François tendit l'oreille. Elle lui expliqua que tous les ans, pour la Saint-Jean, il y avait une *assemblade*, et les gens venaient de loin pour acheter suivant leurs besoins et trouver du travail.

— Amélie, la Saint-Jean est loin.

— Certes, mais le 29 septembre, pour la fête de saint Michel, c'est la fin des baux de fermage et des contrats de travail avec les propriétaires. En ce lieu, il y a toujours quelque chose à apprendre.

Cette solution ne plaisait pas vraiment à François. C'était trop loin et trop compliqué pour s'y rendre. Et puis s'éloigner d'ici passerait pour de la lâcheté, et il ne voulait pas passer pour un lâche. Il n'avait rien à se reprocher. Il devait trouver une autre solution. Pourtant, à la réflexion, partir apprendre quelque chose ailleurs ne lui déplaisait pas. Il en avait assez de passer pour un moins-que-rien. Il pourrait revenir au pays, leur montrer ce que valait François du bossu. Ce qui l'amusait, c'est que, s'il choisissait cette option, il quitterait le village, comme venait de le faire Maria. Coïncidence étrange.

— Si tu t'y trouves vers cette date, poursuivit la recommandayre, tu trouveras des gens qui traînent quelques informations qui te seront peut-être utiles. C'est la période de renouvellement de beaucoup de choses. En plus, tu pourras soigner ton psoriasis à la fontaine Saint-Jean-Baptiste, elle se trouve derrière la petite chapelle. Elle fait vraiment des miracles pour les maladies de peau.

Elle lui apprit qu'il pourrait se restaurer et même rester quelques jours, afin de faire plusieurs bains à la fontaine, il y avait une maison, appelée l'Espitaoù, qui servait de refuge aux pèlerins de Saint-Jacques-de-Compostelle, tenue par les moines du lieu.

François dressa l'oreille. Les pèlerins de Saint-Jacques. Le souvenir de Jean Michaud-Jacquet lui remonta en mémoire. Il se rappela cette phrase qui l'avait troublé : « Je me suis trouvé moi-même. »

Sur le chemin du retour, rentrant chez lui, il avait réfléchi, avait trouvé la coïncidence curieuse. Est-ce qu'il n'avait pas besoin de se retrouver lui-même, lui qui ne passait plus dans le village que pour un voleur de fille promise ? Lui à qui personne ne voulait donner de travail à cause de la médisance de quelques roitelets du village ? En franchissant la porte, François dit à ses parents qu'il partait pour Bouricos après-demain. Il y serait pour la Saint-Michel.

*

* *

Sur le chemin de Bouricos, ils étaient plusieurs à marcher en devisant. François fit la connaissance d'Henry Deyres, qui, échasses sur l'épaule, racontait des histoires de chasse incroyables et les amusait tous. Pierre Lahaye était moins bavard, il écoutait, comme Jean Castets. Pierre se rendait à Pontenx-les-Forges, où, comme son nom l'indiquait, on trouvait des forges pour travailler le fer, extrait de la garluche, cet alios que l'on trouvait dans les vieilles dunes de la région. Il espérait y trouver du travail, pour nourrir sa femme et ses deux gosses. S'il le fallait, il quitterait sa maison de Laboueyre et s'installerait sur place. La forge ! À ce nom, François se rappela la cheminée de celle de Lacanau, devant laquelle il passait souvent avec son troupeau, lorsqu'il se rendait aux Andrauts. Il y avait eu plus de soixante employés jusqu'en 1884, mais les affaires avaient mal tourné et la forge avait fermé ses portes. Son grand-père lui avait raconté que la première cloche de l'église du village avait été fondue à cet endroit.

Tout en bavardant, ils se séparèrent au croisement du chemin de Bouricos dans la soirée. Seul Jean Castets resta avec François. Ils souhaitèrent bonne chance à leurs autres compagnons de route.

Au bout du chemin, l'*airial*[1] faisait un endroit de lumière au milieu de la forêt de chênes-lièges. Il y en avait beaucoup dans la région, ils se plaisaient dans cette terre de sable, inculte et pauvre. Leur feuillage épais assombrissait la lumière du jour. L'écorce

1. Airial : *espace sur lequel sont situées la maison du maître et les dépendances.*

de certains avait été taillée jusqu'aux premières branches et leurs troncs noircis semblaient être des soldats surveillant les lieux. Ils resteraient ainsi plusieurs années, avant d'attendre que leur parure veinée beige clair redevienne assez épaisse pour être récoltée. Des hommes s'affairaient autour des plaques de liège incurvées, entassées en tas et en rangées. Sans doute allaient-elles être transportées vers des usines de transformation.

François fut étonné du silence des lieux. Pourtant, dans la lande où ses moutons pacageaient, il y en avait du silence, mais ici, curieusement, il était différent. Il semblait auréolé de plénitude, incitant à l'apaisement.

Avec Jean, ils s'avancèrent vers une grosse maison au centre du hameau. Plus loin, contre la forêt, d'autres, plus petites, étaient alignées. À côté de la chapelle aussi, une maison semblait en garder l'entrée.

Un moine en robe de bure vint vers eux en souriant.

— Je suis le frère Michel, dit-il.

Il leur tendit les mains, leur souhaita la bienvenue et les fit entrer. La salle, grande, avait en son milieu une grande table de bois avec des bancs autour. Le reste du mobilier était sobre, quelques chaises, un bahut et une grande cheminée. Sur un côté, des étagères étaient garnies de livres. Un moine en avait plusieurs ouverts devant lui. À leur entrée, il leva la tête, leur sourit et reprit sa lecture.

Frère Michel leur proposa un verre d'eau, il faisait encore chaud en ce mois de septembre et la poussière de la route collait au gosier. Ils pourraient se restaurer ici même. S'ils voulaient passer la nuit, ils seraient accueillis à côté, à l'Espitaoù, avec les autres pèlerins, des paillasses de péloches de maïs y étaient disposées. François comprit que le moine les prenait pour des jacquaires. Non, ils n'étaient pas jacquaires. Les baux de la Saint-Michel se terminaient, ils espéraient trouver du travail chez quelques gros propriétaires, et ils venaient aux renseignements. Le moine parut désolé, ici, le seul travail à proposer était celui d'aider la communauté, rien d'autre. Jean Castets précisa qu'il savait manier la truelle et monter des murs. Le moine montra, autour d'eux, quelques bâtisses qui avaient besoin d'être réparées, mais, faute d'argent, ce n'était pas fait.

— Ça me convient, répondit Jean. Si on m'offre le clos et le couvert, je m'y attelle dès demain. Je verrai venir ensuite.

Le moine se tourna vers François, l'air interrogateur.

— Je suis simplement berger, dit-il presque en s'excusant, et je cherche des troupeaux à garder.

Frère Michel tordit le nez. Ici, à part les cinq vaches et les dix moutons, pas de troupeaux. Les plus importants étaient plus haut, dans la grande lande, et encore, ils commençaient à se faire rares. Ils venaient sur l'airial le jour de la Saint-Jean pour y être vendus et repartaient ensuite chez leurs nouveaux propriétaires. Le reste du temps, ceux qui passaient ici étaient seulement des pèlerins de Saint-Jacques-de-Compostelle. Ils faisaient une halte pour se reposer et ils reprenaient la route, aussitôt remis en forme.

— Ceux qui vont à Santiago se dépêchent d'y arriver, et ceux qui en reviennent se dépêchent de rentrer chez eux pour raconter.

— Et la fontaine, demanda François, c'est vrai ce qu'on dit ?

— On dit quoi ? dit le moine en souriant. Qu'elle guérit les maladies de peau ?

François fit oui de la tête. La recommandayre de son village lui avait conseillé. La recommandayre disait vrai. Cette source, qui coulait timidement au milieu de rien du tout, avait ce pouvoir et les gens venaient de loin pour ça. Le moine montra un point derrière la chapelle.

— Elle se cache un peu. Il faut dire qu'elle est si petite. Si modeste.

À ce moment-là, une cloche tinta.

— Mes chers frères, excusez-moi, l'heure des vêpres vient de sonner.

Il se dirigea vers la chapelle, François se dirigea vers la source.

Il la trouva au milieu d'un carré d'herbe. Elle coulait doucement sur un fond de sable doré, arrivant sans doute de la forêt proche. C'est vrai qu'elle était discrète. Même pour entendre sa chanson, il fallait tendre l'oreille.

Il descendit les petites marches de pierre. Se mit à genoux. Quitta son béret. Puisa un peu d'eau dans le creux de ses mains. Se frotta longuement le front à la limite des cheveux, recommença plusieurs fois. Il marmonna même une prière, ça pourrait aider.

Derrière, à quelques mètres, les moines psalmodiaient les vêpres. Leurs cantiques ajoutaient à la paix des lieux. Cette paix lui rappela celle qu'il avait vécue avec Maria dans le courtioù, le soir, après l'orage. Il sentit couler une larme sur son visage, qui se mêla à l'eau de la source mouillant son front.

Il se leva, longea la chapelle, vit des croix avec les noms des moines enterrés ici.

C'est vrai que l'endroit était tranquille. François avait besoin de retrouver la sérénité qu'il avait perdue depuis quelque temps. Il comprit que Bouricos lui redonnerait. Une fois le calme de son esprit revenu, il aviserait. Pour ça, il se donnait deux ou trois jours.

Ces trois jours furent curieux. Toujours à l'écoute des autres, François parlait peu, mais apprit beaucoup. Il apprit que la solitude n'était pas la meilleure des choses. Les autres racontaient leur vécu, lui n'avait appris que le silence. Son métier l'avait isolé. L'avait isolé également, la raillerie. D'abord celle envers son père, qui l'avait ensuite suivi, puis celle de ceux qui se laissaient convaincre par des gens forts en gueule. La médisance l'avait condamné. Il comprit que ce refuge de silence dans lequel il avait vécu avait été réconfortant, mais l'avait éloigné des choses de la vie.

Le soir, autour de la table de l'Espitaoù, un marchand de bestiaux, un commerçant ambulant, des pèlerins échangeaient sur ce qu'ils avaient vu au cours de leurs pérégrinations. La majesté de l'Adour à Bayonne. Les rues marchandes de la ville. La montagne de la Rhune qui dominait le pays. L'Espagne, derrière la Bidassoa, dure à vivre mais pleine de couleur. Ils racontaient avec passion. Ils avaient appris en regardant les autres vivre. Cette halte à Bouricos les aidait à couper cette longue traversée des landes, qui n'en finissait pas de s'allonger sous le soleil brûlant, ou sous la pluie d'orage. Ils avaient même entendu dire que certains érudits écrivaient que le pays était insalubre et que ses habitants très arriérés, pour ne pas dire fous et dangereux, n'étaient guère fréquentables.

François écoutait avec intérêt. Chez lui, ses parents lui recommandaient le silence. La patience. L'attente de jours meilleurs. Il se demanda si la résignation à laquelle il était habitué lui permettrait d'avancer. À l'instar de ce qu'il entendait, il comprit que les jours ne seraient meilleurs que s'il se les fabriquait meilleurs, comme l'avaient fait ces personnes de rencontre grâce à leurs observations. Il pensa à Jean Michaud. Comme lui, il devait se retrouver lui-même.

Une idée germait dans son esprit. Il se la refusa d'abord, mais elle revenait, lancinante, puis insistante. Il y avait à Bouricos des pèlerins en partance vers Santiago. Et s'il se joignait à eux ? Ses parents s'inquiéteraient de ne pas le voir ? Sans doute. Il recula sa décision. Une ombre passa dans ses yeux à la pensée de rester dans sa lande natale. Que faire dans la lande ? Attendre Maria ? Maria de la lande, comme il l'appelait ? Mais Maria était prisonnière à Bordeaux, et lui était prisonnier du jugement des autres. Il lui restait un an avant de la revoir. C'était quoi son avenir ? Aucun travail pour l'instant. Il hésitait encore, lorsque ses doigts touchèrent la pièce du moussu, celle qui devait lui porter chance. Il lui sembla qu'elle lui brûlait les doigts.

Il se décida d'un coup. Il se tourna vers Alphonse Lacaud qui, comme lui, avait fait halte hier soir pour se restaurer. Il se rendait à Santiago.

— Alphonse, vous avez bien dit que dans deux jours vous repreniez le chemin ?

Il acquiesça. À la première heure de jeudi. L'automne était à deux pas, et il voulait arriver avant Noël au tombeau de saint Jacques.

— Je pars avec vous.

Il se tourna vers le frère qui portait la soupe du soir et lui dit d'un ton ferme :

— Frère, je vous laisse mes tianques en garde, je les prendrai à mon retour.

IX

APRÈS QUELQUES JOURS d'inquiétude, les parents de François reçurent enfin de ses nouvelles. Balateau, le facteur, avait posé une lettre sur la table de la cuisine. Lorsqu'il était passé, Germaine était au fond du jardin. Il avait crié : « Germaine, une lettre ! » et il avait continué sa tournée. Elle était accourue. C'était l'habitude, ici, de laisser le courrier sur la table quand il n'y avait personne. Les boîtes aux lettres, c'était bon en ville, où personne ne se connaissait, mais pas ici, et, comme on fermait rarement les maisons, c'était mieux de les poser sur un meuble plutôt que de les laisser à la pluie ou au vent. Ça ne pouvait être qu'une lettre de son fils, rien d'autre, personne ne leur écrivait. Germaine brûlait d'impatience, mais elle ne savait pas bien lire et, énervée comme elle l'était, elle y arriverait encore moins. Son mari lisait mieux qu'elle, mais rentrerait tard ce soir. Elle pensa aussitôt à Amélie. Elle savait lire. Laissant tout en plan, elle partit en courant en oubliant de fermer le portail des poules, qui, heureuses de l'aubaine, eurent vite fait de partir en visite vers le jardin qui leur était, d'habitude, interdit. Amélie pinça ses lorgnons sur le nez, ouvrit la lettre proprement avec un couteau après l'avoir essuyé à son *salisson*[1] gris. Au fur et à mesure de la lecture, Germaine blêmissait. Elle n'en croyait pas ses oreilles. Faire le chemin de Saint-Jacques-de-Compostelle ? C'était quoi ce coup de folie ? « Mon Dieu, dit-elle en se tenant la tête, mais pourquoi ? » Il partait comme ça à l'aventure ? Sans travail ? Sans rien ? Avec un mince baluchon ? Il reviendrait quand ? L'hiver allait passer, il serait où lorsque le froid le mordrait ? Quel feu de cheminée pourrait le réchauffer ? On disait tant de choses sur ce chemin. Des brigands. Des Bohémiens. Des malandrins. Des voyous. Lui, le gentil, il allait se faire dévorer par tous ces gens-là. Germaine sentit monter sa colère, plus forte que ses larmes. Et tout ça à cause de cette fille Tastet ! Mais, bon Dieu, qu'est-ce qu'il avait besoin de s'amouracher d'une fille qui n'était pas de son rang ? N'y tenant plus, d'un coup Germaine s'effondra. Pleura amèrement. Amélie eut beau lui dire qu'il n'y avait pas davantage de danger sur le chemin de Compostelle que sur la lande, rien n'y fit. Elle était tellement étonnée de cette nouvelle qu'elle osa demander à Amélie si elle avait bien lu. Si elle ne s'était pas trompée sur une phrase. Sur un mot qui aurait pu laisser un espoir de retour rapide. Amélie avait bien lu. Il n'expliquait pas grand-chose, seulement qu'il n'avait pas trouvé de travail et qu'il voulait apprendre des choses pour plus tard. Pour plus tard ? Et quoi donc pour plus tard ? Un métier ? On n'apprenait rien à traîner sur les chemins. On

1. Salisson : *tablier qui protège le vêtement et qui se « salit » avec les tâches ménagères.*

n'y engrangeait rien sinon de la poussière ! Son fils avait eu la tête vraiment tournée par cette fille. Germaine se mit à la détester. À la maudire. Elle ne valait pas mieux que son père qui donnait des leçons aux autres d'un air suffisant. Si ça se trouvait, elle s'amusait de lui, rien d'autre. Tous des voyous, les Tastet-Rambert, tous des canailles.

Germaine, à présent, sanglotait et tempêtait contre Félicien, ce suppôt de Satan qui avait osé cacher sa fille chez les curés, et par conséquent avait jeté son fils sur les routes. Quel monstre habitait cet homme ? Elle espérait qu'un jour il paierait cher sa crapulerie.

Revenant chez elle, marchant les yeux fixés sur le sentier de terre, elle ressassait douloureusement ce qu'elle venait d'entendre. Et ce soir, comment annoncerait-elle la nouvelle à Marcel ? Elle ne se sentit pas la force de l'attendre avec cette nouvelle désastreuse. Elle ne pourrait pas passer la journée sans lui dire. Il était sur le bord de l'étang, à préparer les pins de Marian pour le *barrasquage*[1] qui arrivait. En marchant bien, elle y serait dans moins d'une heure.

Marcel s'assit sur un billon de bois sec oublié là par des charretiers. Regard fixé sur la mousse qui tapissait le sol, il essayait de digérer la nouvelle. Germaine était restée debout, la lettre au bout des doigts. Après qu'elle lui eut raconté par phrases hachurées par des larmes ce que lui avait lu Amélie, il avait tendu la main pour prendre la lettre.

---

1. Barrasquage : *action de récupérer, en fin de saison de gemmage, la résine sèche sur les cares.*

Peut-être avait-elle mal compris. Ou qu'Amélie avait mal lu. Elle se faisait vieille, et ses besicles n'étaient pas de ces dernières lunettes qu'on savait faire en ville. Elle les avait achetées chez le père Rames, le pharmacien, et avait choisi celles avec lesquelles elle y voyait le mieux. Mais il y avait longtemps. Les verres s'étaient sans doute rayés et sa vue avait sans doute baissé. En réalité, Marcel se donnait des raisons d'espérer, mais il savait bien qu'Amélie ne s'était pas trompée.

— Qu'est-ce qu'on va faire ? demanda Germaine, rompant le silence.

Marcel remua la tête en signe d'impuissance. Rien. Il n'y avait rien d'autre à faire, sinon attendre le retour de François.

Germaine hurla :

— Et s'il se perd sur ce foutu chemin ? Et s'il ne revient jamais, on devient quoi nous autres ?

À cause de la bosse, ils n'avaient pas voulu d'autre enfant. Souvent, les infirmités, ça saute une génération, disait-on, alors ils n'avaient pas voulu prendre le risque d'un *gouyat* de plus, et encore moins d'une *gouyate* dont on se serait moquée avec ardeur à cause d'un dos rond. Ils avaient eu leur dose. François, enfant unique, avait vu sa ration d'amour décuplée du fait d'être enfant unique, et voilà que maintenant il les laissait seuls avec le poids de la peur de ne plus le revoir.

Ému, Marcel regardait Germaine pleurer à chaudes larmes. Depuis longtemps, les gestes de tendresse avaient disparu entre eux. À leur âge, c'était fini. Ils vivaient sans en avoir besoin. Ils n'avaient plus grand-chose à se dire et se comprenaient d'un regard. D'un sourire. D'un geste. Ils vivaient dans cette complicité qu'amène l'âge et s'en trouvaient satisfaits. D'ailleurs, ils ne se posaient même pas la question. Le travail suffisait à leur quotidien et, outre le bonheur de leur fils, ils n'attendaient rien d'autre. Mais là, dans ce sous-bois, avec cette peine qui les étouffait, Marcel se leva, s'approcha de Germaine, la prit dans ses bras avec une tendresse retrouvée. Elle posa la tête dans le creux de son épaule, l'enlaça. Marcel pleura en silence, tandis que Germaine laissa échapper sa peine à grands coups de sanglots, faisant taire les chants des oiseaux, surpris par ce bruit inhabituel.

*

* *

Maria n'allait pas bien. La lande lui manquait. Elle se sentait prisonnière. Malgré la promenade du dimanche au jardin public, coincée entre le repas de midi et les vêpres, l'espace lui manquait. Les pins, la lande, le marais, les moutons avaient toujours été sa vie. Elle tirait l'essentiel d'elle-même dans cet environnement qui avait été le sien dès son plus jeune âge. Bien sûr, avec sa mère, elle avait aussi connu le travail de la maison, mais très jeune, déjà, elle avait senti en elle ce désir de solitude et d'espace. Elle s'y sentait bien. Les jeunes filles de son âge s'en étaient étonnées : comment pouvait-elle passer des nuits dans un courtioù, presque à la belle étoile ? Elle leur répondait en riant qu'elle n'avait pas peur des loups. Des loups ? Elle avait rencontré des loups ? avaient-elles dit en hurlant. À les voir si peureuses, Maria s'était sentie solide. Adulte. Bien sûr qu'elle avait eu des peurs, mais elles avaient été passagères. Mais là, dans cette école religieuse, des peurs qu'elle n'imaginait pas la gagnaient. Entourée de filles, de sœurs, elle se sentait seule, mais dans une solitude qui lui donnait un sentiment étrange. Bien que les repas soient corrects, elle mangeait moins. Bien que les lits soient bons, elle dormait moins. Ce qui la gênait ? Le regard des autres. Les élèves, venant de familles de la ville, la regardaient comme une paysanne. Elle sentait leurs regards méprisants. Et puis elle pensait à François. Le dimanche où elle avait quitté le village, elle n'avait pu le voir que de loin. C'est peu, un regard. Comment avait-il réagi à son départ pour Bordeaux ? Comment son père allait traiter le berger et sa famille ? Elle le savait capable du pire. Elle connaissait ses colères. Ses méchancetés. Et Jacques ? Qu'allait-il faire ? Le mariage tiendrait toujours ? Sans doute. Son père ne lâcherait rien. Question d'honneur. L'abbé Despeyroux ayant aidé son père à trouver cette école, et devinant l'humiliation, elle se doutait qu'un jour il lui ferait payer cher l'affront. Mais pourquoi, depuis le temps qu'ils se rencontraient sur la lande, ne s'était-elle pas rendu compte plus tôt de l'amour qu'elle portait à François ? L'amour lui semblait être fait pour les grands. Les plus âgés, les plus aguerris. Elle avait beaucoup de sympathie pour le berger. Elle était heureuse de partager des moments sur la lande, mais jamais elle n'avait imaginé que ce qu'elle ressentait, c'était de l'amour. Et puis son père lui avait désigné un mari. Elle avait laissé faire. Il avait fallu cette fichue bagarre pour qu'elle ouvre les yeux. Un peu tard, se disait-elle. Trop tard ? Maintenant, Maria avait peur que oui.

Le curé avait souhaité la rencontrer avant son départ. Seule. Elle avait été surprise par ce souhait, elle qui n'allait pas à la messe et n'avait même pas été baptisée à l'église, mais avait reçu le baptême républicain, par le maire, pour prouver qu'un curé n'était pas indispensable dans une commune.

Que voulait donc le curé ? Pas grand-chose. Seulement lui dire qu'elle avait la chance d'aller à l'école, alors que les autres filles de son village n'y allaient plus et restaient à attendre des maris de complaisance.

— Ton père veut te punir à cause du berger, mais sache qu'il t'offre une grande chance.

Une chance ? Curieux langage. Il avait insisté :

— Tu sais très bien que dans la vie les femmes ne comptent presque pas. On les marie, souvent contre leur gré, on les confine aux tâches ménagères et elles obéissent. C'est ainsi depuis la nuit des temps. Et tu sais pourquoi ?

Non, elle ne savait pas.

— Parce que, souvent, il leur manque l'instruction. Pour décider, il faut savoir, comprendre les choses. Tu vas apprendre, apprendre, apprendre, jusqu'au jour où tu pourras regarder ton père en face et lui dire que tu es plus instruite que lui. Que tu assumes tes choix quels qu'ils soient, mais ce seront les tiens, pas les siens.

Sûrement pas. Elle ne ferait jamais ça. Il la tuerait.

— Pas du tout. Au contraire, grâce à tout ce que tu auras appris, tu pourras lui tenir tête. Lui montrer qui tu es. Ce que tu vaux. Il veut te cloîtrer et t'éloigner de ton berger, je peux te dire qu'il fait une erreur. C'est pour ça que je l'ai aidé à trouver cette école, pour qu'un jour tu lui rabattes son caquet !

Elle n'en revenait pas. Le curé l'avait donc aidée ? Il se vengeait de l'attitude de son père ? C'était dur à admettre pour le chantre du pardon. Mais c'est vrai que son père, tout au long de ces années, avec son comportement outrancier vis-à-vis de l'Église, ne l'avait pas épargné. Elle comprenait cette réaction et, à la réflexion, le discours du curé lui plaisait. Cependant, une inquiétude la gagnait. Est-ce que François voudrait toujours d'elle ? L'amour qu'il lui portait résisterait-il au temps ? Si elle était supérieure à lui, il n'oserait pas la demander en mariage. Mais on n'en était pas encore là.

La clochette sonnait. Il était l'heure de se coucher. Lumière éteinte, le dortoir se fit silencieux. Seule une loupiote, au bout de l'allée, signalait que sœur Marie-Cécile veillait au grain sur toutes les pensionnaires. Maria s'enfonça dans le rêve qu'elle faisait souvent. Elle était sur la lande, paisible au milieu de ses moutons. Elle voyait un berger s'approcher. Il lui souriait. Il lui posait toujours la même question, timidement :

— Tu es Maria ?

— Oui, François, je suis Maria. Maria de la lande.

X

LA PLUIE TOMBAIT depuis plusieurs jours. Octobre n'avait jamais été autant mouillé. Les chemins s'étaient transformés en vrais bourbiers. Les petits groupes de pèlerins courbaient l'échine sous les averses. Ils approchaient de Bayonne. Ils tentaient bien de se mettre à l'abri sous quelques chênes, mais ça ne suffisait pas. Il aurait fallu un véritable toit. François savait qu'ici la lande avait fait place aux pins, mais, malgré cela, il espérait apercevoir un courtioù pour les accueillir, une vieille grange. Même pas. Les Pyrénées proches étaient invisibles, tellement le ciel était bas et sombre. Le voyage s'était passé sans trop d'encombres, juste quelques contrôles de gendarmerie. Les gens n'aimaient pas beaucoup ces pèlerins, qu'ils confondaient souvent avec des Gitans. François ne s'étonnait pas de cette méfiance. Dans son village, il savait que leur présence était mal acceptée. Pourtant, ils ne faisaient souvent que passer en essayant de vendre quelques bricoles. Il avait entendu Félicien Tastet et bien d'autres les traiter de mangeurs de hérisson. Il leur avait été raconté par d'autres pèlerins que les gendarmes des Landes, vers Mont-de-Marsan, avaient reçu des consignes très strictes et devaient vérifier les papiers de ces gens-là. C'est pourquoi les pèlerins avaient opté pour ce chemin de la côte, plutôt que passer par l'intérieur des terres. Ils rejoindraient Santiago par le « Camino del Norte ».

Tout à ses pensées, François parlait peu. D'ailleurs, les autres aussi parlaient peu. Un groupe de six personnes s'était constitué au fil des kilomètres. Que cherchaient ces gens ? se demandait François. Chacun portait sa croix. Ses doutes. Ses espérances. Le soir, à la veillée, ils partageaient le pain. Les flammes du petit feu allumé éclairaient leurs visages, les faisaient vaciller dans une danse surprenante et silencieuse. Ils ne semblaient pourtant pas être tristes ni malheureux. Non. Ils avaient tous le même objectif et François se trouvait bien avec eux. Lui qui était habitué à la solitude de la lande se mit à aimer cette compagnie. Lorsqu'ils échangeaient quelques mots, c'était pour parler du temps du lendemain qu'ils espéraient meilleur. Meilleur en tout cas que cette pluie persistante. Malgré cela, François imaginait la peine de ses parents. À Lit-et-Mixe, voyant un troupeau de moutons s'avancer sur un bout de lande, il avait failli rebrousser chemin. Un court instant seulement. Il devait persévérer dans la décision qu'il avait prise. Il ne fallait pas que ses proches la prennent pour une saute d'humeur. Une réaction stupide pour fuir le qu'en-dira-t-on. Il ne devait pas laisser croire que le fils du bossu n'était qu'un imbécile d'amoureux désespéré. Pourtant, à la réflexion, il ne savait toujours pas ce qu'il allait chercher dans cette marche. Il pensait sans cesse à Jean Michaud qui avait trouvé, sans vraiment savoir ce qu'il cherchait. Il avançait, mais dans la brume de ses pensées il n'arrivait pas à saisir son but. L'espoir d'aimer librement Maria ? Sans doute. Il ne savait pas. Tastet ne lui donnerait jamais la main de sa fille. Le tombeau de saint Jacques l'y aiderait ? C'était sa prière. Ses compagnons de route aussi espéraient beaucoup. Pourtant, si certains marchaient par foi, peut-être pour expier certains péchés ou chercher une quelconque guérison, pas lui. Il ne se sentait malade de rien. Fautif de rien, seulement d'avoir aimé Maria. Il devait expier pour ça ? Bien sûr que non. Alors mettait-il de la distance seulement pour se faire oublier ? Pour échapper à cet amour qui le taraudait chaque fois qu'il pensait à elle ? Chaque fois qu'il l'imaginait sur la lande avec son troupeau, riante et joyeuse ? Maintenant, il souffrait de la savoir cloîtrée en ville. Comme elle devait souffrir. Souvent, il s'enfermait dans son silence. Seul Anselme arrivait à lui arracher quelques mots, mais les conversations étaient réduites à la portion congrue : où s'arrêter le soir et qu'allaient-ils manger ? Ils achetaient quelques bricoles dans les villages traversés. Une miche de pain qui était sèche au bout de quelques jours. Son seul point de satisfaction, c'était sa maladie de peau. Il s'était lavé plusieurs fois à la fontaine et les rougeurs avaient disparu ainsi que les démangeaisons.

Bientôt, ils traverseraient la Bidassoa et seraient en Espagne. Il se rappelait qu'un roi de France s'était marié sur une île de ce fleuve frontière, mais ne savait plus très bien lequel. De l'autre côté, les gens ne parlaient pas la même langue. François rassura le jeune Anselme, inquiet. Avec des gestes, ils se débrouilleraient très bien. Un jour, il avait entendu parler un Espagnol et il avait trouvé que son patois était presque identique.

Curieux garçon que cet Anselme. À cet âge, pourquoi faisait-il le chemin ? Un soir, alors que les dernières flammes finissaient de s'éteindre devant les pèlerins assis en rond autour du feu, il avait fini par expliquer la raison. La lumière vacillante éclairait son visage enfantin et le rendait fragile.

— Pour savoir, avait-il répondu.

Savoir quoi ?

Il raconta comment le curé de sa paroisse avait visité toutes les familles du village. Il fallait trouver un jeune qui irait au séminaire. Chaque paroisse devant donner un curé à l'Église, c'était ainsi. Anselme avait été enfant de chœur, avait fait sa première communion, avait reçu la confirmation, tout ça parce qu'il était bon élève au catéchisme. Donc le séminaire était fait pour lui, avait conclu le curé. Lui ne rêvait que de terre et de champs de blé mûr. De pluie et de soleil qui se mariaient en arc-en-ciel fabuleux. Il disait, les yeux émerveillés, que chez lui les ruisseaux cachaient des truites magnifiques. Que les aubes étaient porteuses d'espoir et de jolies filles. D'enfants qui grandiraient à l'ombre d'un tilleul. Aux souhaits du curé, lui qui aimait les couleurs de la vie s'imagina vêtu de noir le reste de son existence. Certes, il avait la foi. Enfin, celle qu'on lui avait communiquée. Mais de là à dire la messe tous les jours. De plus, il avait commencé son apprentissage de charron avec le vieil Ernest et il aimait manier le métal rouge pour en faire des outils du jardin. Le curé avait insisté lourdement. Il avait même fait peur aux parents d'Anselme : s'ils ne le persuadaient pas d'accepter sa proposition, leur place au paradis serait plus difficile à gagner, et ils se préparaient, les pauvres gens, à de longues années de purgatoire ! Anselme avait souhaité réfléchir et, quelques jours après, alors que le curé allait revenir à la charge, il avait quitté sa famille et pris le chemin de Saint-Jacques.

— Tu comprends, expliqua-t-il à François, si Dieu veut de moi, il me le dira sur le chemin.

François ne s'était jamais posé de telles questions. Il ne savait pas ce qu'il allait y trouver. Les doutes l'assaillaient : et s'il ne trouvait rien ? Et si, au retour, il n'avait rien appris ? Comment serait-il reçu au village ? Il passerait pour qui ? Pour un simplet parti sur un coup de tête chercher fortune ailleurs ? Ou toujours pour le fils du bossu qui n'intéressait et n'intéresserait jamais personne ? De temps en temps, il touchait la pièce du moussu, dans le pan de sa chemise. Lui porterait-elle chance un jour ? Il l'espérait tellement. L'angoisse, le doute parfois, l'envahissait. Et cette pluie qui tombait toujours. Fine et tenace, elle transperçait tout. Le béret de François était détrempé, comme ses vêtements. Il avait chaussé une paire de vieux souliers, mais, prudent, avait mis ses sabots dans sa besace. Oh, elle n'était pas lourde. Un vêtement de rechange, mais qui, déjà, dégoulinait de partout. Ce qui l'inquiétait le plus, c'était cette toux qui le tenait depuis quelques jours. L'entendant, une vieille femme compatissante, alors qu'il lui achetait un peu de lait, lui avait proposé une tisane. « Elle te réchauffera l'intérieur, avait-elle affirmé. C'est ce dont tu as besoin. » Sans doute. Mais après une petite accalmie, la toux était revenue. Il mangeait peu et mal. Sentait ses forces le quitter. S'il ne pouvait poursuivre, il aurait fait tout ça pour rien ? Il se raccrochait à Maria. La douceur de son visage de bergère lui redonnait l'espoir, mais pas la force de marcher. Il connut mille difficultés pour traverser la rivière frontière. Après avoir montré patte blanche aux douaniers, il avait marché un instant dans l'eau d'un bras de la Bidassoa, puis était monté sur un bateau pour traverser le bras le plus important, jusqu'à la rive espagnole. Curieusement, le pays lui sembla plus pauvre. Plus sec, malgré la verdeur des montagnes qui l'entouraient, que vers chez lui. Si jusqu'à présent ils avaient avancé sur du plat, la difficulté arrivait. Une série de monts, de collines, de montagnes l'attendait. Il les regarda avec découragement.

— Allons François, dit Anselme. Tu ne vas pas craquer maintenant. On va se reposer un jour ou deux, et on repartira.

François sourit aux réconforts de son copain, mais sentit bien que ce serait dur. La traversée l'avait épuisé. Pourtant, l'eau ne l'effrayait pas. Lorsque, chez lui, il fallait traverser des *crastes*[1] avec ses moutons, elles ne lui faisaient pas peur. L'hiver passait sans lui donner de rhume, ou alors des petits de rien du tout. Il soignait un mal de gorge avec des tisanes de pousses de ronce, et il disparaissait. Mais ici, la nourriture légère, le but, difficile à atteindre, et cette mélancolie qui le gagnait devant l'incertitude de

1. Crastes : *larges fossés creusés pour évacuer l'eau des marais.*

ce chemin, tout avait fini par le vaincre. À l'entrée du village, il s'effondra, terrassé par la fatigue et la maladie.

*
* *

Maria était sur la lande. L'orage approchait. Elle devinait son envie de dévorer la terre. La vue d'un courtioù, au loin, la rassura. Les moutons commençaient à paniquer. Les chiens jappaient. Au loin, elle vit le berger qui se signalait par des gestes avec son bâton. Sur ses échasses, il paraissait immense. Le cœur de Maria se réchauffa un peu plus. François la protégerait de tout. De l'orage. Des mauvais sorts. Elle sentit monter en elle un torrent de joie. C'est à ce moment qu'un bruit insistant la troubla. Pourquoi cette cloche, ici, dans cette lande vide, sonnait ainsi ? Elle sonna de plus en plus fort. Maria fit un bon dans son lit. Autour d'elle, les autres filles se levaient pour une journée d'école. Maria, se réveillant complètement, pleura.

*
* *

Jacques Rambert ne décolérait pas. Il ne supportait pas l'affront que lui avait fait Maria. Pour qui se prenait-elle, cette mijaurée ? Elle ne mesurait pas la chance et l'honneur que lui faisait sa famille en la prenant comme bru ? Et cette petite vermine de berger, comment avait-il osé envisager de se faire aimer de Maria ? Il se prenait pour qui ce fils de bossu, ce petit-fils de grand-père inconnu dont on disait que c'était sans doute un chemineau de passage ? Il noyait sa colère dans l'alcool et cherchait querelle à tout le monde. En particulier à Francis, le copain du berger. La Mastroquette ne savait plus à quel saint se vouer. Ce midi-là, il s'en prenait encore à Francis. Le traitant de tous les noms. Elle allait hausser le ton, lorsque Francis se leva prestement de sa chaise et colla une claque sévère à Jacques, qui roula sous la table. Il se releva en colère en hurlant à Francis qu'il tuerait son copain et ferait un sort à Maria si elle persistait dans cet amour ridicule. On ne savait plus si c'était la jalousie ou l'orgueil qui le rendait comme ça. Ou l'alcool.

*
* *

Au village, on observait. Même si c'était une affaire privée, certains se régalaient. Félicien Tastet énervait les gens. Son orgueil démesuré le rendait impopulaire, mais son alliance au premier adjoint le transformait en intouchable. Mieux valait être de son côté. Jacques, par son comportement, finissait par se faire mal voir de tous. Avec sa bande de boit-sans-soif, il était devenu la terreur de la commune. La semaine dernière, ils n'avaient pas hésité à chahuter la roulotte d'un couple de Bohémiens qui campait près du lavoir. Dans le pays, ces gens-là n'étaient pas aimés, c'est vrai. Des voleurs de poules, rien d'autre, disait-on, mais quand même ! « Il est comme son grand-père Firmin », affirmait Amélie. Il avait chassé plusieurs fois des gens du voyage. Elle se rappela une fois où un jeune Gitan avait séjourné dans le village avec sa mère. Ils revenaient tous les ans en juin et étaient connus de tous. La vieille vendait de la dentelle, lisait dans les lignes de la main. Son fils affûtait des couteaux, les ciseaux. Rempaillait les chaises. Le soir de la Saint-Jean, Firmin Rambert, avec des copains avinés par la fête, les avait chassés violemment sous prétexte que le Bohémien regardait les filles du village qui dansaient autour du feu. S'était ensuivie une bagarre, et les Bohémiens avaient quitté le village rapidement dans la nuit avec leur roulotte, tirée par une vieille mule. Alors ce n'était pas étonnant que le petit-fils lui ressemble. C'était arrivé une autre fois aussi. Mais lorsqu'on lui demandait de raconter, elle refusait. Ça ne servait à rien de remuer les mauvaises choses.

*
* *

Marcel et Germaine Hostein étaient inquiets. Très inquiets. Ils n'avaient pas de nouvelles de François et n'en auraient sans doute pas de longtemps. Quelle mouche l'avait piqué ? Des chagrins d'amour, tous les jeunes en avaient eu. Pour autant, ils ne s'échappaient pas aux cinq cents diables ! Les conversations autour de la table se faisaient rares. Germaine allait moins souvent chez Amélie. Elle se contentait de s'occuper de Marthe, sa belle-mère vieillissante. Marthe commençait à perdre la tête. À oublier des choses simples du quotidien. Souvent, elle parlait toute seule. Employait des mots d'un patois qu'elle commençait à perdre. Elle écorchait des mots. Parfois, avec des gestes véhéments, elle semblait se raconter des histoires. À d'autres moments, elle semblait vivre un cauchemar, roulait des yeux inquiets et, des mains, semblait se protéger d'un mal ou d'une attaque quelconque. Lorsqu'elle était ainsi, elle s'enfermait dans sa chambre et on l'entendait marmonner des phrases inintelligibles. Avec patience, Germaine lui faisait boire des tisanes préparées par Amélie. Pour la calmer. Des mots revenaient souvent comme *gadjos*. C'était quoi ce mot ? « C'est sa mémoire qui la trompe, disait son fils Marcel. À son âge, son cerveau se ramollit, alors elle invente des mots qui sortent en litanie. » Parfois, dans un éclair de lucidité, elle demandait des nouvelles de François. Son troupeau allait bien ? On le verrait bientôt ? Germaine lui disait qu'il allait revenir. Pour Noël peut-être. Alors Marthe souriait, heureuse à l'idée de revoir son petit-fils. Leur quotidien allait ainsi, s'effilochant dans un espoir toujours diminué. Jusqu'à quand ?

*
* *

François bougea les doigts. Juste un peu. Entre noir et clarté, des lumières dansaient dans ses yeux. Partaient. Revenaient. Des sons traversaient l'espace autour de lui. Il n'avait pas mal. Des voix chuchotaient à ses oreilles. Lui parvint une odeur. Une cuisson quelconque ? Il devinait une chaleur. Douce. Il n'avait aucune envie de parler. D'ailleurs, en aurait-il seulement la force ? Yeux fermés, il ne mesurait plus le temps. Et puis quel temps ? À quoi bon savoir, son état lui convenait. Il sentit qu'on lui passait un linge humide sur le front. Sur la bouche. Il s'apaisa un peu plus, puis il sombra de nouveau dans sa nuit.

XI

Les pèlerins avaient poursuivi leur chemin depuis plusieurs jours. Anselme veillait sur François. Malade comme il était, il avait dû s'arrêter. Anselme n'avait pas voulu le laisser seul. Lui, le jeune, se sentait presque responsable de ce compagnon de hasard, qui l'avait écouté, compris. Auprès de François, il avait trouvé une amitié immédiate et en était heureux. Lorsque François s'était écroulé, dès la frontière passée, il l'avait ranimé. Après qu'il eut repris conscience un instant, il l'avait soutenu jusqu'à ce qu'il remarque un campement à l'entrée du village. Peut-être y trouverait-il l'aide indispensable dont ils avaient besoin. Il l'espérait mais, se rendant compte que c'étaient des Gitans, il se retint d'instinct. Ayant en lui cette méfiance séculaire vis-à-vis de ces gens-là, il avait préféré passer son chemin. C'est à ce moment que François s'était de nouveau effondré. Anselme avait paniqué et s'était tourné vers eux pour demander de l'aide.

Un vieux Gitan s'était approché.

Depuis maintenant une semaine, Diégo et Salomé, sa femme, soignaient François. Anselme, d'abord méfiant, avait fini par s'accommoder de cette compagnie forcée, tout étonné de leur réaction. Heureusement, ils en avaient vraiment besoin. En rentrant chez lui, il expliquerait aux siens que tous les Gitans n'étaient pas mauvais. Diégo avait précisé qu'il était tzigane, mais savait qu'on les appelait gitans, bohémiens et que, la plupart du temps, on les méprisait. Anselme ne fit aucun commentaire, ne voulant pas froisser ses sauveurs.

La roulotte des Tziganes était petite, mais une place avait été faite pour que François ne soit plus sous les intempéries. Anselme et Diégo couchaient sous un abri de fortune. Si Diégo parlait assez, la vieille Salomé était plus renfermée, s'exprimait rarement. En secouant la tête, elle avait dit, en marmonnant, que le gadjo n'est pas bien du tout, ce qui avait mis la peur au ventre à Anselme. Si François mourait, que ferait-il de lui ici ? Il ne savait même pas de quel village il était. Diégo le rassura. Son copain était entre de bonnes mains, sa femme connaissait les remèdes, Elle tenait ses recettes des anciens de sa famille.

Salomé. Étrange femme. Sa peau, tannée par le temps, ressemblait à un parchemin sillonné de rides profondes, ce qui la vieillissait et la montrait plus âgée qu'elle ne l'était sans doute. Ses habits noirs lui donnaient un air inquiétant. Ses pieds, que rien ne protégeait, étaient aussi noirs que ses hardes. Un chignon rassemblait ses cheveux poivre et sel, mais laissait passer des mèches qui flottaient au vent. Ses yeux, foncés, lui donnaient un regard pénétrant. Il semblait qu'elle lisait dans les yeux et les cœurs. Au pays, pensa Anselme, elle aurait été cataloguée comme sorcière. De temps en temps, elle partait vers le village, pour essayer de se faire quelques sous, disait-elle, en vendant des paniers en osier, en lisant les lignes de la main. Pendant ce temps, Diégo et quelques autres sillonnaient la campagne à la recherche d'une poule égarée ou d'un hérisson. Anselme aurait bien voulu confier sa main à Salomé pour connaître son avenir, mais en même temps il avait peur de ce qu'elle pourrait lui raconter. Plus tard, disait-il, plus tard. Elle faisait cuire les aliments dans un vieux chaudron, posé sur un trépied, et tous mangeaient dehors, autour du feu, un couteau à la main, tandis que des enfants des roulottes voisines, visages tachés de traces de terre et de boue, morve coulant du nez, culottes déchirées à peine rapiécées, couraient dans la boue et dans les flaques en riant. Comme les autres enfants, pensa Anselme.

François avait une forte fièvre, et Salomé savait ce qu'il fallait faire. Tout en marmonnant, elle lui avait frictionné le front avec des épluchures de pommes de terre – « Ça lui fera passer le mal au crâne », avait-elle dit –, puis elle avait donné un ordre à Diégo qui était parti sur-le-champ. Il revint quelques heures après, avec des grenouilles mortes dans ses mains. Salomé les prit, les éplucha, lança les petits os aux chiens qui traînaient toujours à côté et jeta les corps ainsi dépouillés des grenouilles dans de l'eau bouillante, puis, une fois cuits, les écrasa presque en bouillie, sous le regard effaré d'Anselme. Elle y ajouta des herbes sèches sorties d'une vieille boîte en métal rouillé, mélangea le tout dans un peu d'eau, y ajouta de la mie de pain. Avec sa main, elle traça des signes bizarres sur cette purée gris-vert et molle, prit une cuiller, ouvrit la bouche de François, inconscient, et lui fit avaler. Anselme jeta un regard inquiet à Diégo, qui le rassura d'un hochement de tête :

— La grenouille est un animal froid. Ton ami a une mauvaise fièvre. Salomé utilise le froid contre le mal chaud.

Lorsqu'il vit les efforts de François, presque inconscient, pour ingurgiter cette purée verte, Anselme s'éloigna et vomit, écœuré, sous le regard amusé de Diégo.

— Tu vas voir, dans quelques jours, il ira mieux. Salomé est une femme de confiance. Sois patient.

*
* *

Le temps s'améliorait de jour en jour. La pluie avait cessé, laissant la place à un soleil qui séchait l'herbe des montagnes, la rendant encore plus verte. Le spectacle était nouveau pour Anselme, qui ne connaissait que la plaine de son pays et n'avait jamais vu qu'une colline ou deux. François allait mieux, mais sa fatigue était tenace. Vint un matin où il ouvrit les yeux et dit d'une voix faible :

— J'ai faim.

Tous sourirent, Salomé prit une allure de vainqueur, elle avait, une fois de plus, réussi à guérir quelqu'un.

François se retourna sur sa couche, regarda à droite et à gauche. Anselme lut sur son visage l'étonnement. Il éclata de rire.

— François, enfin tu ouvres les yeux.

— Mais... Mais...

— Diégo et Salomé t'ont recueilli et t'ont soigné.

Il les regarda, étonné. Compris à qui il avait affaire, mais se garda bien de faire une remarque.

— Depuis longtemps ?

— Depuis une dizaine de jours.

Anselme lui donna un morceau de pain, tandis que Salomé lui versa un verre d'eau. Il s'assit sur sa couche. La tête lui tournait.

— Maintenant, il va falloir que tu fasses un vrai repas, dit Diégo. Je m'occupe de ça.

Il revint quelques heures plus tard avec un gros poulet. Devant l'air curieux d'Anselme, Diégo sourit.

— Je sais ce que tu penses, je t'expliquerai en mangeant comment nous vivons à cause des autres.

Anselme se garda bien de dire que chez lui ces gens-là passaient pour des voleurs de poules. Peut-être avait-il acheté la volaille à un paysan ? Ça l'aurait étonné. Bientôt, l'odeur de cuisson du poulet monta agréablement aux narines, tandis que François souriait, heureux de se sentir sauvé. Il pensait déjà à la manière de remercier Diégo et Salomé. Il verrait plus tard.

*

* *

Ce soir, le spectacle était étonnant. Si, jusqu'à aujourd'hui, les autres personnes du camp, une dizaine, s'étaient tenues à distance, sans doute pour laisser François loin du bruit, afin qu'il puisse guérir plus vite, depuis la fin de l'après-midi, toutes s'étaient regroupées autour du feu. Debout ou assises, elles devisaient entre elles. Diégo, qui semblait être le chef de cette petite tribu, leur indiqua qu'ils allaient partir prochainement, mais il y avait un problème, sa mule boitait, et il devrait attendre deux ou trois jours. Les autres pourraient partir, il les rejoindrait plus tard. François s'approcha de lui.

— Diégo, je te dois, ainsi qu'à ta femme, la vie. Sans vous, je crois que je serais mort.

Diégo fit un geste de la main, comme pour dire : « Pas du tout. Nous n'avons fait que notre devoir. »

— Je veux faire quelque chose pour vous remercier, et je sais quoi maintenant.

Non, il ne devait rien. Ni à Diégo ni à Salomé. François sourit. Lui dit que chez lui l'inverse ne se serait jamais produit. Aucun homme, aucune femme de chez lui n'aurait fait le bien à un Gitan, à un Bohémien. Diégo savait cela.

— Ma famille a déjà eu des ennuis avec des gadjos.

Devant l'air surpris de François et d'Anselme à ce mot, Diégo précisa qu'il désignait les personnes non tziganes ou non gitanes.

— Peu importe les autres, François, je n'ai besoin d'aucun remerciement. Aider, c'était naturel.

François insista. Il avait le don pour les animaux. Il soignerait sa mule demain matin.

— Je ne peux pas ce soir. Pour que ça marche, il faut prendre le soleil avant midi.

— Je savais que tu étais un brave garçon, dit Salomé. Je l'ai lu dans ta main.

François se retourna, étonné. Elle avait lu des signes ? Vu quelque chose ?

Salomé ferma les yeux, parut se concentrer.

— J'y ai vu un immense chagrin. Une honte. Une blessure profonde. Une envie de gagner. Une envie de reconnaissance. J'ai vu aussi une grosse surprise, qui va te bouleverser.

Elle se tut un instant. François espérait, stupéfait. Elle avait vu tout ça en regardant seulement sa main ? Parce que le chagrin, la honte, la blessure, c'était bien ce qu'il ressentait. Il espéra une suite. Espéra l'entendre dire que ce chagrin passerait et qu'il retrouverait Maria, sa Maria de la lande. Espéra l'entendre dire qu'il trouverait quelque chose sur ce chemin. Quelque chose qui le guiderait. Salomé comprit à son regard qu'il attendait une réponse.

— Le chemin t'apportera quelque chose que tu n'attends pas. Je ne peux rien te dire d'autre.

Autour du feu, les conversations recommencèrent plus hautes. Maintenant, chacun prenait part au repas. Assis par terre, sur des vieilles chaises, ou debout, comme la plupart des hommes. Du mauvais vin était distribué. Anselme fit la grimace. Chez lui, son père avait quelques rangs de vigne qui en donnaient un meilleur.

— Alors tu as le don ? demanda Diégo.

Oui, il l'avait. Et il pensait qu'un don devait servir à aider. Alors il aidait quand il pouvait.

— Une fois, j'ai arrangé une tioque bien boiteuse de Maria.

Diégo sourit en observant la mélancolie de cette phrase.

— C'est elle, ton immense chagrin ?

François le regarda, surpris. Il fit oui de la tête et laissa échapper une larme. Que faisait-elle en ce moment ? Pensait-elle à lui ? Cette séparation ne briserait-elle pas cet amour qu'il n'avait pas osé lui avouer ? Il se dit que Maria était une fille forte et déterminée, mais, hélas, ses parents ne lui permettraient jamais d'aimer un simple berger, de plus fils d'un bossu ! Les Hostein étaient un peu comme ces Gitans que l'on laissait à l'entrée des villages. Bossu, et puis quoi encore. C'était une tare ? Non, mais ils étaient différents, pensait François, et certaines différences ne se gommaient pas d'un claquement de doigts. Ces différences les mettaient en marge des autres. Surtout qu'en plus le bossu était né de père inconnu ! Alors, bien sûr, toute hypothèse était permise.

Maintenant, repas pris, sur un signe de Diégo, tous s'installèrent en cercle. L'un d'eux jeta une grosse bûche sur les flammes. Tel un feu d'artifice, une myriade d'étincelles rougeoyantes illumina le ciel. Salomé se pencha à l'oreille de François. Lui dit que Diégo allait s'adresser à tout le groupe. Elle ajouta qu'il le faisait chaque fois que quelque chose d'important se passait. Diégo se racla la gorge.

— Vous avez constaté que j'ai recueilli un gadjo et son ami. Ce n'est pas dans nos habitudes, mais il paraissait tellement mal en point que j'ai eu pitié.

Un Gitan grommela en disant que l'inverse ne serait pas arrivé. Diégo démentit. Il avait eu affaire, il y a longtemps, à un gadjo qui l'avait secouru contre la méchanceté d'autres gadjos. Diégo poursuivit :

— Il est guéri et va nous quitter pour poursuivre sa route. Avant, je voudrais lui parler de nous. Ça servira aussi aux plus jeunes de chez nous. Ils sauront.

Il se lança dans une longue explication. Les Tziganes, comme lui, venaient de très loin. Du temps où le monde était gouverné par Sinpétra.

— C'est un peu votre saint Pierre, précisa-t-il à François. C'est de cette époque que nous sommes maudits.

Les Tziganes étaient réputés pour savoir forger des clous de toutes dimensions. C'est à eux que s'étaient adressés ceux qui avaient condamné Jésus.

— Les membres du Sanhédrin ont demandé aux Tziganes de fabriquer quatre clous pour le clouer sur la Croix. Jésus, les nôtres l'aimaient bien. Ses ancêtres avaient traversé la mer Rouge avec les nôtres, pour fuir l'Égypte de Pharaon. C'est de ce moment qu'ils ont commencé à errer. Les rescapés étaient des Tziganes. Ils s'étaient réfugiés dans ces lieux d'histoire, lorsque beaucoup plus tard Jésus est arrivé.

Le travail commandé, ils savaient parfaitement le faire. Pourtant, ils y consentirent avec difficulté, mais on leur avait fait comprendre que leur liberté, leur tranquillité était à ce prix : obéir. Alors ils décidèrent d'accepter ce travail, mais, au lieu de fabriquer quatre clous, ils n'en firent que trois, pensant ainsi que Jésus ne pourrait pas être crucifié. Mais les soldats s'en contentèrent, et un seul clou suffit à percer les deux pieds du prophète sur la croix.

— La faute fut jugée impardonnable et, depuis, maudits, ils errent pour expier leur désobéissance.

François était ébahi. Anselme se demandait si le curé de son village connaissait cette histoire. Légende ? Vérité ? Où était la frontière ? Ces voleurs de poules avaient donc une conscience ? Une conscience meilleure que les gens qu'ils connaissaient et qui n'auraient pas hésité à fabriquer les quatre clous demandés ? Ceux-là mêmes qui manifestaient contre ces Gitans, ces Bohémiens qu'on mettait dans le même sac sans distinction ? Sauver Jésus ? Cette idée parut étrange à François. Le peu qu'il savait du catéchisme ne lui permettait pas de faire le tri entre vérité et légende, mais cette histoire lui parut tellement belle qu'il ne fit aucun commentaire. Ces gens lui avaient sans doute sauvé la vie. Demain, il arrangerait la mule ; ensuite, il partirait vers sa destination. Il engrangerait ces souvenirs dans sa besace.

Diégo continuait de raconter. Un peuple nomade, expliqua-t-il, ne peut être agriculteur. Il vit donc de chasse et de cueillette. En chemin, on quête la nourriture. Les paysans se plaignent des vols de poules et de pommes. Mais les Tziganes estiment que ce qu'on trouve le long de la route n'a pas de propriétaire.

— Vous-mêmes, vous faites comme nous, vous ramassez ce qu'il y a en chemin. Fruit ou autre chose. Ils sont à vous ?

Anselme sourit. « Non, c'est vrai. Mais c'est mieux que de laisser perdre », pensa-t-il en riant.

C'est alors qu'un jeune garçon demanda à Diégo de leur parler du cirque. Diégo sourit.

— Ah, le cirque, fit-il en soupirant.

Il prit un tison dans le feu, l'approcha de sa pipe, aspira pour rallumer le tabac. La fumée reprit de plus belle et dégagea une odeur forte.

— J'étais jeune.

Un instant, une ombre passa dans son regard. François la remarqua. Crut à un jeu de lumière de la flamme.

— Je savais marcher en équilibre sur de grosses boules au milieu de la piste. Je savais aussi soulever des grosses pièces de bois ou de fonte. Je savais jongler. J'avais vingt ans.

L'ombre n'était pas un jeu de lumière, c'était un regret. Sans doute celui du temps qui était passé.

Avec trois autres, ils allaient de village en village, dans deux roulottes bariolées. Tandis que deux femmes faisaient danser les chiens dressés, leurs compagnons jouaient du violon.

— De ces airs tziganes qui viennent de nos anciens. C'était très joli. Les gens applaudissaient. Ensuite, on faisait la quête.

Ils ne chapardaient même pas, les quelques sous leur permettaient de vivre. Ils suivaient les foires, les fêtes des villages dans la grande lande et les pays voisins.

— Tout allait bien, jusqu'à ce maudit jour, dit Diégo, tête basse.

Il se tut. Salomé le regarda avec un air sévère, puis, comprenant qu'il allait continuer à raconter, se leva et s'éloigna vers la roulotte. François comprit qu'elle ne voulait pas entendre la suite de l'histoire. Diégo la regarda partir. Eut un sourire affectueux.

— Nous étions à la fête d'un village. C'était en mai. Elle durait trois jours.

Les roulottes étaient au bord d'un lavoir. Les seules visites dans ces lieux étaient des femmes du pays, venant laver le linge. Elles rythmaient leurs coups de battoir par des rires et des cris. L'une d'elles était très jolie. Brune. Les yeux marron qui pétillaient.

— Connaissant les idées qu'avaient les gens sur nous, je ne m'approchais pas. Je les regardais de loin, mais les rires m'invitaient à les rejoindre.

Il marqua un temps d'arrêt. Secoua la tête de droite à gauche. François eut le sentiment qu'il n'était plus là, mais sur le bord de ce lavoir et qu'il entendait encore les rires frais.

— Seule une vieille ne riait pas. Lorsque je fis mine de m'approcher, elle leva le battoir dans ma direction en me jetant un regard méchant.

Les autres s'étaient moqués d'elle. Elle avait peur d'un Gitan ? Avec ses chevaux frisés qui tombaient autour de son visage et son foulard rouge autour du cou, il était beau, avait dit la petite brunette. Et puis il était si fort. Et il savait si bien jongler.

La vieille avait haussé les épaules, plié son linge et était partie en grommelant qu'elle aurait de quoi raconter au village.

On devina la suite. Diégo s'était approché et la petite brunette avait engagé la conversation. Quand les autres filles partirent, il parlait encore avec elle. Elle n'avait rien contre les gens comme lui. Elle n'était pas comme ceux des villages traversés, qui les fuyaient. Elle n'avait rien et, comme lui, elle se sentait libre. Le soir, elle le retrouva après le spectacle. Il y avait une très forte attirance entre eux.

— Je ne pensais jamais que je tomberais amoureux d'une *gadji*. C'était contraire à nos lois, mais l'amour est une chose curieuse qui ne s'embarrasse pas des lois.

Il soupira. Tous écoutaient le « vieux », comme ils l'appelaient avec respect. Ses cheveux frisés, mais blancs maintenant, retombaient toujours en désordre sur ses épaules. Il n'avait plus cette stature d'autrefois, mais il avait toujours dans le regard et dans la voix une vraie prestance.

— Depuis longtemps, j'avais envie de me poser, et là j'y avais vraiment pensé.

Cette vie d'errance lui pesait. Passer pour un voleur de poules le peinait beaucoup. Un instant, il avait imaginé que cette fille pourrait être sa bouée de sauvetage. Son avenir. Il saurait s'intégrer, mais est-ce que les gens l'accepteraient ? François pensa à Maria. Dans le pays aussi, l'amour était contraire aux lois. À part que chez les gadjos, comme les nommait Diégo, c'était la loi sociale. Les pauvres avec les pauvres, les riches avec les riches.

Diégo et Marthe s'étaient aimés fortement pendant quatre jours.

— Marthe. J'aimais ce prénom. C'était celui de la compagne de Sara, notre Vierge noire des Saintes-Maries-de-la-Mer, lorsqu'elle a débarqué en Camargue. Je sentais que c'était un lien entre nous deux.

Les rives de l'étang avaient recueilli leurs ébats. Et puis, le dernier soir de la fête, tout s'était gâché. Après le spectacle, il buvait un verre, rassasié des bravos des spectateurs. À deux pas, l'orchestre attaquait le bal. Diégo se leva et, avec Marthe, rejoignit la piste de danse. Une bande de jeunes avinés s'étaient approchés, les avaient bousculés une première fois, mais Diégo n'avait pas réagi. Seule Marthe avait hurlé contre eux. Qu'ils s'occupent de leurs affaires, et rien d'autre. La danse avait repris, mais les jeunes étaient revenus à la charge en les insultant.

— Bohémien, les filles d'ici ne sont pas pour toi. On n'a que faire des voleurs. Alors dégage, fous-nous la paix.

Marthe s'était interposée et avait osé dire qu'elle aimait ce Bohémien, comme ils disaient. Ils avaient éclaté de rire et foncé sur Diégo. Une bagarre avait suivi, et Diégo avait quitté le bal rapidement pour éviter d'être pris à partie par un plus grand nombre. Il avait réalisé, à ce moment-là, qu'il aurait du mal à se fixer. Partout, il serait reçu ainsi. Plus tard, alors qu'il était revenu à la roulotte, les jeunes du village s'étaient dirigés vers le lavoir. Après avoir séquestré Marthe, pour qu'elle ne le rejoigne pas, ils avaient secoué les roulottes, démoli le petit campement et s'en étaient pris à toute la petite troupe. Les filles hurlaient de peur, tandis que les garçons les protégeaient comme ils pouvaient. Un jeune trouva un violon et le brisa en riant. Ils firent peur aux chiens, qui s'enfuirent dans la forêt proche en jappant.

— Vous raconterez à vos copains qu'ici les Bohémiens, Gitans et autres, on n'en veut pas.

La troupe avait quitté le village à la hâte, dans la nuit. Le groupe s'était séparé plus tard, chacun prenant une route différente. Leur belle histoire d'artistes avait pris fin.

— Je n'ai jamais revu Marthe, dit Diégo.

Plus tard, il avait eu la chance de rencontrer Salomé. Elle l'avait pris avec ses douleurs et ses espoirs.

François comprit que l'ombre dans son regard n'était pas qu'un jeu de lumière, elle était l'ombre d'un souvenir qui vivait encore en lui et le taraudait toujours.

François se souvint d'une histoire d'autrefois qu'on lui avait racontée. Des bagarres contre les Gitans avaient eu lieu dans son village. Sa grand-mère s'appelait Marthe. Sans doute, mais dans tous les villages il y avait toujours une fille qui s'appelait ainsi. L'étang ? Comme dans son village ? Il y en avait tout le long de la côte. L'histoire était éternelle.

Ce soir, autour de ce feu, à l'écoute de Diégo et guéri par les soins de Salomé, François se sentit une âme de Gitan.

XII

Maria était effondrée. Les quelques jours passés au village pour Noël avaient été affreux. Alors qu'elle les attendait avec impatience pour avoir des nouvelles de François et sortir de cette pension austère, elle les vivait comme un vrai cauchemar. L'annonce de son départ pour Saint-Jacques-de-Compostelle l'avait rendue apathique. Pourquoi cette folie ? Se serait-elle trompée sur ses sentiments ? Il ne l'aimait pas ? Et son travail de berger, il ne garderait plus de troupeau ?

C'est la Mastroquette qui lui avait annoncé la triste nouvelle. Sous prétexte d'aller prier à l'église, son père l'avait laissée partir sans une remarque. Il ne risquait rien, le berger avait disparu, tant mieux. De l'église, où sa prière avait été rapide et sans conviction, elle avait traversé rapidement la petite place en faisant attention à ne pas être vue. Une fille qui entrait au bistrot sans ses parents, c'était indécent. Sur le pas de la porte, elle avait toqué doucement au carreau, la Mastroquette était venue lui ouvrir.

— Ah, c'est toi. Je suppose que tu veux avoir des nouvelles de François, avait-elle dit d'emblée.

Elle l'avait fait entrer discrètement, à cette heure le bistrot était vide, et l'avait conduite dans la cuisine. Maria s'était effondrée lorsqu'elle avait appris le départ du berger.

La Mastroquette ne comprenait pas cette décision. Même son copain Francis n'avait rien compris à ce choix. Il lui avait proposé de parler de lui au chef du dépôt, il cherchait des ouvriers pour l'entretien des voies ferrées, il avait refusé. Elle savait que la recommandayre lui avait indiqué une adresse dans les Landes où il trouverait du travail, mais il n'avait pas trouvé de troupeaux à garder. C'est depuis là-bas qu'il avait décidé de partir. Maria se rappelait l'épisode du pèlerin de Saint-Jacques que François avait soigné. Il avait été très marqué par cette rencontre. Quand même, la solution n'était pas à Compostelle, mais ici.

Maintenant qu'elle savait, elle comprenait mieux la tranquillité de ses parents. Pour eux, le danger s'était éloigné et, le temps que le fils du bossu revienne, s'il revenait, ils espéraient que leur fille l'aurait oublié. Tout était pour le mieux. Elle sentit monter sa colère. Repensa aux paroles du curé. Apprendre, apprendre, apprendre, pour se dégager du cocon oppressant de sa famille. Le soir, à son air triste et ses yeux mouillés, Félicien comprit que sa fille avait appris la nouvelle.

— Tu vois bien que ce berger n'était pas pour toi, lui avait-il dit. Il est instable. Aller à Compostelle, pff !

Pour prendre une telle décision, il fallait avoir soit quelque chose à se reprocher, soit être un peu fou, affirmait Félicien.

— Et je crois qu'il a des deux ! Il a de qui tenir, sa grand-mère a toujours été comme ça. Un peu folle.

Félicien avait été formel : sa fille avait besoin d'un homme plus équilibré, et Jacques était cet homme-là. Maria se rebella immédiatement avec un aplomb total :

— Je ne me marierai pas avec Jacques Rambert. C'est François que j'aime, et on se mariera, que vous le vouliez ou non.

La gifle qu'elle reçut de son père la fit vaciller sur sa chaise.

— Je vais te recommander auprès des sœurs ! hurla-t-il. Quoi que ça me coûte, tu deviendras obéissante.

Elle réalisa que, malgré le cafard qu'elle ressentait à Bordeaux, elle y était mieux qu'ici.

Durant les quelques jours qui suivirent, même sa mère ne fut pas très bavarde. On ne lui avait posé aucune question sur son travail, à croire que ses parents se moquaient de ce qu'elle apprenait. Elle comprit que ce qui comptait le plus pour eux était son éloignement du village. Jacques et ses parents avaient été invités au déjeuner de Noël. Il n'y manquait rien, seulement de la joie. Malgré la bonne table et les bons vins, qu'elle ne toucha pas, le ton n'y était pas. D'ailleurs, Jacques, arrivé en retard, il était au bistrot avec ses copains, partit à peine le dessert achevé pour les rejoindre. Maria imagina avec effroi sa vie à attendre ce mari qui serait toujours absent. Les Rambert, inquiets sans le dire de son refus, forçaient le ton, mais tout sonnait faux dans ce repas de fête, malgré l'insistance de Félicien à parler de mariage pour le mois de juin.

— L'école sera terminée, et Maria reviendra parmi nous, affirma-t-il.

Un silence s'ensuivit, où tous cherchèrent chez Maria un signe d'assentiment qui ne vint pas.

La rentrée à la pension fut presque douce, et l'ambiance du pensionnat plus supportable qu'à la maison. Maria se mit au travail avec acharnement. La mère supérieure ne reconnut pas son élève. Un jour, Maria lui demanda une audience. Elle voulait savoir combien de temps il fallait pour devenir institutrice. La supérieure fut ravie de cette demande.

— Au moins quatre ans, Maria.

Maria comptait : dans quelque temps, elle aurait vingt et un an et serait majeure. Elle ne quitterait pas l'école avant, mais encore fallait-il, que son père accepte. Elle le convaincrait grâce à son plus grand défaut : l'orgueil. Institutrice ? Félicien se pavanerait dans le village, en disant : « Voyez ma fille comme elle est intelligente. » En plus, le premier adjoint aurait moins de prise sur lui. Elle comprit vraiment les conseils du curé du village. Cette pension allait la sortir de la prison dans laquelle voulaient l'enfermer ses parents. D'ici là, François serait peut-être revenu.

En accord avec la mère supérieure, Maria avait pris sa décision. Si ses parents acceptaient, elle poursuivrait ses études. Le plus difficile restait à faire. Elle écrivit une lettre à ses parents, en leur disant qu'elle leur demandait comme une faveur, de poursuivre ses études, afin de devenir institutrice. Elle se marierait ensuite, elle leur promettait, mais sans donner aucun nom. Félicien fut immédiatement flatté. Sa fille institutrice. Ce qu'il n'imaginait pas, c'est qu'elle le serait dans une école privée, et non dans une école de la République, puisqu'elle ne ferait pas l'École normale des instituteurs et institutrices. L'idée ne l'effleura même pas, seul son orgueil l'emporta. De plus, ça allait de soi, une institutrice ne pouvait pas se marier avec un berger ! Donc le fils du bossu disparaîtrait de son paysage définitivement. Sa mère fut heureuse, et ils décidèrent donc d'accéder à sa demande. Maria jubila. Que ce bon abbé Despeyroux avait été de bon conseil ! Elle se mit à étudier avec une volonté farouche, et elle promettait d'arriver à ses fins sans problème.

*
* *

Le mulet de Diégo fut rapidement sur pattes, François et Anselme reprirent leur route vers Santiago. Diégo et sa petite tribu les suivirent. Ce n'était pas dans ses projets, mais pourquoi pas ? Et puis les projets, est-ce bien important lorsque vous n'avez aucune attache ? Là-bas ou ailleurs, avait-il dit. Il avait ajouté qu'une partie de sa famille était peut-être dans ce coin, et qu'il serait content de les rencontrer.

— Et puis les pèlerins sont parfois généreux et s'achètent une conscience en faisant l'aumône à qui la quémande.

D'autre part, si cette bougresse de vieille carne se remettait à boiter, François serait là pour la soigner. Certains pèlerins marchaient avec des ânes, mais ils ne devaient pas faire tout le chemin avec, ils ne seraient pas admis comme pèlerins. Pour Diégo, ça n'avait aucune importance, il n'était pas pèlerin.

L'histoire de Diégo avait interpellé François. Il avait été étonné par la violence des gens contre les Gitans. Anselme ne partageait pas tout à fait ce point de vue, estimant qu'ils ne faisaient rien pour l'éviter.

— Ils n'ont qu'à vivre comme nous !

François lui avait rappelé que chacun était libre de vivre sa vie à sa manière. Selon ses goûts. Selon ses choix. Lui-même n'avait-il pas fui son village, ses parents, parce que le curé voulait qu'il vive autrement que ce qu'il souhaitait ? Disant cela, il savait pourtant que lui non plus ne vivait pas comme il l'avait souhaité. Comme Maria. À la réflexion, il enviait ces nomades qui allaient où bon leur semblait, sans aucune contrainte. Se contentant de peu. Bien sûr, pesait sur eux cette suspicion de voleurs. C'était lourd. Leur légende d'errance était pourtant jolie. Oui. Mais les jolies légendes ne faisaient pas tout. Dans son monde à lui, pensait-il, que se cache-t-il derrière la face policée des gens ? De Jacques par exemple, qui ne rendrait pas Maria heureuse ? Lorsque cette façade se craquelait, elle pouvait laisser passer des choses horribles. Des paroles monstrueuses.

Marcel Hostein, son père connaissait la face noire de cette méchanceté. Il l'avait supportée comme il avait supporté sa bosse. Comme un fardeau. Et lui, maintenant, qui avait été amené à partir parce que sa réputation avait été salie à cause d'un amour interdit. Alors, avec ces gens-là, qui ne posaient aucune question, il se sentait bien. C'était ça la découverte du chemin ? Une vision différente sur les autres ? Pas tout à fait sans doute, mais déjà, alors que Santiago était proche, il commençait à croire que ce n'était qu'un début. On lui avait tellement dit sur sa destination. Aux haltes, le soir, les pèlerins qui en revenaient racontaient que les lieux étaient étonnants. Que l'ambiance n'était pas comme ailleurs. Il avait reconnu la lumière qui brillait dans leurs yeux, la même qu'il avait remarquée dans ceux de Jean Michaud. Il lui semblait qu'à Santiago il allait découvrir un mystère. Mais lequel ?

Sur le parcours, des amitiés s'étaient liées. Balluchon sur le dos, bras ballants, visages séchés par la poussière, yeux rougis de clarté et d'espoir, ils avaient avancé sur des sentiers pierreux du « Camino Francés ». Depuis quand marchaient-ils ? Le temps ne se mesurait pas. Il glissait. Sans bruit. Dans un silence prometteur. Le pain qu'ils avaient partagé, le soir à la veillée, avec d'autres, les avait réconfortés. Tous avaient oublié que Diégo et Salomé étaient des Gitans. Des voleurs de poules. Quel intérêt ? Seul comptait le chemin, le but, alors qu'importait ce qu'étaient les gens ? L'espoir balayait les habitudes. Les convictions. Les identités. C'était peut-être ça que François allait découvrir. Il se posait la question de savoir ce qu'était une habitude. Il avait l'habitude de faire un travail, toujours le même, avec son troupeau. Il avait imaginé qu'il poursuivrait ce travail toute sa vie, et tout avait basculé. Ses habitudes, rassurantes, n'encadraient plus son quotidien. Il devait s'en réinventer d'autres. Pourtant, dans son village, les gens vivaient d'habitudes. Elles régissaient, encadraient leur vie. Il pensa à Diégo. Il avait subi cette habitude bestiale des villageois qui chassaient tout ce qui venait déranger leur quotidien. D'habitude, les gens se mariaient dans un cadre social bien défini, chacun dans son milieu. François avait rompu ce cadre par amour et cassé le rythme de ces fichues habitudes. Le tombeau de saint Jacques lui indiquerait une solution ? Il avait de gros doutes.

Anselme, par contre, rêvait. Malgré l'effort, l'âpreté du sentier, le chemin avait été pour lui une grande récréation. Il côtoyait Diégo avec assurance. Un jour, il avait même demandé à Salomé de lire les lignes de sa main et, lorsqu'elle l'avait prise, il s'était enfui. Tant pis. Il verrait toujours bien assez tôt ce que lui réservait son avenir, mais aucun signe ne lui était encore parvenu.

La fatigue courbait l'échine des pèlerins. Le chemin était long et, depuis quelques jours, la tension montait. Tous sentaient le but proche. L'énervement les gagnait. Qu'allaient-ils y trouver ? Qu'espéraient-ils ? Quelle foi les faisait marcher ? Quelle guérison attendaient-ils ? Marchaient-ils pour eux ? Pour les leurs ? Difficile à dire. Difficile à comprendre. D'ailleurs, François ne savait pas s'il marchait ou s'il fuyait.

Ce soir, à l'horizon mauve du couchant, vers cet océan que l'on devinait au loin, l'espoir se dessinait. Une joie sourde envahit les pèlerins. Demain, leur but leur apparaîtrait. Enfin.

À la nuit tombée, ils sont nombreux. Très nombreux. Ils arrivent de partout. C'est la dernière halte. Au bout du Camino Francés, le Monte del Gozo, le mont de la Joie, les rassemble. En bas, loin dans la vallée, ils devinent Santiago qui allume ses feux pour la nuit. Tout proche qu'on toucherait presque la ville du bout des doigts. Le mont de la Joie ! On leur a raconté qu'en ce lieu, autrefois, les pèlerins achevant leur périple criaient : « Montjoie, Montjoie ! » C'était le relâchement après cette longue marche. Le cri de libération. L'achèvement de ces jours difficiles. Le retour serait meilleur parce que chargé des souvenirs. Le lendemain, pour faire les quelques kilomètres restants, certains les feraient en courant afin d'arriver le premier sur les lieux. Le vainqueur était nommé roi, ou *rey*, et gardait ce nom en rentrant chez lui.

Ce soir, donc, leur pérégrination prend fin. A atteint son but. Ils se congratulent, allument des feux de camp, chantent. Ils passeront la nuit ainsi, sans trop dormir, et tôt, demain matin, ils se précipiteront pour se trouver devant la cathédrale. Certains savent et racontent. Les autres boivent leurs récits. Le tombeau de l'apôtre. Le grand *botafumeiro*, cet encensoir géant manipulé par une dizaine de personnes et qui passe dans toute l'allée centrale de la cathédrale en exhalant sa fumée aux senteurs d'encens. Le parvis, où règne une joyeuse pagaille de pèlerins venus de tous les coins de l'horizon.

C'est alors que dans les conversations monte une musique enlevée, joyeuse. Les sons de guitares et de violons semblent s'envoler avec les étincelles du feu qui éclaire et qui réchauffe. Le silence s'est aussitôt fait. Diégo lève alors la main, fait un signe vers quelqu'un. Une jeune fille sort de l'ombre et s'avance lentement vers lui, pas après pas, dans un balancement de jambe calculé. Vêtue d'une robe aux couleurs vives de jaune et de rouge qui laisse juste apparaître des pieds nus, ses cheveux bruns tombant autour de son visage, des boucles d'oreilles caressant ses épaules à chaque mouvement, les mains sur les hanches, foulard rouge à frange noué autour des reins, le regard fier et hautain, elle est splendide. Diégo, souriant, la regarde avec délice et Salomé s'accorde un visage plus gai qu'à l'accoutumée. D'une voix douce, Diégo dit à la fille :

— Danse, Dolorès, danse pour ton grand-père.

La musique retentit, plus forte. Le rythme, frappé sur les guitares, se gonfla. Les claquements des mains frappées les aidèrent. Dolorès se lança littéralement dans la danse. Son corps semblait vibrer à chaque note. Tournant la tête avec fermeté, elle jetait des regards directs à l'assistance. Elle tapait dans ses mains ou les tournait avec grâce et légèreté, formant des arabesques soyeuses dans l'espace. Elle était belle. Très belle. Les applaudissements fusèrent de partout. Cette danseuse, qui passait de la lumière du feu à l'ombre de la nuit, ensorcelait tous les pèlerins. Le spectacle était saisissant.

François sentit monter en lui quelque chose de fort. Une grande émotion. L'air étonné, il regarda Diégo. Diégo lui sourit avec malice.

À cet instant, troublé, François comprit qu'il venait de trouver ce qu'il cherchait. Il ne s'expliquait pas pourquoi, mais il le savait. Cette fille, cette apparition allait lui changer la vie. L'image de Maria passa devant ses yeux, lui creusant le cœur, mais disparue, emportée par le rythme et la danse de Dolorès.

Sa quête était terminée. Pour lui, le chemin s'arrêtait ici.

XIII

Anselme était aux anges. Il jubilait, se réjouissait de tous ces applaudissements qui lui étaient destinés. Hier soir, cette histoire du roi des pèlerins l'avait beaucoup étonné. Il n'avait cessé d'y penser toute la nuit, ce qui l'avait empêché de fermer l'œil, tellement l'envie de partir le premier était intense. S'il se débrouillait bien, il serait sacré roi des pèlerins. Pourquoi pas lui ? Son départ du village avait été discret, son retour serait tonitruant. Anselme Rattier, dont certains moquaient son nom à cause du mot « rat » et qui même parfois le traitaient de chien de chasse, allait marquer sa vie et forcer le respect par cet exploit : être roi des pèlerins. Qui, dans son village, pourrait se vanter d'une telle chose ? Il voulait cette première place, et il l'obtiendrait. Comme ça, le curé de son village ne l'ennuierait plus avec ses idées de séminaire. Il ne serait plus un humble, un discret, celui qui obéit. Il serait un roi, ce qui lui vaudrait une profonde déférence, il en était sûr.

Aux premières lueurs du jour, il avait bondi. S'était précipité sur le chemin. Pendant une bonne heure, il avait couru, suivi par des pèlerins en délire. Sa jeunesse lui donnait quelques forces de plus et il s'était détaché des autres rapidement. Certains criaient – « Vive saint Jacques ! » –, d'autres priaient, chantaient des cantiques de louange dans un bafouillage provoqué par la course. Anselme ne criait pas, ne chantait pas, il courait. La pente qui descendait vers la ville l'aidait et, lorsqu'il avait franchi la ligne le premier, une clameur était montée devant l'immense cathédrale : « Le roi ! Le roi ! » Tous l'entouraient. Anselme Rattier en pleurait de joie. Désormais, il pourrait porter le nom de Roy, ou de Leroy. C'était une vieille tradition, certes, et peut-être ne serait-elle pas acceptée par les autorités, mais il s'en moquait. Dans son village, il l'accolerait au sien. Ce chaffre serait son titre de gloire et le suivrait tout au long de sa vie.

François avait été amusé par l'attitude d'Anselme, mais il n'avait pas couru comme lui. Ses pensées étaient encore avec Dolorès et ses danses. Il voulait en savoir plus. Il avait besoin des explications de Diégo. Hier soir, il avait eu le sentiment que le vieux Tzigane avait préparé son coup. Comme s'il savait qu'en suivant les pèlerins il trouverait sa petite-fille. Il avait bien parlé de sa famille qui était peut-être vers Santiago, mais sans précision. Le vieux avait toutes les ruses, François s'en était rendu compte. Aucun doute, il avait remarqué la fascination qui devait se lire dans le regard de François lorsque sa petite-fille dansait. De plus, le sourire qu'il avait adressé à François en disait long sur ses intentions. Mais, pour l'heure, tous étaient autour d'Anselme. Fier, il s'approcha de François.

— François, je suis le roi et c'est grâce à toi. Tu m'as écouté, accompagné, approuvé. Je suis fier de t'avoir rencontré.

François sourit. Lui aussi, il lui devait une fière chandelle. Au moment où il en avait le plus besoin, plutôt que de continuer le chemin avec les autres, il l'avait secouru. Pour l'instant, grisé par cet honneur, avec les autres, il se précipita dans la cathédrale. Somptueux. Au cours de la messe qui suivit, ils virent le fameux *botafumeiro* qui se balançait tout au long de l'allée, avec des effets de fumée qui embaumaient la nef d'odeur d'encens, tandis que les grandes orgues sonnaient à la tribune, donnant à la cérémonie des allures divines. Les larmes coulaient. L'émotion était à son comble. Tous se pressaient devant le tombeau de l'apôtre. Le touchaient. L'imploraient. François était ressorti rapidement. Ce grand spectacle ne l'intéressait pas, d'autant que Diégo et sa petite troupe n'étaient pas entrés non plus.

— Ce n'est pas notre dieu, avait-il expliqué à François. Le nôtre, c'est Barodevel, ou bien Devla, c'est selon.

François regarda Diégo droit dans les yeux.

— Dolorès, c'est vraiment ta petite-fille ?

Bravant François du regard et d'un mouvement provocant de la poitrine, c'est elle qui intervint en posant une question à son grand-père :

— *Cacou*, c'est qui ce gadjo ?

Diégo sourit. Lui expliqua la raison de sa présence. Sa maladie. Salomé l'avait sauvé. Il expliqua aussi pour le cheval guéri. Leur amitié aussi, qui avait grandi au fil des semaines. Il mériterait d'être des nôtres, conclut Diégo.

— Gadjo, tu nous prends quand même pour des voleurs de *kavens* ? Des mangeurs de *niglis* ?

François la regardait, stupéfait. Il ne comprenait rien à ces mots. Diégo traduisit :

— Les kavens ce sont des poulets, et les niglis, les hérissons. Cacou, c'est ainsi qu'on appelle ses grands-parents. Toi aussi, tu as un patois, non ?

Oui. Effectivement, il avait un patois.

Pour l'instant, peu importait son patois. Il était à Compostelle. Il pensa à la signification de ce mot : champ d'étoiles. Ce n'était pas faux. Dolorès en était une. Au moins à ses yeux. Elle brillait de mille feux. À elle seule, elle était ce champ d'étoiles. Éclairerait-elle sa route ? Tout tournait dans sa tête. La fatigue du voyage. Le bruit de la foule presque en délire. Qu'il était loin le silence de sa lande. L'apparition de Dolorès l'avait complètement décontenancé. Il pensa que le mot apparition n'était pas faux. Et puis pourquoi, en la voyant, ce sentiment d'avoir trouvé ce qu'il cherchait lui était venu à l'esprit ? Se serait-il trompé avec Maria ? Pourtant, il y a peu de temps, il était sûr de lui.

Tout cela était violent. Trop violent. Il leur tourna le dos et repartit vers la crypte où reposait l'apôtre. Tous les pèlerins s'y prosternaient. Pas lui. Frotter la pierre qui luisait sous la lumière des cierges ne le tentait pas. Il avait besoin de faire le point et espérait qu'un signe, une idée lui viendrait. C'était devant ce tombeau que Jean Michaud avait compris son erreur. Qu'il s'était retrouvé, selon ses termes, alors peut-être que lui aussi. Mais il avait beau réfléchir, il ne trouvait aucune réponse et les questions se bousculaient toujours autant dans sa tête. Dolorès l'avait troublé. Mais alors Maria ? Sa petite Maria de la lande ? Il avait tout quitté à cause de cet amour interdit. Il était parti sur le chemin pour y voir plus clair et voilà que cette Gitane le troublait au plus haut point. Envoûtante. Oui, elle était envoûtante. Il eut peur. Si c'était une sorcière ? Sa peur des Gitans ressurgit. Avec ces gens-là, il fallait faire attention. S'attendre à tout. Mais non, il se trompait. Diégo était son ami, et sa petite-fille ne lui ferait aucun mal. Mais pourquoi, à la première vue, était-il devenu amoureux d'elle ? Non, il se trompait. Ce n'était pas de l'amour. Ce n'était qu'une illusion. Et puis il n'avait pas le droit. Il avait fait ce chemin pour retrouver Maria. Pour trouver une solution à ses problèmes. Pour redorer son image aux yeux de tous. Pour se faire accepter par les Tastet. Par les gens de son village. Pour effacer l'image du voleur de fille promise. Pour effacer la bosse de son père et les médisances. Comment rentrer au village, en oubliant toutes ces promesses ? Que penserait-on de lui ? Et Maria qui avait bravé la colère de ses parents ? Qui sûrement souffrait dans son pensionnat et l'aimait de toutes ses forces ? Non, il se renierait devant trop de monde.

Il devait faire le point, et vite.

Ils étaient sur le chemin du retour depuis quelques jours. Anselme rayonnait toujours de joie. Il avait sa réponse pour le curé : on n'avait jamais vu un roi se faire moine ou curé ! Alors qu'il le laisse à ses rêves et ne lui parle plus de séminaire.

De toute façon, il serait appelé à faire son service militaire dans un an, et d'ici là il trouverait sans problème de quoi s'occuper.

Dolorès avait décidé de suivre ses grands-parents. Elle les voyait peu, ils vieillissaient, elle voulait profiter d'eux. C'est ce qu'elle prétendait, mais Diégo avait bien compris que François était la seule raison de ce choix.

Diégo. Il était à la fois heureux et malheureux. Que ces deux-là s'aiment faisait ressurgir en lui le passé. Jamais il n'avait oublié Marthe. Elle avait été son amour fou. Brutal. Total. Il avait fallu la férocité de quelques-uns pour briser le rêve. Elle avait sans doute fait sa vie, comme lui l'avait faite. Dans son for intérieur, il avait toujours espéré la revoir un jour, mais il n'était jamais revenu dans la région qui avait détruit cet amour. Il n'avait pas pu, ou pas osé.

Dolorès était souvent dans la roulotte avec Salomé mais, dès qu'elle pouvait, elle se joignait aux marcheurs et se débrouillait pour être aux côtés de François. Toujours dans ses pensées, il parlait peu. Lorsque, le soir, Dolorès chantait ou dansait, il était fasciné, d'autant qu'elle lui jetait des regards de braise. Elle le regardait avec envie, mais son orgueil exigeait un amour exclusif. Et elle comprenait que cette Maria planait toujours sur les pensées du gadjo. Alors elle attendrait le temps qu'il faudrait. C'était aussi ça, l'orgueil des Tziganes. Savoir attendre.

Ce soir, il fait beau, la nuit sera claire, François sait qu'elle dansera. Il s'éloigne du feu de camp. S'assoit au pied d'un chêne. Devant lui, au couchant, la montagne teintée de mauve se découpe sur un fond d'étoiles. Le spectacle est superbe. Quelques choucas rentrent au bercail en poussant des cris. D'un hululement, une chouette annonce qu'elle va commencer à vivre sa nuit. Il décide de dormir ici. Il ne veut pas voir la danse de Dolorès. Il a peur. D'elle. De son regard envoûtant. De sa beauté. En même temps, il adore la voir danser. Il aime ce corps qui se balance. Qui suit le rythme. Les gestes enveloppants qu'elle fait avec ses bras et ses mains, doigts tendus ou fermés, le fascinent. Il n'a aucune expérience de l'acte d'amour mais, à la voir, il l'imagine. Beau. Facile. Il est tout à ses pensées lorsque Dolorès s'assoit à ses côtés. Surpris, il fait un écart. Elle lui touche le bras, rassurante.

— Tu n'aimes pas la danse ?

Oh si, il l'aime. Elle danse très bien. Dit que c'est beau à regarder. Qu'elle est véritablement une artiste. Les seules danses qu'il a vues jusqu'alors sont des danses de bal. Mais des danses comme elle fait, jamais. Il sait que son grand-père aussi était un artiste. Qu'il donnait des spectacles. Autrefois. Dolorès fronce les sourcils. Elle sait. Elle sait aussi que, s'il n'avait pas eu sa carrière brisée par des gadjos fous, il aurait eu sans doute un cirque à lui. C'était sa vie. Son rêve perdu. Son amour perdu aussi, pensa François. Elle aussi a cette envie au fond d'elle-même. Pour l'instant, elle attend une réponse pour son éloignement de ce soir. Il répond avec mélancolie qu'il a eu envie d'être seul.

Dolorès comprend. Salomé lui a dit pour ses lignes de la main. Elle a compris qu'il a laissé un souvenir douloureux dans son village.

— Si douloureux ?

François ne répond pas tout de suite. Il laisse la nuit les envahir. Et puis, s'il répond oui, qu'expliquera-t-il ? Il est tellement perdu. Pourtant, il s'entend répondre que les parents de la fille ne le veulent pas. Et il se livre doucement. Raconte tout. L'errance du troupeau. Maria. La bagarre avec son promis. La méchanceté des gens. La bosse de son père.

Dolorès le coupe. Dans le fond, sa vie ressemble à la sienne. Errance. Rejet. La méchanceté des gens.

— Tu mériterais d'être des nôtres.

François se rappelle le soir où il s'était senti gitan. Il sourit. Poursuit son récit. La recommandayre. Ce chemin qu'il a pris en pensant à Jean Michaud, un pèlerin qu'il a aidé, pour essayer de trouver une solution.

— Tu l'as trouvé ?

Il hésite, puis :

— Je t'ai trouvé, toi, Dolorès. À l'instant où je t'ai vue danser, j'ai compris que j'avais fait le chemin pour te découvrir. Mais pour quelle raison ? J'ai du mal à saisir. Et puis tu es si belle.

Il se tait. La regarde profondément. Reprend :

— Mais pour vous, je suis un gadjo, pour les miens, tu es une Gitane. À croire que j'ai le chic pour aimer les choses qui me sont interdites.

Malgré cela, il ne sait toujours pas ce qu'il doit faire. Alors il se livre un peu plus. Oui, il aime cette bergère. Elle doit épouser un garçon qu'elle n'aime pas. Elle l'aime, lui, François du bossu.

— Et toi, tu l'aimes vraiment ?

Jusqu'à leur rencontre, oui. Mais depuis, il ne sait plus. Il ose lui dire qu'il la trouve attirante. Naïvement, il lui demande si ça peut être de l'amour. Si c'est ça, il s'en excuse.

— On ne peut pas aimer deux fois, si ?

Il ne voit pas les larmes qui coulent doucement sur le visage de Dolorès, la nuit les cache. Elle se lève, fait quelques pas et, mains derrière le dos, s'appuie contre un arbre. Telle une ombre chinoise, dans la nuit, sa silhouette se dessine. Elle a perdu toute arrogance. Tout orgueil. Il le sent. En ce moment, elle est la douceur incarnée. Devant lui, les ombres de Maria et de Dolorès se rejoignent. Son cœur se serre.

— Tu sais, François, il m'est interdit d'épouser un gadjo, un non-Tzigane. C'est notre loi. Les nomades n'ont pas de toit. Pas de lieu fixe. Vous, si. Alors on se marie entre nous, souvent à l'intérieur d'un même clan, et on voyage ensemble. Si deux familles ne parviennent pas à se mettre d'accord pour le mariage, le garçon leur force la main en enlevant sa fiancée. Ils partent. Mais ils ne vivent pas longtemps coupés des leurs. Quelques jours après, ils reviennent et obtiennent, sous l'arbitrage du chef de tribu, pardon et consentement. Si tu veux être heureux, François, enlève ta bergère.

François ne va pas enlever Maria et revenir après, chercher la bénédiction de Félicien Tastet. Quel scandale au village ! Même ses parents seraient contre. Il y a des valeurs que l'on ne peut transgresser.

— Alors arrête de te plaindre ! hurle Dolorès. Aime qui tu veux, mais décide toi-même. N'attends rien des autres.

Elle s'échappe en courant dans la nuit.

Du camp monte une musique tzigane. Envoûtante. Des hommes chantent. Les voix montent dans les aigus, pleurantes. Presque criantes.

Elles déchirent la nuit.

Elles déchirent le cœur de François.

XIV

AU VILLAGE, FIN JANVIER, la nouvelle tomba, assommant tout le monde : M. Marian vendait une partie de ses terres. Comment c'était possible ? Ici, les paysans ne vendaient pas, mais achetaient. Leur but étant de faire grossir la pelote, comme ils disaient. Plus elle était importante, plus ils l'étaient aussi. Comment cet homme pouvait se débarrasser de ce que lui avaient légué ses parents, et même ses grands-parents ? Parce que ici, depuis que les communes avaient mis en vente leur territoire, par manque d'argent pour les ensemencer comme leur imposait la loi, certaines familles possédaient d'énormes surfaces de terres qu'ils avaient acquises, souvent, à bas prix. Alors vendre ? Non, ça ne se faisait pas. Ça servait à quoi que des générations s'esquintent si c'était pour dilapider les biens reçus ? Les ayants pins du village s'indignaient, tandis que les plus pauvres ironisaient. Dès lors, toutes les hypothèses circulaient. Jules Marian aurait subi une faillite. Ses filles auraient tout gaspillé. Tous savaient qu'à l'automne il s'était déjà séparé de son troupeau de moutons, et voilà que ça continuait. Ce qui intéressait encore plus les gens, c'était le nom de l'acquéreur. Sans doute un riche étranger à la commune, parce que les pièces de pins s'arrachaient à bon prix, surtout celles qui étaient en gemmage. D'autant que la résine se vendait bien et que les usines de distillation, les alambics, comme on les appelait, tournaient à plein régime. De Lacanau à Carcans, de Sainte-Hélène à Salaunes, l'odeur d'essence de térébenthine embaumait le quotidien, tandis que le brai, recueilli dans des plateaux métalliques placés sur les prés attenants, prenait sa belle couleur jaune orangé au soleil. Alors pourquoi cette décision ? Jules Marian avait eu vent des bruits qui couraient au village. Il en était peiné, désolé qu'il était de donner une image négative, lui qui avait toujours été droit et respectueux. Il n'était pas près d'oublier ce jour de Noël, où tout s'était dessiné.

Autour de la grande table de la salle à manger, au retour de la messe, avec ses deux filles et leurs maris, le repas de fête s'était très bien passé. Ils s'étaient régalés de brochets, puis de dinde, le tout arrosé par les vins du Médoc qui avaient donné des rougeurs aux visages des hommes. Le millas terminé, Jules Marian avait servi une eau-de-vie que faisait Roland, son cousin de Castelnau. Il avait ses vignes situées en bas du château de Fonréaud. Une vraie merveille, cette blanche, comme ils l'appelaient. À l'apéritif, déjà, ils avaient goûté le pineau, élaboré par ce même cousin. Cet apéritif maison, de qualité aussi, leur avait mis le palais tout en joie. Pour préparer ce repas de fête, Jeannette, la voisine, était venue aider Rose Marian. Recevoir tout ce monde, quatre adultes et trois petits-enfants, n'était pas une mince affaire. Tout s'était bien passé, maintenant c'était la pause après ce bon repas. Dehors, les enfants jouaient au cerceau, le temps était frais mais beau, ce qui avait fait ressortir le proverbe paysan qui affirme Noël au balcon, Pâques au tison.

— On prend ce qui passe, avait dit Jules Marian avec philosophie.

— Justement, avait enchaîné Xavier Delanges, l'époux de sa fille Éliette, à propos de prendre ce qui passe, vous êtes au courant de ce qui se passe dans votre commune, au bord de l'océan, et qu'il serait bon de prendre ?

Vaguement. Jules Marian était au courant qu'un certain Pierre Ortal avait demandé qu'à la voie de chemin de fer, qui vient de Bordeaux et va vers le Pin Sec, soit ajouté un tronçon pour aller à l'océan, ce lieu appelé ici le Crohot du marin. Il voulait y construire une ville de plaisir, une station balnéaire. Un fou qui rêvait de châteaux en Espagne et qui ne connaissait rien à ce coin perdu dans le sable. Au pays, on riait bien de tout ça. Xavier Delanges, sur un ton docte, avait assené :

— En rire ! Enfin, beau-père, vous ne savez pas que Pierre Ortal et des notables argentés de la région bordelaise ont fondé, en 1890, la Société immobilière de Lacanau et du chemin de fer de Lacanau à l'océan ?

Il en avait entendu parler, oui, mais il répéta qu'ici personne ne les prenait au sérieux. Antoine Labrousse, le mari de Monique, qui était ingénieur, avait surenchéri :

— Beau-père, lorsque vous pensez que ces gens-là sont des rêveurs, je vous comprends.

Jules avait une petite préférence pour ce gendre. L'ingénieur était moins hautain que le médecin. Il se demandait toujours comment ses filles avaient fait pour se marier avec des gens comme eux. Bien sûr, ils étaient de qualité, mais en opposition totale avec les principes inculqués à ses filles. Il se disait que l'instruction n'avait pas que des bons côtés. Sa femme, par contre, était ravie d'avoir des gendres qui la sortaient de l'ordinaire du village.

— Rêveurs peut-être, continua Antoine, mais pas tant que ça. En hommes avertis, en 1900, ils ont acheté des terrains du domaine de Lacanau et procédé à un échange avec l'État de quelque trois cent quatre-vingts hectares situés sur les dunes littorales de la commune de Lacanau.

— Et d'ici peu, poursuivit Xavier Delanges, ils proposeront un plan de lotissement.

Jules Marian éclata de rire.

— Et ils viendront comment dans ce trou ? En charrette tirée par des mules ?

Antoine Labrousse s'était raidi.

— Non, beau-père, pas du tout. Mon ami Émile Faugère, ingénieur spécialisé dans la construction de voies de chemin de fer, présentera aux autorités le plan de la future voie de chemin de fer dite « d'intérêt local » pouvant relier Lacanau à l'océan. Et, depuis peu, je fais partie de son équipe !

Jules Marian se sentit dépassé par cette masse d'informations que certains connaissaient, au village, mais ne croyaient qu'à moitié. Il savait que le maire et son conseil étaient au courant, mais sans plus. C'était le genre de nouvelles dont peu, ici, se souciaient. L'essentiel était ailleurs. Dans la résine et dans le bois. L'âme du pays, c'était ça, pas les bains de mer. Alors qu'en avait-il à faire, lui, le propriétaire forestier, de tout ça ?

Les gendres s'étaient regardés, étonnés de cette réaction. Lui avaient dit que, lorsque le progrès frappait à sa porte, il fallait vite lui ouvrir. Ce chemin de fer, il avait été utile pour les forestiers, non ? Qu'il aille demander aux propriétaires du Flamand, au Pin Sec. Sans les trains pour évacuer leur bois rapidement, que seraient-ils devenus ? Et ce canal des étangs qui régulait le niveau des eaux, qui avait sorti cinquante mille hectares du marais et fait la richesse des forestiers, hein ? Jules avait acquiescé. Bien sûr, parfois le progrès était bon. Ils avaient raison. Mais enfin, toutes ces réalisations avaient été faites pour le travail, alors que ce maudit village imaginé dans les sables n'était pensé que pour l'oisiveté et le repos. Les gens d'ici n'iraient jamais. Quant aux riches !

— Ils préféreront se rendre à Arcachon, plutôt qu'au Crohot du marin, croyez-moi.

Xavier s'était alors lancé dans une démonstration financière de taille. Les intelligents achèteraient des lots et soit ils feraient bâtir des immeubles de rapport et d'accueil, soit ils spéculeraient et les revendraient plus tard, avec un bénéfice substantiel. Très adroitement, Antoine avait assené le coup de grâce, Jules Marian l'avait compris ensuite, en disant :

— Xavier, vos filles et moi sommes certains que vous êtes un homme intelligent et que vous ne raterez pas une telle affaire.

Il se posa la question de savoir s'il devait passer pour un imbécile ou pour un intelligent. Une affaire, une affaire, mais quelle affaire ? Il n'allait pas acheter du sable à l'océan tout de même. Il avait encore sa tête.

Éliette et Monique étaient arrivées sur la pointe des pieds. Elles se doutaient que leur père serait insensible à ces propos. Elles savaient ce que voulaient leurs maris et elles y adhéraient pleinement. Leur père n'avait déjà plus son troupeau et les hectares de pins qu'il possédait ne les intéressaient pas plus que quelques moutons. Leurs propres filles, déjà, ne rêvaient que de la ville. Alors les pins ! Éliette et Monique souhaitaient que leur père investisse dans ce nouveau lotissement, si prometteur à leurs yeux. Mais, pour cela, il fallait quelques liquidités, et donc sans doute vendre une grosse partie de la propriété.

— Quoi ? Vous me suggérez de vendre ? avait dit Jules Marian en se levant brusquement.

Le silence qui s'ensuivit avait été très gênant. C'était Noël et, comme cadeau, on pouvait rêver mieux. Après un moment, il reprit :

— Ce que vous me demandez est à la limite de l'insulte. Une insulte à plusieurs générations.

Tous protestèrent avec véhémence. Il avait mal compris. Pas question de l'insulter. Ni lui ni ses ancêtres. Ce n'était pas un sacrifice qu'on lui demandait, mais une affaire qu'on lui proposait. Et une bonne. On lui suggérait de vendre, certes, mais c'était pour réinvestir par ailleurs et en tirer un gros bénéfice. Jules Marian mit un terme à leur conversation :

— Messieurs, dans le sable, à part y planter des pins, je ne vois rien d'autre à y faire !

Et il se retira dans son bureau.

Toute la semaine, Rose essaya de le raisonner. Après lui, qui s'occuperait de la propriété ? Qui saurait s'occuper des pins et de la résine ? Ses gendres ? Il savait bien que non. Ses filles ? Elles avaient perdu tout contact avec le monde paysan. À grand renfort de plaintes et de crainte de voir ses filles s'éloigner d'eux, elle supplia, pleura. Jules Marian ne voulait rien entendre. Vendre serait un déshonneur. Il ne fallait pas renier ses racines. Ses origines. C'était pourtant ce qu'on lui demandait de faire.

— Mais enfin, Jules, imagine, si tu achètes ces terrains comme te le conseillent tes gendres et le souhaitent tes filles, et si tu fais bâtir des maisons dans cette nouvelle cité qui va naître, tu passeras pour quelqu'un de moderne. Et puis tu pourrais bâtir, je ne sais pas moi, un hôtel par exemple. Parce que ces gens qui viendront, ils ne rentreront pas à Bordeaux le soir même, ils seront bien obligés de coucher sur place.

Jules Marian comprit que ses filles étaient passées par là et avaient fait la leçon à leur mère.

— Imagine, face à l'océan, un hôtel à ton nom : l'*Hôtel Marian* !

En lui disant ça, elle était rouge de plaisir. Jules lut l'orgueil de sa femme dans ses yeux et sut à qui leurs filles ressemblaient. C'était sa femme qui avait voulu les envoyer étudier à la ville, elle qui ne l'avait pas fait. Lui, il avait compris qu'elles en reviendraient changées. Si elles étaient restées ici, elles auraient épousé des hommes d'ici, avec des histoires d'ici, et les pins auraient gardé de l'importance pour eux. Mais non, l'orgueil avait été plus fort que tout. Elles avaient épousé un médecin et un ingénieur grâce à des copines de Bordeaux, rencontrées dans leur école. Rose Marian était aux anges, mais maintenant le résultat était là. Une lassitude s'empara de lui. Il pensa à son berger qui était parti à cause des ragots. Vu son âge, lui ne le ferait pas. À soixante-cinq ans, on ne part plus, on subit. Il comprit qu'il finirait par abdiquer pour avoir la paix. Pour ne pas perdre ses petites filles qu'il aimait par-dessus tout.

À l'allure mystérieuse des filles Marian et à la mine renfrognée de Rose, Jeannette avait compris que quelque chose d'anormal se passait. Elle avait dressé l'oreille, avait traîné pour débarrasser la table et compris que Jules Marian et ses gendres n'étaient pas d'accord. Mais sur quoi ? Elle manquait de précision. Avant de partir, elle avait demandé à Rose si tout allait bien. Rose avait répondu que oui, mais sans conviction. Dehors, elle avait entendu les gendres qui rouspétaient. Leur beau-père n'avait rien compris, les terrains de l'océan valaient bien plus que ses pins, et qu'il ferait mieux de vendre pour acheter là-bas. Qu'un jour le sable vaudrait très cher. Mais où, là-bas ? Dans la semaine, elle faisait le ménage chez les Tastet, et Madeleine lui avait demandé si elle avait passé un bon Noël. Oui et non, avait-elle répondu, Jules Marian et ses gendres avaient l'air de ne pas être d'accord à propos de pins et de terrains dans le sable de l'océan.

— Je crois qu'ils voulaient qu'il achète quelque chose, je ne sais trop quoi.

Lorsque ces bruits de vente avaient circulé dans le village, Félicien avait eu sa petite idée. Il avait fait rapidement le lien avec ce qu'avait rapporté Jeannette à sa femme. Le sable ? À coup sûr, il s'agissait des projets de Pierre Ortal. Il connaissait, par le conseil municipal, les évolutions de cette affaire. La société immobilière avançait ses pions jour après jour, et nul doute que ce coin allait changer. Cette voie ferrée assurerait le succès de l'entreprise. Personnellement, il n'investirait pas, car il trouvait, comme beaucoup ici, que c'était de la folie. C'était voué à l'échec. Par contre, si les gendres de Jules Marian faisaient pression pour lui faire acheter des parcelles, il faudrait bien qu'il trouve des fonds, et quoi de mieux pour en trouver que de vendre quelques hectares ? Tous, ici, savaient que les filles, pas plus que les gendres, ne s'occuperaient de la propriété, et ils avaient dû proposer à leur beau-père d'acheter des terrains. Félicien vit là, peut-être, une opportunité pour lui. Pas pour l'océan, mais pour ici. Il avait un peu de biens, mais pas assez pour être respecté comme un vrai paysan. Son rêve était de faire partie de la grande famille des ayants pins. Si Marian vendait, peut-être pourrait-il acheter. Aussi, il ne se rangea pas du côté de ceux qui le critiquaient. Au contraire, il disait à qui voulait l'entendre que cet homme intelligent avait raison. Il se débrouilla pour le rencontrer en privé. Facile. En ce moment, la mairie faisait l'inventaire des chemins ruraux, afin de mieux les entretenir, et qui de mieux qu'un ancien pour les signaler parfaitement ? Le maire avait confié la tâche à une commission, dirigée par Augustin Rambert, le premier adjoint. Félicien se fit inviter et proposa à son futur compère d'inviter Jules Marian. C'est ainsi qu'ils se retrouvèrent, à cinq personnes, pour parler chemins ruraux. Après une matinée de travail intense, car ces chemins avaient une importance capitale, ils desservaient beaucoup de propriétés et de maisons isolées, ils firent une pause. Au bout d'un instant, tous allaient partir, Félicien demanda à Jules Marian un point de détail sur un chemin qui les séparait :

— Vous savez, celui qui longe ma petite parcelle et la vôtre, celle où les pins gemment si bien.

Jules voyait, mais elle était bien entretenue et il n'y avait rien de particulier à signaler. Ah bon, le pont sur le petit fossé n'était pas bouché ?

— Rien de méchant, avait dit Jules Marian, un ou deux coups de *bédoutch*[1], et ça ira bien.

— Ah, s'était alors exprimé Félicien, si vous saviez comme j'aimerais posséder plus de propriétés ! Vous savez que j'ai hérité de ma grand-tante l'an dernier, elle m'a laissé des bons au porteur qui me permettraient de réaliser un bel achat. Mais ici, personne ne vend, alors je ne risque pas de trouver une propriété comme ça, du jour au lendemain.

Jules Marian avait souri. Décidément, ce Félicien était un roublard. Il n'aimait pas vraiment le personnage, le savait assez abrupt. Mais là, il l'épatait. Il connaissait aussi ses démêlés avec son berger,

1. Bédoutch : *serpe à long manche.*

mais savait aussi qu'il était vaillant et ne rebutait pas devant le travail.

— Félicien, est-ce que je dois comprendre que tu as entendu les bruits qui courent ? Tu les crois ?

Félicien hésita, mais comprit que l'appât avait fonctionné.

— Non, je ne crois rien, mais c'est vrai qu'on parle de plus en plus du projet Ortal à l'océan et de vos gendres.

— Tu considères que c'est une bonne chose que d'acheter des terrains là-bas ?

Félicien n'avait su que répondre. S'il disait oui, pourquoi ne le faisait-il pas avec ses bons du Trésor ? S'il disait non, ça signifiait qu'il lui déconseillait de le faire. Il devait faire une réponse de paysan, c'est-à-dire laisser planer un doute et répondre dans le vide.

— Monsieur Marian, je ne considère rien du tout, parce que je n'ai pas l'intelligence de vos gendres et de vos filles pour savoir ce qui est bien ou pas.

C'est vrai que depuis Noël le doute s'était installé dans l'esprit de Jules Marian. Sa peur de voir sa propriété disparaître après sa mort était réelle. Comme tous les propriétaires, il espérait que ses héritiers continueraient son œuvre. Son travail. Et même s'ils agrandissaient, ce serait bien. Mais, avec de tels gendres, que se passerait-il après sa mort ? Tout serait vendu. Il lui restait combien de temps à vivre ? Dix ans ? Moins ? Plus ? S'il ne se décidait pas, après cette période, resterait-il des terrains à l'océan pour que ses filles les achètent ? Pas sûr. Il imaginait les conversations à son égard lorsqu'il serait dans le caveau de famille : « Ah, si notre père avait été plus hardi. Ah, si notre père avait été plus moderne. Ah, si... », etc. Ça le rendait malade. Imaginer qu'on pourrait dire du mal de lui après sa disparition, il ne le supportait pas.

— Félicien, passe à la maison. On discutera de tout ça avec ma femme.

Félicien dut se forcer pour ne pas laisser éclater sa joie.

XV

Les Landes étaient longues à traverser. Les pèlerins avançaient malgré tout avec le sourire, ils revenaient avec une lumière dans les yeux. Les souvenirs de ce voyage illumineraient le restant de leurs jours. Le spectacle à l'arrivée à Santiago les avait largement payés des souffrances du chemin. Chacun avait une moisson d'anecdotes à raconter dans les soirées. Autant Anselme rayonnait toujours avec son titre de roi des pèlerins, autant François était taciturne. Si l'arrivée à Santiago l'avait troublé, ce n'était pas pour les mêmes raisons que les autres. Dolorès l'avait surpris, illuminé. Mais le tombeau de l'apôtre ne l'avait pas inspiré. Son problème n'était pas réglé, au contraire, il avait doublé, il ne savait plus où il en était avec Maria. Quelle chance avait eue Jean Michaud de s'être retrouvé. François, lui, avait l'impression de s'être perdu ! Il avait amorcé ce retour chez lui, plus par réflexe que par envie. Sinon où aller ? Il avait retenu une phrase de Diégo : « Tu mériterais d'être gitan. » Errer n'était pas dans sa nature, et il se rappelait que Diégo, né tzigane, avait eu l'envie de cesser son errance, mais des voyous l'en avaient empêché. D'ailleurs, l'envie de revoir ses parents était forte. François conclut qu'il fallait assumer sa condition, sans chercher ailleurs. La vie était ainsi faite. C'était peut-être la leçon à retenir pour continuer sa vie simple. Redeviendrait-il berger ? Retrouverait-il Maria ? Sa Maria de la lande ? Lorsqu'il y pensait, la peine le prenait. Il revoyait ce visage simple. Frais. Aimant. Aucune comparaison avec Dolorès qui semblait faite de feu. Sa beauté l'avait subjugué, mais il avait compris que d'autres devaient aussi tomber amoureux d'une telle jeune fille. Dans ces moments, il se demandait s'il aimait vraiment Dolorès, et si la force de Maria n'était pas dans sa simplicité. Tout était compliqué, et, pour compliquer encore un peu plus la situation, Diégo, Salomé et Dolorès s'étaient joints aux marcheurs. Ils avaient invoqué une excellente raison, leur tranquillité pour la traversée du département des Landes. Les gendarmes landais avaient reçu des consignes très strictes pour les contrôles des Gitans. Ils n'étaient pas les bienvenus. Dans certains villages, les habitants étaient autorisés et même encouragés à les dénoncer. Par contre, la gendarmerie laissait les pèlerins tranquilles. La roulotte pouvait prêter à confusion mais, comme ils n'avaient rien à cacher, ils verraient bien. François ne comprenait pas qu'on puisse dénoncer comme ça, juste sur une apparence. Il avait demandé à Diégo s'il avait porté plainte lors de son agression, autrefois. Diégo avait souri. Quel gendarme aurait cru un Gitan ? Mais ils avaient tout perdu ? Mieux que ça, avait ajouté Diégo, après avoir tout cassé, ces jeunes avaient fêté leur victoire sur nous.

François et Dolorès s'étaient donc côtoyés tous les jours, sous l'œil bienveillant de Diégo et de Salomé. Il se passait entre eux quelque chose de fort. Ils aimaient se retrouver, mais rien de physique ne s'était passé. Dolorès se confiait. Elle aurait beaucoup aimé être artiste de cirque. Elle aimait le spectacle. La musique. La danse. Les bravos. Elle aimait se montrer. Se faire aimer. « Mon contraire », pensait François. Elle aimait la foule ? Il aimait la solitude de la lande. Les bravos ? Il n'en avait jamais eu. La danse ? Il n'avait jamais osé. Tout les éloignait. Ils étaient à cent lieues l'un de l'autre, mais curieusement quelque chose, en eux, les rapprochait. Le plus étonnant, c'est qu'en quelques semaines il en savait plus sur Dolorès qu'il n'en savait sur Maria.

Ce soir, ils arriveraient vers le lieu dit Blagon. Ils y passeraient la nuit dans un courtioù que connaissait François. Ils n'étaient plus nombreux, la plupart avaient pris le chemin de la côte, le long du havre d'Arcachon, par Audenge et Lanton, pour rejoindre Soulac. François avait choisi un autre itinéraire, plus direct pour revenir à Lacanau. Arrivé au Temple, il ferait juste un détour par Sautuges, pour dire un bonjour à Edgard Dubreuil, le vieux berger. Il lui raconterait son odyssée et rentrerait chez lui dans deux ou trois jours. Dubreuil était au courant de tout ce qui se passait dans la région, François aurait des nouvelles de tous avant de rentrer chez ses parents, ça pourrait servir. Anselme l'accompagnerait. Il rentrerait chez lui plus tard.

Diégo ne suivrait pas François jusqu'à Lacanau. Il ferait quelques haltes dans la région, trouverait quelques chaises à rempailler et Salomé lirait dans les lignes de quelques mains de femmes curieuses de leur avenir. Dolorès ? Elle suivrait ses grands-parents. Mais, promis, ils passeraient le saluer dans quelques semaines.

Ce matin, c'est l'heure de la séparation. Dolorès a pleuré toute la nuit. En silence. La peine ne regarde qu'elle. Une Tzigane ne doit pas montrer son chagrin. Elle a compris au cours de leurs conversations que François ne la suivrait pas dans sa vie d'errance. Salomé lui avait dit. On n'attend rien d'un gadjo. Même du meilleur. Ce qu'elle avait aimé chez François, c'était sa gentillesse. Son écoute. Il devait sans doute l'aimer, comme elle l'aimait, mais il avait encore Maria dans son cœur. Enfin le croyait-il. Elle avait compris qu'il n'avait pas la rudesse des Gitans envers leurs épouses, ça lui plaisait. Celles-là ne décidaient de rien. Le chef, c'était l'homme, et Dolorès ne supportait pas qu'on la commande. Elle était indépendante. Et puis l'amour d'une voleuse de poules, ça valait quoi ? lui avait-elle dit un soir, furieuse. « Je veux revoir Maria, avait-il répondu. Après, je saurai. » Alors, ce matin, elle lui dit qu'elle viendra avec son grand-père, dans quelques semaines. Il saura peut-être.

François trouva Edgard Dubreuil sur la lande de Sautuges, perché sur ses échasses, au milieu de son troupeau. Il l'appela :

— Berger, oh, berger !

Le vieux fronça les sourcils, mit sa main sur le front. Après un instant d'hésitation, il s'écria :

— C'est toi, petit ! Qu'est-ce qu'on m'a raconté, tu reviens de Saint-Jacques ?

François fit oui de la tête. De son bâton, le vieux berger montra Anselme.

— Tu n'as plus qu'un mouton ? Et sur deux pattes en plus ?

Ils éclatèrent de rire. Edgard descendit de ses tianques.

— Ça me fait plaisir de te voir. On m'en a tellement dit sur toi. Au moins, je vais savoir.

Edgard Dubreuil avait allumé du feu dans la cheminée de sa cabane. Ces soirées de février étaient froides et humides. Il avait parqué ses bêtes dans le courtioù voisin et bien fermé les portes. Elles ne risquaient rien. Ses deux chiens se prélassaient devant les flammes, tandis que le berger remuait la soupe qui réchauffait dans un grand pot, posé sur un trépied. Une odeur de légumes se répandait doucement et flattait les narines. Les flammes dévoraient les branches de pin en craquant et éclairaient la pièce. Tout rappelait le quotidien d'une famille, et cette ambiance bienveillante fit plaisir à Anselme et François, leur rappelant ainsi que revenir chez eux était quand même bien agréable.

— Dehors, dit le vieux berger aux chiens en les poussant du pied. Ils sont gourmands de feu et me voleraient bien la place, expliqua-t-il en riant.

La soupe embaumait la pièce. François et Anselme appréciaient, ils n'en avaient pas mangé d'aussi bonne depuis longtemps.

— Quand je ne suis pas trop loin, je me fais la soupe pour la semaine. Celle-là est d'avant-hier. On va partager.

Après avoir mis quelques tranches de pain de seigle dans les assiettes, il la servit. Brûlante, épaisse grâce au pain, elle fit du bien au corps. Le berger sortit une bouteille de vin, cachée sous un petit tas de brande qui servait pour allumer le feu.

— C'est fête aujourd'hui, celui qu'on croyait perdu est revenu, dit-il en riant. On arrose ça. Allez, hop, chabrot.

Il en versa une large rasade dans les assiettes où ils avaient pris soin de laisser un peu de soupe. Un triple « ah » de satisfaction s'ensuivit. D'un revers de main, ils s'essuyèrent la bouche.

— Maintenant, petit, on peut parler, dit Edgard Dubreuil. Raconte.

François raconta tout. Cette histoire à cause de Jacques Rambert, les menaces de Félicien, Maria, la recommandayre, sa visite à Bouricos, sa décision de faire le chemin pour y voir plus clair, sa maladie, Anselme qui s'était occupé de lui, les Gitans, Dolorès.

Le vieux berger se rappelait cette histoire de Gitan chassé du village voisin. Au mot village voisin, François dressa l'oreille.

— C'était quel village ?

Ça s'était passé à Lacanau, mais il y avait longtemps.

— J'étais jeune à l'époque.

Ça avait fait du bruit mais, comme les jeunes de cette époque étaient violents et bagarreurs et que ce n'étaient que des Gitans, personne n'avait rien dit.

— Que des Gitans, s'insurgea François, des gens qui m'ont soigné et guéri ! Si je comprends bien, ils ont eu plus de cœur que certains de mon village.

Il comprenait mieux la décision de Diégo de ne pas le suivre chez lui. Décidément, le hasard était responsable de drôles de choses.

— Et donc tu es tombé amoureux de leur petite-fille, je me trompe ? demanda le vieux avec malice.

François fut médusé. Pourtant, il n'avait rien dit. Rien précisé. Aucune allusion. Le ton avec lequel il en avait parlé ? Sans doute. « Ce berger est rusé », pensa Anselme.

— Mais alors, François, que devient Maria dans ton histoire ? Tu es parti à cause de ton amour pour elle, je me trompe ?

Non, il ne se trompait pas. Il était parti pour chercher du travail à cause du troupeau vendu, mais aussi parce que Maria avait été mise en prison par ses parents.

— En prison, quand même pas, seulement à l'école.

Oui, mais une école à la ville, loin de tout, donc loin de lui. Ah, les Tastet avaient fait ce qu'il fallait pour les séparer, parce que l'école, c'était bien, mais qui sait comment Maria en reviendrait ? Si ça se trouve, elle ne voudrait plus d'un simple petit berger.

— D'autant qu'à ce qu'on dit dans ton village, aux dernières nouvelles, elle veut devenir maîtresse d'école. Même que son con de père en est fier ! Il paraît même que le curé rigole.

François fut stupéfait. Maria maîtresse d'école ? Cette nouvelle l'assomma. Alors c'était sûr, elle ne voudrait plus de lui. Elle prendrait goût à une autre vie et, cette vie, il ne pourrait pas lui offrir. Il en fut convaincu, il l'avait perdue le jour où elle avait intégré l'école de la ville. Félicien avait bien calculé son coup, il était en train de gagner.

— Si elle revient si instruite qu'on le dit, susurra Edgard Dubreuil, elle pourra faire les écritures de son père.

Les écritures ? Félicien ne devait pas avoir tant d'écritures que ça à faire. Il achetait des bois, mais son patron faisait les écritures. Il n'avait pas besoin de secrétaire.

Un sourire malicieux plissa les yeux du vieux berger.

— Attends, petit, j'ai gardé le meilleur pour la fin.

Le meilleur ? À partir du moment où il y avait de fortes chances que Maria ne l'aime plus, c'était quoi le meilleur, que Jacques Rambert en épousait une autre pour qu'il ait quelques espoirs ?

— Pas du tout. Je t'explique la chose : Jules Marian vend ses pins pour acheter des parcelles de sable à l'océan, dans une ville nouvelle qu'un fou veut construire.

François avait entendu parler de ça, mais il se demanda s'il n'avait pas la berlue. Jules Marian vendre ses terres ? Certes, il se rappelait ce qu'il lui avait avoué au sujet de ses filles et du troupeau. Mais les propriétés de pins ? Il les vendait ? Il était devenu fou.

— Tu ne me demandes pas à qui il est en train de les vendre ?

Avec les connaissances que devaient avoir ses gendres en ville, sans doute à quelques riches propriétaires de la région sans doute. Encore des terrains qui allaient échapper à quelqu'un du pays.

Edgard Dubreuil éclata de rire. Il rangea les assiettes, essuya son couteau sur un morceau de pain qu'il mangea, le ferma, le mit dans sa poche et annonça :

— Jules Marian a décidé de vendre une grosse partie de ses terres à...

Il laissa sa phrase en suspens, reprit :

— ... Félicien Tastet. Il va falloir t'accrocher, garçon, il va falloir.

Anselme vit François blêmir. Il chancela et manqua tomber de sa vieille chaise bancale. Il resta sans voix, puis s'écria :

— Mais alors, si c'est vrai, Félicien sera le patron de mon père !

Ce serait une catastrophe. Félicien ne garderait jamais le bossu à son service. Comment en était-on arrivé là ? Marian n'avait pas pensé à ça ? Il savait que Félicien Tastet détestait les Hostein depuis toujours. « C'est dégueulasse ! » pensa-t-il.

Il sortit, partagé entre les larmes et la colère. Tout se détruisait autour de lui. D'abord lui, maintenant sa famille. Et cette nouvelle le toucha encore plus que son histoire avec Maria.

Au cours de ce périple, il avait compris que l'on n'arrivait à ses fins qu'avec de la volonté. La preuve pour Compostelle. Les journées avaient été dures. La nourriture pas facile à trouver tous les jours. Les chemins, pierreux, pleins de boue, escarpés, à peine tracés, difficiles à parcourir, ne l'avaient pas arrêté. Il était allé jusqu'au bout, par la seule force de la volonté, avec l'espoir d'une réponse quelconque. Et voilà que devant le tombeau tant désiré, peut-être à cause de Dolorès, cet effort ne lui avait pas apporté de réponse claire à ses angoisses. Maintenant, il entrevoyait cette réponse. Seulement maintenant.

Il terminait le chemin en passant chez le vieux berger, celui-là même qu'il avait rencontré avant l'été. Coïncidence ? Sans doute, mais voilà qu'avec le flot de nouvelles, mauvaises, qu'il lui apportait François comprit le message du berger : « Il va falloir t'accrocher, garçon, il va falloir ! » Le chemin avait parlé ce soir, grâce à lui. Il comprit que le chemin c'était la volonté, la persévérance. Désormais, demain, dans son village, dans sa vie, s'il voulait que ça change, il devrait s'imposer, il devrait s'affirmer par une volonté qu'il n'avait pas eue auparavant. Il devrait montrer que François du bossu avait de la suite dans les idées. Qu'il n'était pas parti pour une simple histoire d'amour. Qu'il était parti chercher de la maturité. De l'expérience. Qu'il n'était plus celui que l'on croyait. Il pensa à Jean Michaud et comprit que lui aussi s'était retrouvé.

Il toucha le sou du moussu.

La chance allait peut-être tourner. Malgré Félicien. Malgré Maria. Malgré Dolorès.

*

* *

C'était le jour de visite à l'école. Félicien Tastet et sa femme rendaient visite à Maria. En le voyant, Maria trouva son père surexcité. Lorsqu'il lui annonça qu'il achetait la propriété de Jules Marian, elle fut plus qu'étonnée. Pourquoi cet achat ? Sa mère souriait d'aise. Grâce à cela, une voie royale s'offrait à eux : faire partie du gratin du village. Cette acquisition allait les mettre au premier rang, juste derrière Augustin Rambert, le premier adjoint !

— Et puis, dit Madeleine, ton père est déjà dans le bois.

L'avenir serait superbe, expliqua Félicien. Dès lors, inutile de poursuivre son projet d'être institutrice, elle n'aurait pas besoin de gagner sa vie. Avec le prix de la résine, elle aurait ce qu'il faut chez elle. Même des employés. En conséquence, il fallait penser au mariage pour cette année. « Il sera superbe », dit sa mère avec bonheur. Pour les noces, Félicien parla du mois de mai. Madeleine s'insurgea, on ne se mariait pas en mai, c'était le mois des fous. Maria les écouta, puis leur dit qu'elle avait décidé de faire ses études et que, malgré cette nouvelle, elle continuerait. Elle précisa que tant qu'elles ne seraient pas terminées il n'y aurait pas de mariage.

Oui, sans doute, elle l'avait déjà dit, mais la situation avait changé depuis. Puisque Madeleine ne voulait pas du mois de mai, on pourrait le faire en juin. Un sacré mariage.

— Nous inviterons M. et Mme Marian, nous leur devons bien ça, déclara Félicien avec condescendance.

Maria plissa les yeux, regarda ses parents, protesta :

— Vous n'avez pas dit à Jacques que je ne voulais plus l'épouser ?

Félicien fulmina. S'emporta. Savait-elle que ce vaurien de berger était parti sur les chemins de Compostelle ?

— Il a fui. Tu entends ? Il a fui. C'est la preuve qu'il ne te mérite pas.

Maria fit non de la tête, il n'avait pas fui. Dans son école, on lui avait parlé du chemin. De ce que les gens y cherchaient. Pourquoi ils le faisaient. La volonté qu'il fallait pour le terminer.

— François l'a sans doute fait pour y voir plus clair en lui. Pas pour me fuir. Au contraire, il l'a fait pour être sûr de l'amour qu'il me porte.

— Et on a besoin d'aller aux cinq cents diables pour savoir ça ? hurla Félicien. N'oublie pas que tu n'es pas majeure. On peut t'obliger !

Maria regarda son père droit dans les yeux.

— Vous ne m'obligerez à rien du tout. Depuis ici, s'il le faut, je peux moi aussi me mêler à un groupe de pèlerins, partir pour Compostelle et chercher François sans vous le dire.

Félicien bavait de colère, tandis que Madeleine pleurait.

Maria s'excusa, c'était l'heure de son cours de latin, elle devait les quitter.

XVI

MARCEL ET GERMAINE HOSTEIN sont aux anges, François est revenu. Ils se sont tellement inquiétés. Marthe, sa grand-mère, pleure de joie. Pendant cette longue absence, elle était persuadée de mourir avant le retour de son petit-fils. C'était sans doute pour cette raison que parfois elle divaguait, par désespérance. Là, elle a tous ses esprits et se réjouit. Marcel est heureux de revoir son fils en bonne santé. Amaigri, mais il a l'air bien. Germaine ira à la messe dimanche prochain, pour remercier le Ciel de lui avoir rendu son fils. François leur présente Anselme, qui l'a secouru et restera quelques jours ici avec eux. Il explique les raisons de son voyage, mais ne convainc pas ses parents. Ils acceptent parce qu'il est revenu, c'est l'essentiel. Il raconte ses rencontres. Parle surtout de Salomé, la femme de Diégo, le Tzigane, qui l'a sauvé d'une mort quasi certaine. D'ailleurs, il passera sans doute bientôt au village leur dire bonjour. Salomé connaissait des remèdes de bonne femme, mais très particuliers, selon Anselme, qui avait vu faire les préparations. Avec patience, elle lui avait administré des potions à sa façon et il était revenu à lui et avait guéri.

— Ce qui prouve que les Gitans ne sont pas tous malfaisants, dit sa mère.

François demanda des nouvelles du pays. Est-ce que son père savait que Jules Marian vendait ses terres ? Il savait. Enfin le bruit courait, mais il ne savait pas si c'était fait et quel était le nom de l'acheteur. Fin janvier-début février, Marcel avait préparé ses pins comme d'habitude, les avait pelés en prévision des nouvelles cares de l'année.

François se tut. Devait-il lui dire ce qu'Edgar Dubreuil lui avait appris ? Après un instant de réflexion, il jugea qu'il devait le faire.

— D'après Edgard Dubreuil, avec qui on a partagé la soupe hier soir, il aurait vendu à Félicien Tastet.

Marcel fut médusé. Non, ce n'était pas possible. Il l'aurait prévenu. Si c'était vrai, après ce qui s'était passé entre Félicien et son fils, il ne resterait pas résinier chez Tastet bien longtemps. Germaine s'affola. Chez qui irait-il ? L'administration avait ses gemmeurs pour leurs propriétés, et les autres propriétaires aussi. Après le fils, maintenant le père. Quelle était donc cette malédiction qui traquait sa famille ? Pourtant, ils ne faisaient du mal à personne, alors pourquoi ? Elle se dit que dimanche prochain, outre remercier Dieu pour le retour de son fils, elle pourrait prier pour que son mari trouve du travail, mais elle eut peur que ses prières ne soient pas suffisantes. Pour François aussi d'ailleurs, qu'allait-il faire ? Il ne savait pas. Peut-être que Francis aurait une solution. Avant de quitter le village, il lui avait appris que le dépôt du chemin de fer embauchait.

Dans l'après-midi, suivi d'Anselme, François se rendit au bourg. Il croisa quelques personnes qu'il salua. Dans peu de temps, tout le village saurait que le berger-pèlerin était revenu au pays. Il ouvrit la porte du bistrot d'Hermance et retrouva cette bonne odeur de limonade qu'il aimait tant. Il se dit que revenir au pays avait quand même du bon. Il frissonna d'aise. Ici, il se sentait chez lui.

François trouva la Mastroquette vieillie. Elle l'accueillit avec joie et le serra dans ses bras autant que sa mère l'avait fait, cependant il la trouva fatiguée. Un hiver s'était passé depuis son départ, avait-il été rigoureux ? Il ne savait pas. Il ne fit aucune remarque, lui demanda seulement si elle allait bien. Elle fit oui de la tête. Il lui présenta Anselme, le « roi » des pèlerins.

— Aujourd'hui, on va fêter ton retour et aussi ton copain. Ce n'est pas tous les jours que je reçois un roi dans mon bistrot. Du vin ?

— Non, plutôt une limonade, dit François. J'ai gardé son odeur tout au long du chemin. Je crois même qu'elle m'a permis d'avancer les jours de cafard. Il m'a même semblé que parfois je ressentais ses picotements dans la gorge, dit-il en riant. C'est d'abord elle que j'ai sentie en entrant.

— Va pour la limonade. Mais le roi va boire un peu de vin ?

Le roi prit un verre de vin. À la première gorgée, il claqua de la langue. Il le trouva meilleur que celui du vieux berger.

— Dame, pour un roi, il faut un vin noble, dit la Mastroquette en riant. Celui-là, il vient du Médoc, et ce n'est pas de la piquette.

Au dépôt, Francis apprit le retour de son copain en fin d'après-midi, quelqu'un l'avait vu passer. Dès que la sirène sonna la débauche, il se rendit en courant chez la Mastroquette, c'était le meilleur endroit pour le retrouver. Il ne s'était pas trompé, il les trouva attablés.

— Alors François, toujours fidèle à la limonade à ce que je vois ?

Un moment plus tard, tous faisaient cercle autour des deux pèlerins, qui durent raconter et reraconter leur voyage. Ce qui frappa le plus, c'était cette rencontre avec les Gitans, ces voleurs de poules. Comment pouvait-on faire ami-ami avec eux ? s'étonna l'un d'eux.

— Quand vous êtes dans la peine et que vous avez besoin de secours, dit fermement François, peu importe qui vous le donne. On est trop heureux de le prendre. Ceux-là méritent tout mon respect.

— Surtout Dolorès, dit Anselme en rigolant. Vous allez voir cette beauté !

Francis comprit l'allusion et se tourna vers François :

— Elle est aussi belle que Maria ?

François ne répondit pas. Sourit seulement. Et changea de sujet. Francis insista :

— Si c'est ça, c'est Félicien qui va être tranquille.

À propos de Félicien, ils étaient au courant pour les terres de Jules Marian ? Ils l'étaient. Enfin, ce n'était pas sûr. D'abord, où Félicien avait trouvé l'argent ? On savait que les marchands de bois gagnaient bien leur vie, mais de là à acheter des terres, peut-être pas.

— Si ça se fait, dit la Mastroquette, on ne va plus le tenir. Il va se prendre pour le roi de la commune. Aux prochaines élections, le maire n'a qu'à bien se tenir. Avec l'orgueil qu'il a, il va vouloir tout bouffer.

— Même son copain le premier adjoint ?

Ils furent tous d'accord pour dire que les Tastet père et fils allaient faire de leur mieux pour régner sur tous et imposer leur mauvais caractère. Enfin, on n'en était pas encore là.

Lorsqu'ils se retrouvèrent seuls avec Francis, François lui demanda s'il y avait toujours du travail au dépôt. Oh oui, justement, dans peu de temps, une voie ferrée serait créée de Lacanau à l'océan, pour cette station balnéaire que devait construire Pierre Ortal. Il fallait de la main-d'œuvre.

— Ça te dit ?

Il hésitait. Pourtant, il ne souhaitait plus retrouver la solitude de la lande. Avec les pèlerins, il avait pris l'habitude de voir du monde, et il avait apprécié. Et puis il souhaitait rester au pays et se montrer un peu plus. Vivre un peu plus avec les gens. Il en avait assez qu'on le prenne pour un bon à rien. Qu'on ironise sur lui comme sur son père. Qu'on en finisse avec cette histoire de bossu. Il avait envie de redorer le blason de la famille et de faire taire les médisants.

— Holà, s'exclama Francis, vaste programme ! À croire que saint Jacques nous l'a transformé, dit-il en riant. C'est bien, ça me fait plaisir de te voir déterminé ainsi.

Oui, il l'était. Ces jours de marche et de douleur lui avaient appris qu'avec de la volonté on arrivait à beaucoup de choses.

Anselme demanda à Francis s'il pouvait obtenir un emploi. Certes, il n'était pas du coin, mais ça lui plairait de rester ici avec François. Il ne partait au service que dans un an. Il trouverait bien un coin de maison pour l'abriter. Et puis il aimerait bien revoir Diégo, Salomé et Dolorès, qui devaient passer les voir dans quelques semaines.

— Ne pas être d'ici n'a pas d'importance, la plupart des ouvriers de la gare et des voies viennent du sud des Landes, de Saint-Symphorien je crois. Qu'ils appellent d'ailleurs Saint-Sym. Alors le lieu de naissance, on s'en fout. J'en parle demain à mon chef. Pour toi aussi, François ?

François hésitait, ça ne l'emballait pas.

— Si tu ne veux pas travailler au dépôt, dit Francis sur le ton de la confidence, et que tu adores l'odeur de la limonade, achète le bistrot de la Mastroquette. Elle dit à qui veut l'entendre qu'elle est fatiguée et qu'elle voudrait bien le vendre.

L'idée plut immédiatement à François. Ici, au bourg, il serait en contact avec tous, mais ce qui lui plaisait le plus, c'était que sa présence allait énormément déranger Félicien Tastet. Par contre, pour acheter, il fallait avoir de l'argent, et il en avait peu. Mais bon, pourquoi pas ?

Demain, il viendrait voir la Mastroquette.

*
* *

Depuis plus de quarante ans qu'elle tenait ce bistrot, oui, Hermance Maleyran était fatiguée. L'hiver avait été dur. Elle avait enchaîné rhume sur rhume, avait un peu d'asthme, et le médecin lui avait dit que ses poumons étaient fragiles. Elle avait répondu que ses jambes l'étaient encore plus. Le Dr Bézian ajouta que la fumée des cigarettes ne l'arrangeait pas non plus. Mais pouvait-elle fermer son établissement ? Non, pas question. Son mari se retournerait dans sa tombe. Son commerce était utile au pays. Elle y faisait encore quelques repas, mais beaucoup moins qu'à l'époque du creusement du canal. Dans son bistrot, on n'y venait pas seulement pour boire, on y venait pour se retrouver autour d'un verre, après une semaine de dur labeur dans les bois, ou à la sortie du dépôt entre copains. Chez elle, on apprenait le quotidien du village. Les morts, les malades, les mariages, enfin toute la vie du pays. Elle disait souvent : « Le cœur du village, ce n'est ni la mairie ni l'église, c'est mon bistrot ! » Mais François, patron de bistrot ? Elle fut surprise. Oui, ça lui plaisait, il souhaitait changer de vie. Il avait compris que ce serait dur, pour un berger, de fonder une vraie famille. Il avait vu comment vivait Edgard Dubreuil, ce vieux berger seul dans sa cabane avec ses chiens. Peu de vaisselle, un bahut bancal, une armoire à la porte cassée, et trois ou quatre chaises bonnes à rempailler. Seul les soirs d'hiver. Seul les soirs d'ennui. Il voulait mieux que ça.

— Tu attends toujours Maria ? demanda la Mastroquette. Cette Dolorès dont tu parlais tantôt, elle est qui pour toi ?

François baissa les yeux. Il ne savait pas vraiment. Ce qu'il savait, c'est que Dolorès était une jeune fille splendide. Une vraie beauté gitane. Elle dansait à merveille. Une véritable artiste. C'est vrai qu'elle lui plaisait. Il avait cru être amoureux et avoir oublié Maria. Ça avait été les premiers jours, et puis l'image de Maria, un moment disparue, était revenue doucement, installant le doute en lui. Le désarroi aussi. Qui aimait-il le plus ? Il attendait d'être ici pour savoir.

— Tu sais, dans mon bistrot, c'est plus une travailleuse qu'une artiste qu'il faut.

Sans doute. Mais s'il était difficile de fonder une famille avec une Tzigane, c'était aussi difficile d'en fonder une avec une institutrice, surtout si l'on n'est que berger.

Hermance Maleyran réfléchissait. Depuis longtemps, elle qui n'avait pas d'enfants s'était prise d'affection pour ce garçon. Sa gentillesse lui plaisait. Sa discrétion aussi, et c'était peut-être ça qui la gênait le plus dans cette affaire. Aurait-il le caractère assez fort pour tenir ferme les rênes de la boutique ? Parce que, certains samedis soir, il fallait les tenir, ces résiniers qui se défoulaient d'une semaine de dur labeur. Ils se faisaient couper les cheveux ou raser chez Bouscau, le coiffeur voisin, attendaient leur tour en buvant et revenaient ensuite pour continuer une partie de cartes commencée, ou reprendre leur place autour du billard. Bouscau ne finissait pas avant 10 ou 11 heures du soir, et elle pas avant minuit. Il fallait gérer les petites querelles, comme les ébriétés bagarreuses. C'est vrai aussi que la volonté dont François avait fait preuve pour se rendre à Compostelle était assez prometteuse, alors pourquoi pas ? Restait une autre question, dont elle imaginait la réponse.

— Tu as de l'argent pour acheter mon bistrot ?

François répondit clairement que non, mais peut-être pourrait-il la payer tous les mois sur les bénéfices ? Cette proposition conforta ce qu'elle pensait, il voulait vraiment son bistrot. Hermance sourit. Lui expliqua que si elle vendait, elle devrait quitter les lieux, elle n'avait pas d'autre toit. Il répondit sans hésiter :

— Je peux vous garder avec moi. Comme ça, j'apprendrai encore plus vite.

Cette offre la toucha profondément.

Elle fit silence. Réfléchit. Elle n'avait pas de famille, sauf une belle-sœur qu'elle voyait peu souvent. C'est vrai que ce départ, à chaque fois qu'elle y pensait, lui faisait mal. Ce bistrot, c'était son bébé. Elle l'avait créé de toutes pièces avec Yves, son mari, et le laisser entre des mains étrangères au pays ne lui plaisait guère. Les clients étaient ses amis, sa famille. Les quitter lui déchirait le cœur. Soudain, elle se rappela que François, autrefois, parlait de la pièce du moussu, fier qu'il était de la posséder. Elle lui demanda s'il l'avait toujours ou s'il l'avait dépensée sur le chemin. Oui, il l'avait toujours. Pour rien au monde il ne l'aurait dépensée.

— Je préférerais mourir de faim que de gaspiller ce cadeau.

— Il a tant de valeur que ça pour toi ?

Oh oui, il en avait. À chaque fois qu'il avait des difficultés, il la touchait, dans la doublure de sa chemise, et il retrouvait l'espoir. L'espoir qu'un jour elle serait sa chance, il en était toujours persuadé.

— Donc, pour toi, elle a une immense valeur ?

Oh oui ! Une très grande valeur. Inestimable. Outre la valeur de l'argent, elle avait la valeur de la récompense, celle d'avoir soigné et guéri le cheval du moussu. La preuve qu'il avait fait ce qu'il fallait. Il ne l'utiliserait que pour faire ce qu'il fallait de bien.

— Alors je crois que ce moment est arrivé, dit Hermance. Donne-la-moi, et le bistrot, avec la maison, est à toi. J'oubliais, avec moi dedans.

Il n'en crut pas ses oreilles. Ce n'était pas possible, il rêvait. Il allait se réveiller. D'instinct, il toucha sa pièce à travers la doublure de sa chemise. Elle lui sembla plus chaude qu'à l'accoutumée. Il fondit en larmes, sans avoir dit un mot à Hermance.

Marcel et Germaine Hostein n'en revinrent pas. Leur fils propriétaire du bar de la Mastroquette ! Il allait être au cœur du village. Au cœur de la commune. Comment cet habitué de la solitude allait s'en tirer ? Comment le timide qu'il était allait pouvoir discuter avec les gens ? En apprenant le prix, ils crurent à une blague. Ce sou, cette pièce, elle n'avait qu'une valeur sentimentale. Germaine s'était inquiétée auprès d'Hermance. Plus tard, elle ne réclamerait rien ? Hermance l'avait rassurée. Non, il n'y aurait rien à payer, et elle s'excusait de leur voler un peu leur fils. Il allait vivre chez elle, dans le logement à l'étage, il était assez grand, même pour sa femme si un jour il en avait une.

— Je vous le vole un peu, mais vous savez que je n'ai pas d'enfants. À ma mort, qui aurait eu mon argent, l'État ? J'aime autant que ce soit quelqu'un que je connais et que j'aime bien.

Ils passeraient les actes chez Me Maigret. Le notaire venait une fois par mois dans la commune et il ferait les papiers nécessaires. En quelque sorte, François serait son héritier. Pour calmer les mauvaises langues, qui ne manqueraient pas de ragoter, on pourrait toujours dire qu'il la prenait à rente viagère. Comme ça, ça ferait taire tout le monde. Mais, avant d'annoncer la nouvelle, ils attendraient que le notaire ait fait le nécessaire. François serait propriétaire sans doute courant avril. En attendant, il aiderait son père à peler les pins pour la saison de gemmage qui arrivait.

Anselme aussi était ravi. Son copain avait une superbe solution. Ravi également parce qu'il embauchait la semaine prochaine au service des voies ferrées. Aux explications que lui donnèrent les responsables du chantier et à l'idée de participer à la création de cette voie ferrée pour aller implanter une ville nouvelle, il se sentit une âme de pionnier. Décidément, le chemin portait ses fruits. Grâce à ces rencontres, sa vie allait changer. Il allait l'écrire à ses parents. En post-scriptum, il leur demanderait de passer le bonjour au curé, en lui précisant qu'il avait trouvé sa voie.

Il s'amusa même du jeu de mots.

XVII

QUE DE CHANGEMENTS dans ce village pour une histoire de fille. Depuis cette bagarre entre François et Jacques, le quotidien de la commune avait bougé. Si ce n'était pas l'essentiel de l'actualité, il avait alimenté les conversations. Conséquence, enfin c'est ce qui se disait, François avait disparu durant plus de cinq mois, et Maria depuis la dernière rentrée scolaire ! Par ailleurs, après avoir vendu son troupeau, Jules Marian vendait une partie de sa forêt, et Félicien l'achetait ! Des bruits couraient maintenant au sujet de la Mastroquette. Elle était fatiguée et affirmait qu'elle en avait assez de son bistrot ! Qui allait acheter ? On ne savait pas, mais on avait vu François venir souvent chez elle. Le fils du bossu ? Mais avec quel argent l'achèterait-il ? Allez savoir ce qui s'était passé durant ces cinq mois ? Compostelle avait peut-être bon dos. Dans ce même temps, des travaux commençaient pour la création d'une station balnéaire à l'océan. Quelle folie ! Les vieux disaient que tout allait trop vite. Que ce chemin de fer, qui tuait parfois les moutons et mettait le feu à cause des escarbilles projetées de la machine, avait amené avec lui d'inutiles changements. Que ferait-on des attelages de mules ? S'il n'y avait plus de travail pour eux, on les laisserait à l'écurie avec les muletiers ? Le train, passe encore, ça servait à la forêt pour apporter les poteaux de mine dans les ports, mais une station balnéaire, enfin ! Est-ce qu'on avait le temps d'aller se baigner ? Le temps de perdre son temps sur le sable d'une plage ? D'abord, est-ce que c'était bon pour la santé ? Pas sûr. Des noyés, voilà ce qui allait arriver. Et puis autre chose, ils ne savaient pas, ces couillons, que la côte actuelle était autrefois à plus de trente kilomètres ? Qu'il y avait un port, appelé Port-Maurice, à l'embouchure d'un fleuve ? C'était passé où, tout ça ? Disparu sous les eaux depuis belle lurette, parce que l'océan s'était avancé et reprenait toujours ce qu'il avait laissé dans les anciens temps. On l'avait observé tout le long de la côte. Comme disait Arthur Dubois en sirotant son absinthe : « Vous verrez qu'un jour, leur station balnéaire, l'océan la bouffera. » Ce à quoi répondaient en rigolant les moins sceptiques qu'on savait que l'absinthe rendait fou et qu'Arthur en était la preuve vivante.

Dans tout ce remue-ménage, Félicien se félicitait. Comme lui avait demandé Jules Marian, il était passé le voir un soir, chez lui, à la tombée de la nuit. Il n'était pas utile qu'on le voie. Après leur avoir servi un verre, Rose avait laissé les hommes discuter entre eux. Ça l'intéressait au plus haut point, mais les affaires d'argent étaient réservées aux hommes. D'entrée, Jules Marian avertit Félicien Tastet : sa propriété était belle, et il ne la donnerait pas. D'ailleurs, tout n'était pas à vendre, il n'avait pas pour habitude de mettre tous les œufs dans le même panier.

— Mes gendres veulent que j'achète des terrains à l'océan, mais je reste méfiant. Je ne vends que ce qu'il faut pour réinvestir, et dans du solide.

Côté solidité, pensa Félicien qui n'aimait pas ce projet, construire dans le sable risquait de poser problème. Mais ce n'était pas le sien, le sien c'était de se constituer un patrimoine plus important, et chaque opportunité était bonne.

S'il ne faisait pas cet achat de parcelles, argumenta Jules Marian, il s'attirerait la colère de toute sa famille, et il n'avait pas l'intention, à son âge, de provoquer un tel cataclysme. Et puis, réflexion faite, il avait changé d'avis sur cette opération. Il s'était renseigné, Pierre Ortal n'était pas né de la dernière pluie. C'était peut-être un visionnaire. Il avait fait ses preuves dans d'autres affaires, alors pourquoi ne pas participer à ce pari fou ? Mais, en paysan avisé, il gardait une poire pour la soif, au cas où… Il avait des exemples d'affaires qui paraissaient mirobolantes et qui s'étaient effondrées.

Félicien approuvait en opinant du bonnet. Ne voulant pas montrer trop tôt ses possibilités, il laissait Jules Marian mener la conversation.

— En gros, Félicien, je souhaite vendre la pièce de pins qui te longe en partie vers Talaris, délimitée par la craste de Planque Haute.

Dans sa tête, Félicien arpentait déjà la parcelle. Il la connaissait très bien. Elle s'étendait du chemin de Talaris jusqu'au bord de l'étang. Il chassait la bécasse dans ce coin et, sur le bord du marais, la bécassine. Un coin de rêve, et garni de cèpes à l'automne. Peu de pins en bordure de l'étang, mais très bien fourni avec une belle production de gemme sur les trois quarts de la pièce.

— Il y a combien, monsieur Marian ?

— Pas loin de cent vingt hectares.

Quand même. C'était beaucoup, mais bon, tout dépendait du prix. Il avait fait ses comptes, évalué ses bons du Trésor reçus en héritage. S'il fallait, il demanderait à son futur compère de l'aider un peu. Après tout, c'était pour leurs enfants qu'il allait faire cet effort.

— Et on s'approche de quel prix ?

Jules Marian avait des références qui dataient de 1899, où Mme Tessier, riche héritière d'une partie du domaine de Lacanau, avait vendu à la société Valmy-Dupin-Pelletier et Dubos frère trois mille hectares pour deux cent cinquante mille francs.

— Si je compare, ça fait quatre-vingt-trois francs l'hectare, à quelque chose près.

Félicien calculait vite. La somme de dix mille francs s'afficha dans sa tête. C'était beaucoup, mais ça en valait la chandelle.

— Alors, qu'en dis-tu, Félicien ?

Pour un achat de cette importance, on ne se décidait pas comme ça. Ça méritait réflexion. Ça méritait surtout un petit marchandage.

— Vous avez dit : à quelque chose près quatre-vingt-trois francs, ça signifie que je peux espérer une baisse vers les soixante-dix-huit ?

— Quatre-vingts francs sera mon dernier prix, dit fermement Jules Marian.

Félicien ne montra pas sa joie. Il avait baissé fortement pour tester le vieux, mais, même à quatre-vingt-trois francs, il aurait acheté. Rien que le rapport de la résine le rembourserait rapidement.

Avec les bons du Trésor en sa possession, il avait presque neuf mille francs. Quelle bonne idée avait eue cette parente de mourir et de le faire héritier ! Elle avait été confite en bondieuserie toute sa vie et Félicien avait eu peur qu'elle donne tout à l'Église. Dans cette optique, la sentant vieillir, il l'avait visitée plusieurs fois par an, chez elle, à Bordeaux, pour conforter les liens et lui rappeler qu'il existait. Il avait caché, bien sûr, son état de libre-penseur. Il se rappela même la fois où il n'avait pas hésité à l'accompagner à une cérémonie religieuse dans sa paroisse. Mais, comme personne ne le connaissait, ça ne risquait pas de s'ébruiter au village. Il avait bien fait et s'en félicitait aujourd'hui encore.

Côté finance, il ne lui manquait pas grand-chose. Bien sûr, les frais de notaire s'ajouteraient mais, en négociant deux ou trois petites choses, il connaissait bien l'homme de loi, il ne doutait pas d'y arriver. Pour la forme, il demanda toutefois un temps de réflexion. Il devait quand même en parler à sa femme. M. Marian comprenait, ce n'était pas une mince décision.

D'emblée, Madeleine fut d'accord. Ça ferait une dot superbe à sa fille. Ça ferait également un sacré bond dans la hiérarchie des ayants pins locaux !

Le lendemain, Félicien annonça à Jules Marian qu'il était acquéreur au prix demandé.

*

* *

Félicien Tastet était songeur. Que de chemin parcouru pour en arriver là. Il savait qu'une bonne partie de la population le critiquait. Orgueilleux. Vindicatif. Agressif. Frondeur. Sa grande gueule, comme on disait, le faisait remarquer de tous. Il se trouvait des excuses : il avait grandi auprès d'un père coléreux, buveur invétéré et, dans cette ambiance, tous les jours n'avaient pas été roses. Ayant bu plus que travaillé, la famille Tastet, à cause de l'inconduite du chef de famille, avait vite connu des difficultés, et Félicien s'était juré de montrer qu'il valait mieux que son père. Si son adolescence n'avait pas été facile, sa rencontre avec Madeleine fut salvatrice. Elle avait été le moyen de quitter le foyer cassé et brisé de ses parents. Au début de leur mariage, ils n'avaient rien. Son travail dans les bois comme bûcheron l'avait mis en contact avec des marchands de bois. L'un d'eux avait remarqué son sens de la repartie, de l'organisation, et lui avait proposé de cesser son travail, pénible, pour le seconder dans ses affaires. Il avait vite appris et compris que, pour gagner de l'argent, il fallait oser. Il osa. Il osa rendre visite à tous les propriétaires forestiers. Avec eux, il se plaignit de la situation des bois. De leur prix. Il fit siennes leurs revendications et, localement, accusa ouvertement la municipalité en place qui ne faisait rien pour eux. Il paya des tournées à tous les opposants potentiels qui se rangèrent à ses jugements pour une bonne bouteille. Ses agissements le firent critiquer pas tous les bien-pensants du village, et surtout par les ouailles villageoises. Il leur répondit en raillant le curé et son paradis, les prières et les cierges ne faisaient pas monter le prix des bois. Pour couronner le tout, il se proclama libre-penseur, car personne ne lui dicterait sa conduite. Son plan était clair, il devait aller jusqu'au bout et prendre une place en haut de la hiérarchie communale. Sacrée revanche pour celui qui avait connu une jeunesse difficile.

Aux dernières élections municipales, il fut élu sur une liste d'opposition, ne voulut pas la place de premier adjoint, préférant la laisser à Augustin Rambert, qui avait des relations à Bordeaux et plus de reconnaissance dans le village. Quand le moment arriverait, il lui proposerait sa fille comme bru, Augustin ne pourrait pas refuser, certains marchés avaient été fructueux pour tous les deux. Il entrevoyait une nouvelle victoire aux élections de 1904, et cet achat lui permettrait de passer d'employé à propriétaire. Peut-être maire ? Il avait fini par en rêver. Il avait réussi, finalement, à se mettre en première place, alors que son père avait fini par n'être plus rien. Orgueil sans doute, pensait-il, mais il avait montré, certes à grands coups de gueule, qu'on pouvait s'en sortir. Et voilà que sa fille parlait d'amour et gâchait ses plans. Il avait aimé Madeleine lorsqu'il l'avait épousée ? Pas vraiment. Elle lui avait permis de se sortir de sa famille. Rien d'autre. Alors ce n'était pas ce petit berger de rien du tout n'ayant aucun bien qui allait contrarier ses plans. Et puis, lorsque Maria serait institutrice, elle ne voudrait plus d'un presque illettré. Bien sûr, à leur dernière visite, elle les avait rembarrés, mais le temps ferait son travail, et bientôt elle comprendrait où était son intérêt. Restait son futur gendre. Jacques avait un mauvais penchant, la boisson, ce qui le rendait méchant. Il s'en était ouvert à Augustin, qui lui avait dit que c'était un péché de jeunesse, mais que créer une famille arrangerait tout ça. Peut-être, mais il faudrait que son père le calme et arrange ça. S'il n'y arrivait pas, il lui conseillerait de l'envoyer travailler chez Pierre Ortal, creuser les routes dans le sable du Crohot du marin. Ça lui ferait le caractère ! À moins qu'il ne lui achète le bistrot de la vieille Hermance ? Il avait entendu dire qu'elle voulait vendre. Son commerce ne devait pas valoir grand-chose. Pas plus de cinq cents francs, et encore. Rambert avait les moyens. Ce serait bien pour son boit-sans-soif de fils. Son programme était clair : faire de ce mariage une réussite dont il serait l'organisateur. Mais, pour son gendre, il verrait plus tard, d'autant qu'il avait une autre idée derrière la tête. Le notaire était son ami, il le conseillerait. Me Maigret connaissait les grosses fortunes de la région et, surtout, les gendres possibles, il le guiderait dans ses choix. Faire un bon mariage, ça se travaillait. Pour préparer l'avenir, autant marier des hectares avec des hectares ! Maintenant que Félicien allait faire partie des ayants pins, il n'aurait plus vraiment besoin du premier adjoint, il pourrait abandonner son poivrot de fils à ses cuites du samedi.

Ce dont Félicien n'avait pas tenu compte, c'est que la population est souvent versatile. Les héros finissent par la fatiguer et être détestés. Il se disait qu'on ne réussissait pas qu'à grands coups de gueule. Si on avait compris sa volonté de réussir, il se racontait, au village, que personne ne réussissait sans quelques tricheries. Mais ça se susurrait seulement. Prudemment. Attaquer de front n'était pas la manière préférée des gens. Par contre, l'an prochain, pour les élections, certains régleraient leurs comptes dans les urnes...

*
* *

Assis par terre contre un pin, Marcel Hostein réfléchissait. Patron de bistrot ! Est-ce que son fils avait fait le bon choix ? C'était fait pour lui ? Il n'en était pas sûr. Il serait au centre du village. À la vue de tous, lui, le discret, le solitaire. Il devrait s'endurcir. Être prêt à en entendre de toutes les couleurs. Ce voyage l'avait changé à ce point qu'il n'avait presque pas hésité à prendre cette décision ? Il ne savait pas s'il devait en être content ou pas. Ce qu'il craignait surtout, c'était l'attitude de Félicien. Voir le berger au centre du village n'allait pas lui plaire. Il était curieux que les familles Tastet et Hostein s'en veuillent à ce point. Lui, Marcel, n'en voulait à personne. N'avait rien demandé à personne. Qu'y avait-il, à l'origine de ces comportements, qu'il ne savait pas ? Déjà, dans la cour de l'école, le jeune bossu qu'il était souffrait des moqueries du jeune Félicien. Sa mère, excédée par les pleurs de son fils, était allée voir Jeanne Tastet pour lui demander de faire cesser ces méchancetés. Elle lui avait ri au nez. Le bossu qu'il était avait continué de souffrir des moqueries. On le traitait de sale bâtard. La première fois qu'il avait entendu ce mot, il avait demandé sa signification. Sa mère n'avait pas répondu, mais s'était mise à pleurer. Il avait bien compris qu'il y avait un rapport avec son manque de père. Souvent il lui avait posé la question. Il avait besoin de savoir.

Il avait envie d'être comme les autres. À chaque fois, Marthe lui passait la main dans les cheveux, souriait, répondait que, même sans père à la maison, ils étaient heureux, non ? Bien sûr, mais Marcel aurait tellement aimé pouvoir être comme les autres. Pas de père et bossu, ça faisait beaucoup pour lui. Ce qui avait été des méchancetés d'enfants le poursuivit dans son adolescence. Il avait compris que les choses qui prêtaient à sourire aux autres n'étaient pas agréables pour ceux qui les vivaient. Et puis tout avait changé pour lui. Germaine l'avait aimé, il avait oublié tout le reste : sa bosse et l'absence de père. Tout s'était calmé. Bien sûr, son fils avait supporté quelques quolibets, mais François le gentil, François le discret, avait passé ce cap grâce, sans doute, à son travail de solitaire dans la lande. Mais voilà que cette lande, qui l'avait mis à l'abri des médisants, lui avait fait rencontrer Maria et l'amour ! Tout avait recommencé. C'est pourquoi sa décision de tenir le bistrot d'Hermance l'inquiétait. Qu'allait-il arriver encore ?

XVIII

DOLORÈS AVAIT DE LA PEINE. François lui manquait. Elle avait compris que Maria planait encore dans l'esprit du garçon et s'en désolait. Malgré sa timidité, toujours en retrait, elle le trouvait attirant. Il était sans malice et sans méchanceté. Elle avait compris ce qu'il éprouvait pour elle, mais il culpabilisait à cause de Maria. Ce garçon n'avait qu'une parole et n'oubliait pas que c'était à cause de cet amour que Maria avait été mise en pension à la ville. À cause de lui, elle avait dû quitter ce qu'elle aimait : sa lande et son village. Il ne pouvait pas la trahir. Il devrait être sûr de ses sentiments. Dolorès attendrait. Les Tziganes étaient patients et arrivaient toujours à leurs fins. La danseuse l'avait séduit par ses arabesques ensorcelantes. Il y avait de la sexualité dans le geste. De la provocation. De l'orgueil. Dolorès savait tout ça, et savait aussi qu'un jour il la choisirait, elle, la Gitane.

François leur avait raconté les moqueries endurées à cause de la bosse de son père. « Je te vengerai », lui avait-elle affirmé violemment. François avait souri, ça servait à quoi la vengeance ? S'était-elle vengée de tous les quolibets contre les Gitans ?

Non, c'était la vie qui était ainsi faite. « Des barrières s'installent entre les gens, et chacun pacage dans son pré », avait dit François avec résignation dans son langage de berger.

Diégo avait été étonné par les confidences du berger. Comment pouvait-on se moquer ainsi des gens parce qu'ils étaient bossus ? Ils ne cachaient pas leur bosse comme d'autres dissimulaient leurs défauts. Il connaissait la frontière entre les Gitans et les gadjos, il avait payé cher pour l'apprendre, mais alors, même entre eux, ils se méprisaient ? Les Gitans ne se méprisaient pas entre eux, au contraire ils s'entraidaient. Et ceux qui médisaient, que savait-on d'eux ? De leur vie ? Ils ne cachaient rien ? Tout ça l'avait laissé perplexe, mais il avait de la peine pour ce pèlerin de rencontre qu'il appréciait, allez savoir pourquoi ?

Tout bien réfléchi, il aimait sa vie d'errance. Voleur de poules ? Il s'en moquait complètement. Que les gens parlent si ça les amuse. Il comprenait que la vie, dans un village, s'étalait aux yeux de tous. Il comprenait que tous s'observaient. Tous se jugeaient. En bien. En mal. Les plus aisés se moquaient sans doute des plus pauvres en les méprisant, les plus pauvres enviaient sans doute les plus riches en les méprisant. Lui, il allait au pas lent de sa mule et avançait sans s'occuper des autres. Si, à une époque, Diégo avait eu envie de se fixer, aujourd'hui il réalisait qu'il aurait du mal à accepter cette vie. Sa bohème, c'était sa liberté. Dure, mais réelle.

Il avait promis à François de lui rendre visite, il le ferait, mais il avait besoin de temps pour vérifier quelque chose, ou plutôt à se préparer à quelque chose. Dans les confidences du berger, il avait retenu une chose ou deux, il voulait savoir. Vérifier.

Pour l'instant, il s'était installé sur le bord du bassin, devant le port d'Arès, à l'abri d'une vieille tour de pierre. Il avait trouvé quelques chaises à rempailler et Salomé avait plusieurs jours de travail devant elle. Il en profitait pour apprendre à sa petite-fille à jongler. C'était une de ses spécialités lorsque, avec ses amis, ils faisaient le tour des foires de village. Dolorès se débrouillait très bien et elle avait eu l'idée d'agrémenter le jonglage sur des pas de danse, ce qui donnait un très bel effet à ce qu'elle appelait son numéro de cirque. Le reste du temps, elle flânait sur les bords du bassin et s'amusait des marées. Marchant dans les petits chenaux, elle se chargeait de coquillages, de petits crabes, de petits poissons. Cuits sur le feu de bois, ils les régalaient tous les trois.

En se promenant, elle avait découvert la gare. Quel endroit étonnant ! Il évoquait le voyage et elle adorait. Sur le quai, elle avait surpris les regards inquiets des voyageurs devant son allure de Gitane et s'en était amusée. Un jour, elle s'adressa à celui qu'elle prit pour un chef. Coiffé d'une casquette à galon doré, un drapeau à la main, l'air très sûr de lui, d'un coup de sifflet, il faisait partir les trains. Où allaient-ils ? Le chef de gare la regarda avec méfiance. Que voulait cette voleuse de poules ? Pourtant, elle n'avait pas l'allure de certains autres Gitans qu'il avait déjà vus à Arès. Celle-là, malgré ses pieds nus, était habillée d'une jolie robe aux couleurs vives et avait un sourire avenant. Il répondit à sa curiosité. Les trains allaient soit vers Arcachon, soit vers Lacanau et le Médoc. Le mot Lacanau avait résonné aux oreilles de Dolorès. Elle avait retenu ce nom, c'était là qu'habitait François. À cet instant, elle se jura de monter dans ce train pour rejoindre François chez lui. Il avait indiqué à Diégo l'endroit où il pourrait le trouver, un bistrot dont elle avait retenu le nom de la propriétaire : la Mastroquette. Ce nom chantant l'avait amusée. Il sonnait bien. Elle l'avait trouvé joli. Mais pour prendre le train, il fallait de l'argent. Dolorès aurait pu en trouver facilement, elle avait la main leste pour rafler un porte-monnaie. Lorsqu'il y avait du monde, comme ça avait été le cas sur le parvis de la cathédrale de Saint-Jacques-de-Compostelle, elle délestait volontiers les passants. Mais ici, elle ne le ferait pas. Diégo était le seul Gitan installé dans la commune, elle serait vite désignée comme voleuse. Elle décida d'essayer de vendre sa modeste pêche. Au bout de quelques jours, elle avait amassé de quoi se payer un billet aller-retour.

Dolorès n'avait rien dit à ses grands-parents. Elle s'absentait souvent pour la journée, ils ne s'inquiéteraient pas. Elle serait de retour ce soir, à moins que…

Le voyage fut un vrai plaisir. Ses craintes du début passèrent vite. Fascinée par cette machine qui allait aussi vite qu'un cheval au galop, la tête penchée à la fenêtre du compartiment, elle se saoula de l'air respiré avec force. Cette vitesse la surprit. Comment pouvait-on aller aussi vite ? Les cinquante kilomètres, malgré les arrêts aux gares et en campagne, furent avalés en un rien de temps. Quand le chef de gare annonça Lacanau, elle sauta du train et s'éloigna vers le centre du village. François avait précisé que le bistrot était en face de l'église. Il retrouvait un copain, lorsqu'il faisait halte entre deux transhumances. Elle trouva facilement, mais n'entra pas. Elle devait tout d'abord observer. Diégo lui avait toujours recommandé d'observer avant de faire quoi que ce soit. Un Gitan n'était pas le bienvenu dans un bistrot. Elle fit le tour de l'église. La trouva curieuse avec ses murs de pierre d'alios. Elle y pénétra par une porte sur le côté. Son dieu n'était pas celui des gadjos, peu importe. Dolorès remarqua le plafond de bois, peint en bleu ciel et décoré de petites étoiles d'argent. Le trouva jolie. Elle s'attarda devant les statues de bois doré. La porte d'entrée s'ouvrit, laissant passer une vieille dame qui se rendit vers un endroit où brûlaient des cierges. Elle en prit un, l'alluma après avoir mis une pièce dans un tronc, s'agenouilla et se mit à prier. L'idée de piller le tronc effleura Dolorès. Mais l'intérieur d'une église n'est pas le parvis. Elle respecta le lieu et sortit de l'église.

Des maisons basses s'alignaient tout autour de la place, sur le bord d'un chemin de grave et de terre, de chaque côté de l'édifice. Le bistrot était bien là. En face. Elle se cacha derrière un platane et observa. Des gens entraient, sortaient. Une femme corpulente, coiffée d'un chignon, au visage sympathique, vint sur le pas de la porte. Le tablier qui protégeait sa robe avait un coin retourné, coincé dans sa ceinture. « La Mastroquette », se dit-elle. Elle resta un moment, puis s'effaça pour laisser passer un jeune homme.

— Bonjour Francis.

Dolorès tressaillit.

— Bonjour, répondit le jeune homme, notre pèlerin est là ?

— Il est là, rentre, et elle referma la porte.

Le pèlerin, c'était sûrement François, et ce Francis, son copain. Son cœur s'accéléra. Elle hésita et finit par se décider. Elle rentrerait dans le bistrot en proposant la bonne aventure, et elle verrait François. Elle allait le faire, lorsqu'elle entendit hurler derrière elle :

— Hé, la Gitane, qu'est-ce que tu fous ici ? Les voleurs de poules, on ne les aime pas dans ce village.

Elle se retourna, méprisante, haussa les épaules et se dirigea vers le bistrot. Ce n'était pas une espèce de hurleur qui allait l'impressionner. Elle en avait entendu d'autres. Dolorès allait ouvrir la porte, quand deux énergumènes l'attrapèrent par le bras et la firent tomber. Ils éclatèrent de rire. Aux cris, Francis sortit, Hermance à ses trousses. Dolorès relevée, elle gifla avec force l'un d'eux, surpris. L'autre, pas très courageux, resta à l'écart.

— Alors Rambert, on fait encore le fanfaron ? s'écria la Mastroquette. Et encore chez moi ?

À l'intérieur, une voix demanda ce qui se passait.

— C'est encore Rambert qui fait le con, répondit Francis.

— J'arrive.

Sur le pas de la porte, François se figea en voyant Dolorès.

— Dolorès ?

Il la fit entrer, sous les moqueries de Jacques Rambert. Le berger fréquentait des Gitanes ! Voilà où il était pendant sa longue absence. Pèlerin à

Compostelle ? Pas du tout, dit-il en riant de plus belle, il apprenait sans doute quelques filouteries avec l'aide des Gitans. Ça prouvait que François du bossu n'était qu'un menteur.

— Quand je pense que Maria voulait épouser ça ! On va quand même arroser ta venue, Gitane, dit-il en tournant autour d'elle. Tu es belle, si tu dois rester ici, tu vas manquer d'hommes, je suis le tien si tu veux.

— Je vois que Maria ne compte pas beaucoup pour toi, ironisa François. Tu la remplaces vite.

Serrant les poings, Jacques se dirigea vers le berger. Celui-ci ne bougea pas d'un pouce. Au contraire, il était prêt au combat. Francis s'interposa :

— Ne commence pas tes conneries, Jacques, fous-nous la paix.

Devant l'air déterminé de Francis, Jacques n'insista pas et s'installa sur un tabouret devant le comptoir. D'ici, il avait une vue sur toute la salle, il verrait si la Gitane allait trouver François. Il en aurait à raconter à Félicien, qui le raconterait ainsi à sa fille. Nul doute que Maria serait heureuse d'apprendre que son berger fricotait avec les Gitanes.

— À propos de Maria, berger, tu es passé par Bordeaux pour voir ma promise ? Tu as pensé à lui rapporter un petit souvenir de ton voyage ? demanda-t-il en éclatant de rire. Peut-être une pièce volée par ta Gitane ?

François se retint de le bousculer. Hermance le sentit, lui fit signe de ne pas bouger. Dolorès lui jeta un regard acéré. Il le paierait un jour, elle s'en fit le serment.

— Allez Mastroquette, dit Jacques, passons aux choses sérieuses, il faut bien arroser le retour du pèlerin. Depuis son retour, je ne l'avais pas encore vu. Servez-moi à boire, je meurs de soif.

La Mastroquette attendait ce moment avec impatience depuis plusieurs jours. Personne, au village, ne savait que le berger allait devenir le propriétaire du bistrot. Le secret avait été bien gardé. Non pas par cachotterie, mais la Mastroquette, sachant que cette nouvelle allait retentir comme un coup de tonnerre auprès de la population, avait désiré attendre pour mieux se réjouir de la surprise causée. Imaginez, le berger, le fils du bossu, le concurrent de Jacques Rambert, le petit, le rien du tout, le moqué du village allait tenir le bistrot le plus fréquenté de la commune ! C'était fait depuis hier dans la soirée. Le notaire était passé. Dans l'arrière-salle, ils avaient signé l'acte du viager. François occuperait une chambre de l'appartement au-dessus, qui comptait trois pièces, et Hermance le reste. Il exploiterait le commerce en son nom propre, mais la Mastroquette lui donnerait un coup de main et le conseillerait, tout au moins au début. Tous les mois, il lui donnerait quelque chose en rapport avec son chiffre d'affaires, elle n'en demandait pas plus. « Pourvu que j'aie de quoi manger et que j'aie un toit, ça me suffit. »

Après avoir décousu avec émotion la pièce du moussu de la doublure de sa chemise, François, presque cérémonieux, l'avait donnée à Hermance, avec un sentiment étonnant de bonheur mêlé d'inquiétude. À la fois heureux et anxieux à l'idée de cette nouvelle vie totalement différente qui l'attendait.

Souriante, Hermance se campa devant Jacques Rambert.

— Pour ta commande, Jacques, passe-la au pèlerin comme tu dis.

Il éclata de rire. Le jour où François du bossu le servirait n'était pas demain la veille.

— Vite, putain, j'ai soif ! s'énerva-t-il.

Hermance se régalait. Dolorès regardait la scène, se demandant comment elle allait se terminer. La Mastroquette poursuivit sur un ton humoristique :

— Tu as raison, Jacques Rambert, demain ne sera pas la veille du jour où François te servira. Il te servira aujourd'hui même, parce que depuis hier soir j'ai l'honneur et le plaisir de t'apprendre qu'il est le nouveau propriétaire de ce bistrot. Tu peux le dire dans tout le village.

Changeant de ton, elle enfonça le clou en disant d'une voix forte :

— Donc, petit morveux que tu es, si tu veux boire, tu dois commander à François Hostein, le nouveau Mastroquet du village. Sinon tu n'auras rien !

Jacques manqua de s'étrangler. C'était quoi cette farce ? Elle se moquait de lui ! Elle avait osé vendre à ce bon à rien de berger ? Il avait vraiment acheté le bistrot ? Avec quoi ?

— Eh oui, répondit François avec calme, j'ai acheté le bistrot, comme ton futur beau-père a acheté les pins de Marian. Chacun ses choix.

Sous le regard ravi de la Mastroquette, Jacques Rambert, rageusement, fit tomber son tabouret en se levant. On se payait sa tête ? Ça n'allait pas se passer comme ça.

— C'est simple, dit François, tu poses l'argent sur le comptoir et je te sers, où alors tu fous le camp et je ne veux plus jamais te revoir chez moi. Compris ?

Jacques Rambert écumait de colère. Il partit en claquant la porte, sous les rires de tous et les applaudissements de Francis qui jubilait, disant que ce petit merdeux avait reçu une bonne leçon.

— Faudra s'en méfier, conseilla la Mastroquette, il ne s'avoue pas vaincu comme ça. Il reviendra à la charge.

François s'approcha alors de Dolorès. Elle était restée à l'écart au fond de la salle. Il la serra contre lui. Demanda des nouvelles de Diégo et de Salomé. Ils étaient ici ? Au village ? Non, mais ils passeraient dans quelques jours. Hermance, discrètement, fit signe à Francis de la rejoindre. Dolorès regardait François avec tendresse. Elle avait envie de lui parler de Maria. Elle avait besoin de savoir. En l'observant, en entrant, elle comprit une fois de plus qu'elle l'aimait. Et pourtant, au fond d'elle-même, elle sentait que cet amour ne pourrait jamais voir le jour. Elle ne se l'expliquait pas, mais elle le sentait. Salomé lui avait dit qu'elle possédait un don. Était-ce celui de voyance ? Souvent, les Gitanes comme elle lisaient l'avenir dans les cartes, mais les prédictions s'avéraient aléatoires. Ah, si François l'aimait comme elle l'aimait !

Ils se parlaient à peine. Il n'y avait que des regards. François était déchiré en deux. Une part pour Maria, l'autre pour Dolorès. Quelle part allait un jour détruire l'autre ? Il ne savait pas. Maladroit, il lui demanda si elle avait soif. Elle dit oui. Ça permettrait de rester encore un peu ici.

Il lui servit un grand verre de limonade.

« Comme on peut être maladroit », pensait Hermance en les voyant. Un verre de limonade pour fêter des retrouvailles ! Des gamins, simplement des gamins, mais ils étaient attendrissants. Malgré toute la largesse d'esprit qu'avait la Mastroquette, elle comprit que ces deux-là ne vieilliraient pas ensemble. Pourquoi ? Si elle remarquait un véritable émoi chez Dolorès, elle n'arrivait pas à voir le même chez François. Elle le sentait ailleurs. Par contre, Francis avait les yeux rivés sur Dolorès. Il ne put s'empêcher de dire à Hermance qu'il oubliait qu'elle était gitane.

— Elle est si belle. Tu as vu ses mains, Hermance ? Elles sont fines. Belles. Regarde-la marcher, elle avance en levant légèrement le talon. On dirait qu'elle va s'envoler. Quel dommage !

— Quel dommage de quoi ?

Francis soupira.

— Qu'elle soit gitane.

Hermance éclata de rire. Comme si la nature avait réservé la beauté aux femmes du pays et laissé pour compte les autres. Elle le titilla :

— Elle te plaît ?

Il sourit, gêné. Soupira. Il comprenait que cette fille n'était pas pour lui, ça se voyait dans ses yeux. Elle ne regardait que François. Bien sûr, elle lui plaisait.

François raccompagna Dolorès à la gare. À leur passage, les rideaux bougeaient aux fenêtres. Demain, tout le village serait au courant, François se promenait avec une fille qui semblait être gitane. Sur le quai de la gare, Francis les rejoignit. Expliqua qu'il travaillait de l'autre côté des voies, dans les ateliers de réparation.

Dolorès reviendrait avec Diégo et Salomé dans quelques jours, ils avaient terminé le rempaillage des chaises. Peut-être y avait-il un emplacement qui pourrait recevoir leur roulotte quelques jours ?

— Ici, dit Francis, les Bohémiens se mettent à côté du lavoir.

— Je ne suis pas bohémienne, je suis tzigane, lui lança-t-elle d'un ton ferme.

Il s'excusa d'un haussement d'épaules. Il ne faisait pas la différence. Dolorès lui sourit, ça n'avait aucune importance. De toute façon, puisqu'il était ami de François, c'était un gadjo bien. Gadjo ? C'était quoi ce machin ?

François lui promit de lui expliquer, mais plus tard. D'accord ?

Francis comprit et s'éloigna en souriant.

Restés seuls sur le quai de la gare, ils se promirent de se revoir bientôt. François ne quitta la gare qu'une fois le train au loin. Dolorès, penchée à la fenêtre, s'éloignait de celui qu'elle aimait. Elle aurait tellement voulu rester avec lui ce soir.

Le soir, Dolorès ne put s'empêcher de raconter son escapade.

— Tu sais, Cacou, on pourra aller le voir, j'ai demandé, ils ont un coin pour nous dans ce village, à côté d'un lavoir.

Diégo se figea. Le lavoir. Il y avait pensé dès le début, lorsque François avait parlé de son village. De sa famille.

Le lavoir. Était-ce celui où il avait tout perdu un soir où la méchanceté avait détruit ses rêves ? Il y avait des lavoirs dans chaque village, comment savoir ?

— Nous partirons la semaine prochaine, dit-il.

Et il s'éloigna vers le bassin proche.

La marée montait. Des vaguelettes chantaient en attaquant doucement le rivage. Elles envahiraient les terres. Les mottes d'ajoncs. Rien ne leur résisterait. Aussi fort que ces vagues, le chagrin monta dans la poitrine de Diégo. À l'étouffer. Lui qui avait chassé ces souvenirs, ils lui sautaient au visage à cause d'une rencontre due au hasard. Quelles forces guidaient ce hasard ? Il ne savait pas.

XIX

AUGUSTIN RAMBERT fut abasourdi par la nouvelle que lui porta son fils : François avait acheté le bistrot de la Mastroquette. Avait-il bien compris ? Oh que oui ! Même que ça l'avait mis dans une colère noire et qu'il était parti sans boire. Comme il l'avait dit à son père : « Je n'allais quand même pas donner de l'argent à ce voleur de fille. » Avec quoi avait-il pu acheter ce commerce ? L'argent ? Vu qu'il fréquentait les Gitans, il y avait une Gitane dans le bistrot qui faisait copain-copain avec lui, si ça se trouve, il venait d'un trafic douteux. Quelle incroyable nouvelle ! Ça dépassait l'entendement.

Augustin se rendit aussitôt chez Félicien pour lui annoncer la nouvelle et lui dire son inquiétude. Le berger, dans son commerce, allait être au centre du village. Au centre de toutes les nouvelles. Le plus inquiétant était Maria. Comment allait-elle réagir, à son retour, si elle avait son berger sous les yeux tous les jours ? Félicien n'en crut pas ses oreilles. Le départ du berger l'avait soulagé d'un poids, il espérait que ce maudit berger se perdrait sur les chemins de Compostelle, comme beaucoup. Le chemin n'était pas si sûr que ça, certains n'en revenaient jamais. Restait une question importante, avec quel argent l'avait-il acheté ? Qu'avait-il fait durant son absence de plusieurs mois ? Compostelle n'était-il pas qu'un prétexte ? Et cette Gitane qui avait été vue chez la Mastroquette avec lui et qu'il avait raccompagnée jusqu'à la gare, tout le monde l'avait vue, que faisait-elle ici ? Maria ne reviendrait pas de sitôt, donc le danger n'était pas imminent.

— Et lorsqu'elle reviendra, avec l'instruction qu'elle aura reçue, elle n'aura pas envie de se marier avec un berger. Il ne serait pas à sa hauteur, dit fièrement Félicien.

Augustin Rambert fut troublé par cette réponse. Est-ce que Félicien pensait que Jacques était à la hauteur nécessaire ou pas ?

— Lui, ce n'est pas pareil, répondit évasivement Félicien. Il lui est promis, c'est différent.

Ce qu'Augustin n'imaginait pas, c'est que Félicien s'était entretenu longuement avec Me Maigret, le notaire, après la signature des actes avec Jules Marian. Il avait pris cette décision car, tout bien réfléchi, avec l'importance qu'il allait prendre, grâce à son ascension au niveau des ayants pins, le premier adjoint entrait moins dans ses projets. Il ne s'était jamais fait d'illusions, Jacques était un bon parti, mais pas un bon garçon. Peu importait, ce mariage aurait servi ses projets. Mais maintenant qu'il avait des adresses, avec les conseils du notaire, la situation risquait de changer. Parce qu'à bien y réfléchir la conduite de cet ivrogne de Jacques finirait par le gêner. Après tout, aux prochaines élections municipales, le maire ne se représentant pas, Félicien se sentait tout à fait capable de prendre la suite, sans avoir recours à Augustin Rambert. Il avait doublement protégé ses arrières en rencontrant le notaire, en passant en revue les riches propriétaires de la commune, et surtout des communes environnantes. Pour choisir un gendre, Félicien le choisirait plutôt à l'extérieur de la commune. Comme ça, il ne se froisserait avec aucune famille d'ici. Le mariage avec Jacques Rambert ne se ferait pas, contrairement à ses engagements ? Félicien était serein, sa parole ne serait pas mise en cause, c'était le choix de sa fille. Tout le monde savait qu'elle refusait le fils du premier adjoint. Donc il aurait la conscience parfaitement tranquille. Mais, pour l'instant, Augustin Rambert ne devait se méfier de rien. Félicien devait continuer à donner le change, et il le ferait avec un réel plaisir. Dans un premier temps, il allait se mesurer avec le nouveau patron du bistrot, qui était déjà son ennemi juré. Après, il verrait.

— J'irai le voir, ce berger du diable. J'irai le voir pour lui dire ce que je pense de lui. Pour lui dire qu'il aura intérêt à se tenir tranquille et à ne plus courtiser ma fille.

Il irait, oui. Cependant, il n'oubliait pas que Jules Marian aimait bien son ancien berger et qu'il devait se réjouir de son nouveau départ. Et Félicien ne voulait pas fâcher celui qui avait bien voulu lui vendre un morceau de sa propriété. Tout était signé, mais bon, il avait besoin d'organiser la campagne de gemmage qui arrivait et il n'oubliait pas non plus que le résinier de Marian s'appelait Marcel Hostein. S'il bousculait un peu trop le fils, le père ne l'entendrait pas de cette oreille. Même si Félicien n'appréciait pas le bossu, pour cette campagne, il n'avait pas d'autres options que lui, les bons résiniers ne se trouvaient pas d'un claquement de doigts. Certes, il y en avait, mais il fallait reconnaître que le bossu était le meilleur. Au sifflement du *hapchot* coupant les *galips*[1], fins comme de la dentelle, on savait que c'était lui. Il était devenu un artiste en ce domaine, alors se priver de lui eût été dommage. Donc il fallait ménager tout ce beau monde et attendre des jours meilleurs.

Augustin sortit de cet entretien désappointé. Connaissant Félicien, il s'attendait à le voir partir sur-le-champ chez la Mastroquette et régler son compte à ce maudit berger. Mais là, rien que de la retenue chez celui qui était connu pour ses colères vives. Il rentra chez lui et se dit qu'il allait être obligé de calmer son fils, ce qui n'allait pas être simple.

*
* *

Jacques ne décolérait pas. Il en voulait à tout le monde. Non, il ne se calmerait pas. Félicien ne voulait pas régler cette affaire ? Pas très courageux, le bonhomme, puisque c'était ainsi, il le ferait lui-même. Cette espèce d'engeance de berger ne devait pas avoir pignon sur rue. Les Hostein n'allaient quand même pas se trouver en première ligne dans ce village où ils n'avaient jamais eu d'importance, à part le fait de donner un bâtard et un voleur de fille promise ! Qui sait ce qu'ils avaient promis à la

1. Galips : *fines lamelles de bois taillées sur la care par le* hapchot.

Mastroquette pour qu'elle accepte de lui vendre son bistrot ? Comme la famille était bien avec la recommandayre, si ça se trouve, elle l'avait menacée de quelques sortilèges. C'était courant dans ces campagnes. Pour obtenir certaines choses, ils avaient vite fait de jeter un sort.

— Moi, je n'y crois pas, disait-il, mais la vieille, va savoir.

Le but était simple, il fallait à tout prix discréditer François du bossu dans le village. Jacques avait sa petite idée sur les moyens employés par son concurrent pour gagner de l'argent. Il était certain que cette Gitane était pour quelque chose dans cette affaire. S'il avait pu s'offrir un achat pareil, c'est que pendant son absence il avait dû faire un coup fourré avec ces satanés Gitans et voler de l'argent. Ce n'était pas son travail de berger qui lui avait permis de faire fortune. Et Maria, que ferait-elle quand elle apprendrait son retour au village ? Une idée germa dans sa tête. S'il allait la voir à Bordeaux ? Il se ferait passer pour son fiancé et, s'il parlait avec elle, il saurait au moins ce qu'elle pensait. Que le père ne soit pas assez ferme pour se charger du berger l'inquiétait un peu. Ou était passée sa belle détermination pour que ce mariage ait lieu ?

Pour l'instant, il fallait annoncer la nouvelle en laissant planer un doute, distiller des silences, des sous-entendus. L'imagination des gens ferait le reste. Il pouvait aussi compter sur sa bande de copains. À eux seuls, par leurs cris, leurs vociférations, leurs blagues lourdes, ils pourraient rendre le bistrot du berger infréquentable. Quand même,

Jacques en voulait à Félicien. Il savait qu'il ne le portait pas particulièrement dans son cœur et que proposer sa fille à son père n'était pas sans intérêt. Quel jeu Félicien jouait ?

*

* *

Maria était loin de tous ces événements. Elle se complaisait dans les études. Elle était curieuse de tout. S'intéressait à tout. Seul le côté religieux, elle devait tenir ça du comportement de son père, la rebutait un peu. Néanmoins, pour passer inaperçue, elle apprenait sans sourciller, même si certaines idées la faisaient sourire. Mais Maria ne voulait pas que l'abbé Despeyroux soit fâché de ce comportement, elle lui devait trop. Aucune nouvelle du village ne lui parvenait, mais elle pensait très souvent à François. Ou en était-il de son pèlerinage ? Quelles difficultés avait-il rencontrées ? Aujourd'hui dimanche, après les vêpres, c'était l'instant de détente. Elle l'appréciait. C'était le moment où elle pouvait rêver. Penser à François. Imaginer l'avenir. Quelle vie auraient-ils plus tard ? Un doute l'assaillait, toujours le même, est-ce qu'il accepterait qu'elle soit institutrice ? Plus instruite que lui ? Il accepterait qu'elle quitte sa lande ? Ses moutons ? Bien sûr, elle lui expliquerait que ce n'était pas pour être plus cultivée que lui. Ce départ, elle n'avait fait que subir la décision de ses parents, mais que, grâce à l'abbé Despeyroux, cette « punition » s'était transformée en avantage, celui d'être libre de faire ce qu'elle voudrait, puisqu'elle ne sortirait de ce pensionnat qu'à sa majorité et pourrait se marier sans contrainte. Il lui restait quelques années mais, à côté de la longue vie qui les attendait, ils devraient être patients, ça valait la peine. Quand il lui avait annoncé qu'il devenait propriétaire terrien, elle avait senti l'orgueil de son père. Avait souri. Il avait sans doute pris ce sourire pour de la satisfaction, mais avait vite compris qu'elle se moquait de ces choses. Il ne s'était pas trompé, elle ne pensait qu'à François. Qu'à leur mariage. Qu'à cette lande où les enfants qu'ils auraient pourraient courir en jouant. Que lui importaient les pins ? Que lui importait le statut social ? Seul leur bonheur comptait. Demain lundi, elle retrouverait Odile, sa meilleure amie. Elles étaient proches, mais Maria ne lui avait pas parlé de François ni des raisons de sa présence dans ce pensionnat. Ça restait privé et Maria était très discrète là-dessus. Lorsque ses copines parlaient, discrètement, loin des oreilles des sœurs, de leurs petites amours, Maria ne se confiait jamais.

Deux fois par mois, ses parents venaient chercher Odile, ils habitaient dans un village proche du sien, elle rapporterait quelques nouvelles du pays. C'était toujours amusant de savoir ce qui s'y passait, même si rien ne bougeait et ne changeait vraiment.

À la récréation de 10 heures, Odile était tout excitée. Elle avait appris de sacrées nouvelles de Lacanau. Outre la vente des terres de Marian qui était devenue officielle, une autre nouvelle avait bouleversé le pays. Un berger, qui avait fait le pèlerinage de Compostelle, était revenu au pays, il changeait de métier et devenait patron du bistrot local. Maria blêmit. François ? Odile connaissait le nom de ce berger ? Il y en avait plus d'un dans le pays. Odile manquait de précision, mais ajouta que celui-là avait essayé de briser un couple de fiancés et s'était presque échappé sur le chemin, sans doute pour éviter des représailles. À la description, Maria n'eut aucun doute. Comprit qu'il s'agissait bien de François. Si elle était contente de savoir qu'il était revenu au village, c'était quoi cette histoire de bistrot ?

— D'après ce qui se raconte, on l'aurait vu en compagnie d'une Gitane.

Prétextant un besoin pressant, bouleversée, Maria se réfugia dans une classe. À la reprise des cours, elle avait les yeux rougis, ce qui inquiéta sœur Marguerite, son professeur de français.

— Mauvaise nouvelle, Maria ?

Non. Sûrement un rhume qui arrivait et qui l'avait fait éternuer et avait embué ses yeux. Rien d'autre.

La sœur ne fut pas dupe, il était évident que Maria avait pleuré. Sans doute un instant de cafard. Il était vrai qu'elle ne voyait pas souvent sa famille. Maria avait besoin de se sentir bien pour poursuivre ses études. Le moindre souci ou ennui pouvait contrarier la bonne marche des études. La sœur en avait vu d'autres partir, à cause de l'éloignement de leur famille, et la maison ne tolérait pas de baisse de niveau.

Elle décida de leur envoyer un mot, les invitant à venir lui rendre visite ou à venir la chercher. Passer un dimanche avec eux lui ferait le plus grand bien, c'était dans son intérêt. Ce serait bien qu'elle se revigore en famille, elle en avait besoin.

*
* *

Dolorès était contente. Depuis hier, ils avaient pris la route vers Lacanau. Elle ne comprenait pas pourquoi Diégo était nerveux et silencieux. Salomé avait ses airs des mauvais jours et se taisait elle aussi. Malgré les questions, les commentaires pour essayer de détendre l'atmosphère, Dolorès n'arrivait pas à leur faire dire un seul mot. Elle ne comprenait pas pourquoi. Rien ne les avait dérangés ces jours derniers, au contraire. Lorsqu'ils passaient dans la région, ils avaient l'habitude de camper à Arès, et les gens qui les connaissaient les avaient bien accueillis et leur avaient donné du travail. Dolorès s'était aventurée à demander s'ils trouveraient le même accueil à Lacanau, Salomé avait répondu d'un ton sec qu'elle n'y avait jamais mis les pieds. Diégo, lui, n'avait pas répondu.

Après une longue ligne droite et monotone, à l'entrée du bourg, ils s'étaient arrêtés sur un terrain vague, mais propre. Sur le bord d'un ruisseau où coulait une eau parfois rougeâtre, un lavoir avait été bâti récemment. Une pente empierrée, abritée d'un toit en bois recouvert de tuiles creuses, permettait aux lavandières de s'avancer jusqu'à l'eau, de poser leur linge et de le rincer. Au regard qu'avait Diégo, Dolorès se remémora son histoire. Se remémora ce fameux jour où son rêve s'était brisé. C'était ici ? Elle ne savait pas. Autrefois, lorsqu'elle l'avait entendu raconter, elle avait bondi. La Gitane était farouche et elle avait décidé que plus tard elle vengerait son Cacou. Ses parents avaient eu du mal à la calmer, lui disant que le passé restait le passé et qu'on traînait les conséquences de ses actes tout au long de sa vie. Et puis le temps avait calmé ses colères, Diégo ne cherchait aucune vengeance, et Salomé encore moins. Elle avait sans doute compris que son mari n'avait jamais oublié son premier amour, et elle ne tenait pas à ce qu'elle le retrouve. Le temps était passé, cette crainte avait disparu avec l'âge. Ils étaient trop vieux pour refaire quoi que ce soit. « Les rancunes ne servent à rien », disait Salomé. Pourtant, elle avait souvent vu, quand elle lisait dans les lignes de la main, que le passé était capable de vous sauter au visage.

Maintenant, la mule, détachée de la roulotte mais tenue par une longue longe, après s'être rassasiée d'eau dans le ruisseau, pacageait dans l'herbe fraîche. Diégo avait ramassé du bois mort dans le bois voisin et préparait un feu pour cuire le repas du soir. Dolorès avait l'envie folle d'aller rejoindre François qu'elle savait proche d'ici. Diégo la calma. Ils iraient demain.

Elle eut le sentiment qu'il repoussait ce moment. Ne comprit pas pourquoi. D'un regard, elle questionna sa grand-mère, celle-ci lui fit signe de ne rien demander.

*

* *

En lisant le courrier de la mère supérieure, Félicien et Madeleine furent assez surpris. Que se passait-il ? Maria réclamait ses parents ? Ce serait bien qu'elle passe un dimanche en famille ? Ça cachait quoi ? Était-elle malade ? Impossible, Maria était d'une santé robuste. Lacanau lui manquait ? Sans doute un peu, mais la dernière fois qu'ils s'étaient vus, ça s'était plutôt mal passé, alors pourquoi ? Avait-elle appris que ce bougre de berger était revenu ? Qu'est-ce qu'elle avait encore comme lubie ? À moins que la leçon de son père sur l'importance qu'il prendrait avec sa toute nouvelle propriété l'ait fait changer d'avis ? Elle acceptait ce mariage ? « Si c'était le cas, avait dit Madeleine, si elle veut se marier, même pendant le mois des fous, on acceptera. »

Félicien pensa que Madeleine n'avait pas tort. Tant pis pour le qu'en-dira-t-on. Elle avait raison, il faudrait accepter. De toute manière, ce que pensaient les gens n'avait aucune importance pour eux. Et même s'il était moins chaud pour ce mariage avec ce jeune prétentieux, qui ne brillait que parce que son père était premier adjoint, ça ne l'empêcherait pas de poursuivre sa route vers les honneurs de la mairie.

C'était d'accord, samedi prochain, ils iraient la chercher. Ils reviendraient à Lacanau le dimanche par le train de 6 heures du soir.

Gare Saint-Louis, des gens couraient sur les quais, traînant des valises d'une main, parfois aussi des enfants criards, tout à la joie de monter dans un train. Plus modérés, d'autres, sans doute habitués, montaient calmement. Des hommes en habits et des dames chapeautées montaient dans des voitures de première classe. En les voyant, Félicien pensa qu'un jour, avec sa femme, ils seraient comme ces gens-là. Après trois grands coups de sifflet autoritaires, donnés par un chef de gare en uniforme et casquette à bords blancs, le convoi pour Soulac et Le Verdon s'ébranla. Celui de Lacanau partirait dans quelques minutes. Une voix retentit.

— Mais c'est Félicien Tastet !

Félicien se retourna.

— Monsieur le maire, quel plaisir de vous rencontrer ! Vous étiez en ville ?

— Oui, dans les bureaux de M. Pierre Ortal, dit-il avec satisfaction. Cet homme est prodigieux.

Roger Lambert avait reçu en mairie Pierre Ortal, qui lui avait annoncé sa volonté de créer une station sur le bord de l'océan. Cette idée avait, d'emblée, plu au maire. Roger Lambert aimait le progrès. Il avait réussi à ce que les ateliers, le dépôt de la Société des chemins de fer, s'installent dans sa commune, qui était devenue la plaque tournante de l'industrie du bois et de la résine, grâce à cela. Avec les emplois du chemin de fer, il avait doublé sa population. Alors toute idée nouvelle lui plaisait, et ce Pierre Ortal savait présenter les choses. Il prévoyait des hôtels, des maisons de luxe, et même un casino ! Comment ne pas le suivre dans ses projets ?

— J'étais dans ses bureaux, et il m'a montré le plan d'un lotissement, dressé par Pierre Durand et Jean Bonnamy. Par ailleurs, Émile Faugère, ingénieur spécialisé dans la construction de voies de chemin de fer, doit nous présenter dans l'été le plan de la future voie de chemin de fer qu'ils appellent voie de chemin de fer d'intérêt local, qui reliera Lacanau à l'océan. Extraordinaire, mon cher Félicien ! Et n'oubliez pas qu'en tant que conseiller vous aurez droit à votre part de bravos, car vous avez voté, et vous voterez pour tous ces aménagements résolument modernes.

Félicien acquiesça et affirma qu'il se réjouissait de ces changements. En réalité, il n'y croyait pas. Ils allaient au-devant d'un fiasco total. Ces rêveurs, une fois leurs projets envahis sous les eaux ou le sable, comprendraient que Lacanau n'avait pas besoin de cela.

— Au fait Félicien, nous sommes en avril et, pour préciser ce projet, je voudrais faire une réunion d'information pour la population dans un mois ou deux. Mais, comme la mairie est trop petite pour recevoir du monde, je demanderai à la Mastroquette de nous prêter sa grande salle. Après la réunion, nous pourrons offrir un verre à la population. D'autant que j'ai appris avec plaisir que le fils de Marcel avait acquis ce bistrot. Un jeune du pays, c'est très bien. Tu ne trouves pas ? demanda-t-il avec un air ironique.

Félicien s'entendit répondre qu'effectivement c'était bien.

Roger Lambert était au courant de tous les bruits qui circulaient dans sa commune. Il savait aussi que Félicien, en privé, disait du mal de lui et n'hésitait pas à dire qu'il espérait lui ravir la place de maire l'an prochain. Il estimait que ce maire, pourtant issu de la terre, favorisait beaucoup trop les projets de Pierre Ortal et de sa troupe d'architectes.

— Allez Félicien, je vais m'asseoir à l'avant de la micheline et dormir un peu, la journée a été pas mal arrosée.

Il laissa Félicien en plan sur le quai.

Maria n'en crut pas ses oreilles. C'était donc vrai. François était de retour. Patron de bistrot ! Incroyable ! Mais cette Gitane ? Il lui tarda d'être à Lacanau. Ces deux jours risquaient d'être animés.

XX

MARCEL ET GERMAINE étaient heureux. Inquiets, mais heureux. Leur fils s'installait dans cette affaire, la Mastroquette avait vraiment été extraordinaire pour lui. Et ce « sou » du moussu avait tenu ses promesses. Incroyable ! Qui aurait pu penser que c'était possible ? C'est vrai qu'ici on s'attachait à ces petites choses qui semblaient être de la superstition, mais en réalité c'était le fol espoir que la chance frappe un jour à votre porte, et cette chance avait pour nom Hermance. Tous savaient qu'elle aimait bien ce garçon. Elle avait d'ailleurs pris sa défense contre Jacques Rambert. La semaine dernière aussi, alors qu'il voulait imposer sa loi dans le bistrot. Elle n'avait pas de descendance, c'était sans doute sa raison. Ils étaient heureux pour François, eux ne lui laisseraient rien, ils n'avaient rien. Ils avaient souffert pour lui à cause des médisances, mais savoir que beaucoup l'appréciaient les tranquillisait, et ils espéraient que ceux-là seraient aujourd'hui les plus nombreux.

Marthe aussi était heureuse. Son petit-fils ne courrait plus la lande par tous les temps. Il quittait son métier de vagabond. C'était bien, elle le verrait plus souvent. À la nouvelle, son moral s'était amélioré. D'ailleurs, demain dimanche, François les avait invités à venir déjeuner avec lui. Il voulait leur montrer son bistrot, comme il disait. La Mastroquette se faisait une joie de les recevoir. Pour elle, c'était comme une réunion de famille, chose qu'elle n'avait jamais vraiment vécue. Le travail les avait accaparés, elle et son mari. Il fallait réussir les affaires, pas le temps d'élever des enfants. Le temps était passé très vite, trop vite. Quand ils pensèrent à fabriquer un héritier, Hermance ne put enfanter. Ils se firent à cette idée.

À l'invitation de son fils, Marcel avait un peu renâclé. Le bistrot n'était pas son lieu favori. Voir du monde ne lui plaisait qu'à moitié, sa solitude lui convenait parfaitement. Ce qu'il craignait surtout, c'était de se retrouver nez à nez avec certains calomniateurs qui s'étaient moqués de lui autrefois, et ensuite de son fils. Sa crainte aussi, c'était que les mêmes ne manqueraient pas de critiquer le moindre faux pas du nouveau Mastroquet. Ils le pisteraient. Chaque parole serait jugée, décortiquée, comme savaient si bien le faire ceux qui n'avaient fait d'autre choix que de suivre un chemin facile sans prendre de risques ou de responsabilités.

Marcel Hostein avait toujours du mal à comprendre ce changement de vie qu'avait pris François. Qu'en pensait Maria ? Est-ce qu'elle le savait ? À la question, François était resté évasif. Il ne parlait plus vraiment d'elle, et ça inquiétait ses parents. Germaine avait vu la recommandayre. Amélie savait tout de ce village, avait-elle entendu quelque chose ? Pas grand-chose, sinon que la semaine dernière Jacques s'était fait remettre en place par la Mastroquette et François. Le soir même, on l'avait vu accompagner une jolie fille aux allures de Gitane à la gare. Une Gitane ? La recommandayre rassura Germaine. Sans doute une rencontre faite sur le chemin. N'avait-il pas déjà fait connaissance d'un homme qui revenait de Compostelle ? C'était sans doute pareil. Une rencontre de hasard. Ils étaient nombreux à faire le chemin.

Donc demain, après la messe, ils iraient chez François. Marcel s'y rendrait directement. La messe, lui...

La cérémonie achevée, les femmes s'égailleraient chez les commerçants autour de la place de l'église. Aujourd'hui dimanche, Maurice Déjean, le boucher, vendrait quelques belles entrecôtes, tandis que Pierre Lagune manquerait de choux à la crème ou de babas au rhum. On les disait les meilleurs de la contrée. Bien trop occupés par les travaux des champs ou des pins les autres jours de la semaine, les gens des villages, situés à quelques kilomètres du bourg, profitaient de ce jour pour faire des courses. Ils s'y rendaient à bicyclette, à pied, ou, comme le père Digneau, qui venait depuis les Andrauts, en attelage de vaches rouges tirant une charrette sur laquelle il y avait un petit barricot. Tandis que sa femme dirait des prières, il irait le faire remplir de vin chez Dubois. Ils en profiteraient pour trinquer au cul de la barrique. Pour les grandes fêtes, certains restaient déjeuner chez des amis ou dans la famille. Les femmes pouvaient ainsi assister, vers 4 heures du soir, aux vêpres, tandis que les hommes jouaient au billard ou aux cartes dans les bistrots du bourg, attendant la fin des litanies.

Mais ce qui comptait, aujourd'hui, c'était de vérifier ces bruits qui leur étaient parvenus grâce au facteur : Félicien aurait acheté les terres de Marian, et le fils du bossu serait devenu propriétaire du bistrot de la Mastroquette. C'était le genre de nouvelles qui intéressaient tout le monde. De surcroît, on connaissait les histoires entre Félicien et le berger à cause de Maria, sa fille. Ça avait fait assez de bruit il y a quelques mois. Alors il serait bon d'observer. Et le dimanche était le jour parfait pour ça. Les hommes au bistrot, les femmes chez les commerçants, on saurait.

Pour le plus grand bonheur des clients, les commerçants savaient. Ce dimanche, le seul à ne pas évoquer le berger et Félicien était le curé. Il semblait planer au-dessus de la mêlée. La curiosité les titillant, les femmes avaient écouté son sermon d'une oreille distraite, en le trouvant beaucoup trop long. Il faut avouer qu'il profitait du dimanche pour exprimer tout ce qu'il ne pouvait pas dire en semaine. La plupart allaient à la messe par habitude, par éducation et par respect pour ce curé qu'ils aimaient bien. Mais bon, dans ces villages, le curé était comme l'instituteur, il apprenait quelque chose aux enfants et, après, chacun faisait sa vie à sa façon. L'un préparait au certificat d'études, l'autre à la première communion. Ensuite, c'étaient le mariage et les obsèques. Entre les deux, on faisait comme on pouvait.

Au moment de l'*Ite missa est*, l'église se vida d'un coup. Les quelques hommes rejoignirent les autres au bistrot, les femmes s'éparpillèrent chez les commerçants. Maurice Déjean avait son sourire du dimanche. Il aimait que les gens le voient couper, trancher, parer la viande. Sa femme, qu'on appelait Mme Maurice, derrière son petit comptoir, encaissait. Le temps de ficeler un joli rôti de bœuf, Maurice expliqua pourquoi Félicien avait acquis les terres de Jules Marian. Ses gendres l'y avaient poussé pour acheter au Crohot du marin. Les commentaires fusèrent aussitôt : ce pauvre homme était fou. Des maisons au bord de l'océan ? N'importe quoi. Personne n'irait construire là-bas.

— Pourtant, le maire y croit, lança Mme Maurice, il a signé les papiers.

— Ah, ce maire, lança Henriette, vivement l'an prochain qu'on en change.

— Justement, poursuivit Célestine, il paraît que Félicien veut la place. Ah, c'est pour ça qu'il veut devenir propriétaire terrien. Il se place !

Tout était dit.

Par contre, si pour Félicien tout devenait plus clair, ça l'était moins pour François Hostein. Mais enfin, commerçant le fils du bossu ? Il ne saurait jamais. Il n'était pas fait pour ça.

— On ne tient pas un bistrot comme on tient un troupeau de tioque, affirma Céleste.

Colette prononça la question que tout le monde se posait :

— Où a-t-il bien pu trouver l'argent ? On sait que sa famille…

La femme du chef de gare prit un air de je-sais-tout, plissa les yeux, leva la tête et dit :

— L'autre soir, mon mari l'a vu sur le quai de la gare avec une Gitane. Elle a pris le train pour le bassin.

Des « oh » d'étonnement et de méfiance s'ensuivirent. Avait-il l'air de la connaître ?

— Bien sûr, il lui a tendu la main.

— Ça, c'est mauvais ! s'exclama Pierrette qui avait pourtant communié ce matin. Oui, c'est très mauvais ! Si ça se trouve, l'argent lui vient d'une sale histoire, avec des femmes de mauvaise vie ! Pas étonnant. Il a de qui tenir. Rappelez-vous sa grand-mère.

Un peu plus tard, après que les femmes eurent raconté chacune à leur manière, Félicien était le futur maire, tandis que François avait sur les bras une affaire de femmes pas très honnêtes, même que peut-être il était souteneur.

En un instant, le village, d'habitude calme et serein, par manque d'information, par procès d'intention, par bêtise, se donna le droit de fabriquer sa version, sans se soucier des conséquences possibles.

*
* *

Lorsque Marcel Hostein entra dans le bistrot, François l'accueillit avec effusion, heureux d'associer son père à sa joie d'être patron, comme il disait. Tous les clients se retournèrent. Le bossu se faisait rare, et le voir dans un endroit public relevait de l'exploit. Quelques « bonjour Marcel » fusèrent. D'autres, cigarette accrochée au coin des lèvres, en signe de bonjour, soulevèrent le coin de leur béret vissé sur la tête. Marcel, ne se sentant pas du tout à l'aise, répondit d'un sourire gêné. D'un hochement de tête. Il était cent fois mieux dans ses pins avec le chant des cigales. Vivement ce soir qu'il rentre chez lui. Par contre, Marthe, sa mère, et Germaine étaient particulièrement heureuses. Marthe avait le sentiment que, grâce à son petit-fils, elle regagnait dans le village la place qu'elle y avait perdue autrefois, à cause de son état de fille mère. Tous l'avaient prise pour une dévoyée. Être fille mère n'était pas tolérable. Quand ça arrivait, il fallait se marier vite, pour éviter les critiques. Elle n'avait pas pu, son fiancé de passage, comme elle l'avait souvent dit, n'était pas réapparu. Comment aurait-il pu ? Il ne la savait pas enceinte. Ils s'étaient aimés fortement et le destin les avait séparés. Le seul qui l'avait aidée dans ces moments difficiles avait été l'abbé Despeyroux. Il avait même demandé à ses paroissiens, un dimanche en chaire, certains s'en souvenaient, de se calmer et d'arrêter leurs médisances. Elle s'était confessée, et lui seul connaissait la vérité. Alors, quand Marcel était né, en plus bossu, les hommes du village avaient détourné leurs regards de Marthe, qui était restée célibataire. Quant aux femmes, à part quelques-unes, elles avaient déversé leur bile sur cette fille de rien. Ses parents en avaient souffert et, en gens simples, avaient gardé leur fille et aimé leur petit-fils, même si Antoinette, sa mère, lui avait dit tristement en découvrant la bosse du bébé que c'était une punition du bon Dieu. Alors Marthe s'était faite discrète pour ses courses, elle s'était faite discrète pour toute sa vie. Son dur travail de journalière, dans les champs des autres, lui permettait d'être solitaire. En ça, elle reconnaissait bien François, son petit-fils, qui aimait tant la solitude. Marcel avait grandi sous les quolibets, et sa mère l'avait aimé plus que tout. Plus tard, Germaine l'avait sorti de sa solitude, ç'avait été une bénédiction. Marthe adorait cette femme qui n'avait pas eu peur d'aimer un bossu. Alors aujourd'hui, franchir la porte de la Mastroquette avec sa famille, et chez son petit-fils, était un grand moment de bonheur. Presque une revanche, même si elle n'aimait pas ce mot. Elle rompait la solitude de toutes ces années passées à attendre un peu de bonheur.

*
* *

Le bistrot de la Mastroquette était plein. Hermance servait, François servait, et tous les regardaient. Les hommes étaient comme à un jour de foire, en train de jauger le bétail ! Certains, déjà, faisaient des paris. Le berger ne tiendrait pas à ce rythme. Ça le changeait trop de la garde de ses moutons. D'autres affirmaient qu'il s'y prenait bien et qu'Hermance avait bien choisi son successeur. Hermance souriait, tout à son plaisir, François se débrouillait très bien. Il faut dire qu'elle avait passé la semaine à tout lui expliquer : les différents apéritifs : anis et vin cuit. Les mélanges d'alcool avec d'autres, comme le mandarin-curaçao ou le goudron-citron. Les digestifs aussi, souvent appelés par autre nom que celui marqué sur la bouteille, comme le Barbu, en réalité, le Kermann. Mais comme son étiquette jaune était ornée du célèbre moine barbu, inventeur de cette boisson, il avait vite été baptisé ainsi.

Distribué par la maison Cazanove de Bordeaux, il y avait même écrit sur l'étiquette que cette liqueur était due au plus grand hygiéniste de France ! Le fond de culotte, aussi, qui était une Suze-cassis. Pourquoi ce surnom ? s'était amusé François. Tout simplement parce qu'un fond de culotte ne s'use qu'assis ! Chaque apéritif était servi dans un verre différent. On ne servait pas les vins cuits, verre à pied évasé, dans un verre de Pernod, moins ouvert, qui recevait une cuiller ajourée pour poser le sucre qui fondrait lentement chaque fois qu'on y versait un peu d'eau. La plupart étaient marqués d'un trait rouge qui servait de mesure pour une dose d'apéritif. Il fallait aussi savoir gérer l'ardoise placée bien en évidence, à la vue de tous, sur le haut de la desserte derrière le comptoir, où l'on marquait à la craie les noms des clients qui buvaient à crédit. Un moyen sûr pour être payé rapidement, afin de ne pas être traité de mauvais payeur par les autres clients. Personne n'aimait rester longtemps sur l'ardoise ! Hermance servait les verres sur une soucoupe. Autant de verres consommés par un client, autant de soucoupes, et, au moment de la note, il suffisait de compter les soucoupes. Au bout d'une semaine, les doses, les prix, les habitudes des uns et des autres, le fonctionnement du billard dans la salle voisine, enfin tout ce qu'il fallait savoir pour tenir le bistrot, François l'avait emmagasiné, et il s'en tirait très bien. Le plus délicat fut de tenir le plateau de service, garni de verres et de deux bouteilles, de la main gauche. Après s'être fait peur deux ou trois fois et avoir fait rire Hermance qui s'amusait de cette maladresse, il prit le coup, trouva son équilibre et vainquit sa peur. Par contre, on le sentait tendu, craignant de se tromper et, surtout, d'apparaître comme un berger qui aurait dû rester dans sa lande natale. Il avait troqué ses sabots pour une paire de sandales, et sa pelisse de laine contre un tablier bleu avec une large poche sur le devant, dans laquelle il y avait un chiffon pour essuyer les tables. Un autre torchon sur l'épaule lui permettait d'essuyer les verres qu'il fallait laver dans le bac en zinc du comptoir. On aurait dit qu'il avait fait ça toute sa vie.

Petit à petit, les gens finirent par s'habituer à ce nouveau patron, et le nouveau patron à ses clients. Les conversations allaient bon train et les affaires marchaient bien. Parfois, une femme tapait fort au carreau, et un homme sortait, ayant reconnu l'appel autoritaire de son épouse. Marcel buvait un verre avec Francis, lorsque Anselme entra. Il se dirigea vers eux. Leur raconta qu'en ce moment il était à la préparation des traverses qui allaient équiper la nouvelle voie de chemin de fer vers l'océan.

— Rien n'est encore commencé ? demanda Marcel.

Rien, mais il en faudrait une telle quantité sur les douze kilomètres du tracé prévu qu'ils commençaient le stock. Anselme était emballé par ce projet. La semaine dernière, des ingénieurs étaient venus.

— Des gens bien, un est même venu me serrer la main et m'a demandé d'où je venais. Je lui ai raconté pour le chemin. Il m'a dit bravo, il n'aurait pas eu le courage de le faire.

Les conversations traînaient en longueur avec cette nonchalance d'un dimanche à la campagne, quand Félicien entra dans le bistrot en hurlant. Il demanda à la cantonade si le patron était là. Les conversations cessèrent. François était derrière le comptoir et répondit calmement :

— Oui, je suis là. Qu'est-ce que je vous sers, monsieur Tastet ?

M. Tastet vit rouge. Éructa. C'était lui le blanc-bec qui comptait tenir ce bistrot ? Il se tourna vers Hermance :

— Quoi qu'il t'ait payé, je double la somme. Et comme j'imagine qu'il n'a rien, ça ne me coûtera pas trop cher. À moins que quelque Gitane ne l'ait aidé ? dit-il, ironique.

Hermance fit le tour du comptoir à pas lent. Se dressa face à Félicien.

— Ça tombe bien que tu me parles prix, Félicien. Je vais tout te dire, et à vous tous aussi, ajouta-t-elle aux autres. Vous saviez tous que François avait un sou cousu dans la doublure de sa chemise, qu'un moussu lui avait fait cadeau, même que vous en riez tous. Eh bien, cette pièce avait une telle valeur qu'elle a suffi à me payer.

Félicien éclata de rire.

— Parfaitement, Félicien. Et tu sais quelle valeur elle avait, cette fameuse pièce ? Elle avait la valeur d'un sou honnête, pas comme un certain héritage que tu as reçu en faisant croire à ta parente que tu allais régulièrement à la messe. Mieux que ça, outre le mensonge, je sais qu'une fois quelqu'un t'a vu, tu as été à l'église avec elle, alors qu'ici tu bouffes du curé.

Félicien vociférait. C'était une histoire de famille qui ne la regardait pas. Pour sa calomnie, il porterait plainte contre elle.

— Ne te gêne pas. Et je vais ajouter autre chose que je n'ai pas encore dit. À ma mort, il sera mon héritier et aura tout l'argent que j'ai. Tu te rends compte le gendre que tu aurais si tu ne lui interdisais pas ta fille ?

— Parlons des filles, on l'a vu avec une Gitane sur le quai de la gare.

— Et ton fils avec sa bande de voyous, tu sais où on le voit quand ils vont à Bordeaux ? Tu veux que je te le dise ?

C'est alors que Marcel se leva et s'approcha de Félicien. Il le fixa droit dans les yeux. Surpris, Félicien fit un pas en arrière.

— Depuis le temps que j'attends ce moment moi aussi, Félicien. Il est enfin là. Ça fait des années que tu te fous de ma bosse. Que tu te fous de ma famille. Que tu nous traites comme des minables. Je viens te dire aujourd'hui mon mépris. La différence entre toi et moi, ce n'est pas ma bosse, c'est la qualité de nos points de vue. J'espère le meilleur pour mon fils, tandis que toi tu souhaites pour ta fille une vie avec un alcoolique.

Félicien eut un geste d'impatience. Marcel leva la main.

— Ce n'est pas tout. Certains affirmeront que ce que je viens de dire est méchant. Je les rassure, ce n'est rien à côté des paroles que tu profères depuis des années et des années. Quand tu n'as rien dit sur moi, tu as médit sur mon fils.

Il se tourna, puis revint.

— J'oubliais, Félicien Tastet, je sais que tu as acheté les pins que je gemmais pour Jules Marian. Je ne gemmerai jamais pour toi, même si je dois crever de faim. Alors oublie les Hostein une fois pour toutes. Ma bosse est dans mon dos, toi c'est dans la tête que tu en as une !

Hermance enchaîna :

— Et fous le camp du bistrot. Tu reviendras quand tu seras calmé.

Félicien quitta les lieux dans un silence total. Il fallut que François, qui n'était pas intervenu, tape dans les mains en disant :

— Allez les amis, pour son nouveau travail, le berger vous offre un verre. Buvez-le à la santé d'Hermance et de mon père, ces valeureux guerriers qui viennent de gagner une bataille.

L'éclat de rire fut général, et tous applaudirent.

François sut qu'il avait lui aussi gagné cette partie.

XXI

Une fois chez lui, Félicien hurla. Il venait de se faire insulter par le bossu et par Hermance, cette vieille folle. Et en public ! Elle l'avait mis à la porte. Pour qui se prenait cette marchande de limonade ? Il tournait comme un lion en cage. Son visage était écarlate. Sa femme s'inquiéta, s'il ne se calmait pas, il allait faire une attaque. Au bout d'un moment, colère diminuée, il consentit à manger son potage. Silencieuse, Maria avait les yeux fixés sur son assiette. Les perles du Japon tournoyant dans le bouillon lui donnaient presque la nausée. Elle qui était venue passer deux jours de détente, c'était plutôt compromis. Cette journée, mentalement, elle l'avait préparée. En arrivant déjà, elle avait espéré voir Francis à la gare, elle le savait employé aux chemins de fer du Médoc. Ses parents pistaient tous ses mouvements, elle l'avait bien remarqué, mais elle aurait pu lui faire un signe pour lui signaler sa présence, et il aurait prévenu son copain. Hélas, pas de Francis en vue, il ne lui restait que demain pour essayer de savoir. Elle avait envisagé de passer devant chez la Mastroquette cet après-midi, pour apercevoir François, et surtout cette Gitane dont lui avait parlé sa copine. Si la curiosité la titillait, dans son for intérieur, elle ne s'inquiétait pas, persuadée qu'il y avait une explication à ça. François l'aimait, elle en était sûre. Depuis plus longtemps qu'elle. Si jusqu'alors elle espérait pouvoir sortir de chez elle, même un bref instant, maintenant elle comprit que son père ne la laisserait pas quitter la maison. Elle ravala un sanglot et, sans appétit, poursuivit son repas. Madeleine aussi avait des choses à dire. Elle avait entendu parler les femmes chez le boucher. Ce n'était qu'un cri, comment le berger avait trouvé l'argent ? Félicien s'exclama, hilare :

— Moi, je sais. Cette pauvre Hermance, il l'a bien eue, ce voleur de promise. Il l'a payé avec son fameux sou du moussu. Elle l'a dit. Et ça a marché. Incroyable !

Maria comprit que François était bien le nouveau propriétaire du bistrot. Madeleine eut un sourire narquois. Elle appuya sa phrase pour que Maria comprenne bien ce qu'était, à ses yeux, son berger de malheur :

— Peut-être qu'il avait plus que ce fameux sou.

Puis, après un court silence, ajouta avec suspicion :

— On l'a souvent vu avec une Gitane.

Elle avait dit souvent en insistant, ça encourageait le doute et permettait d'imaginer les pires choses. Elle assena enfin :

— Qui sait ce qu'il a trafiqué avec les Gitans sur le chemin de Compostelle ? Pff !

À ces mots, Maria sentit qu'elle devait se montrer ferme, sinon, malgré les études qu'elle faisait pour s'en sortir, elle allait perdre la partie. Il était évident que discréditer François était le seul but de ses parents, ce qui ne la surprit pas. Elle se leva de table et répondit avec force :

— Vous dites ça pour me décourager. Pour me prouver que François est un mauvais garçon. Il fréquenterait les Gitans ? Et alors ? Je suis sûre qu'il y en a de bien. Vous savez, des gens mauvais, il n'y en a pas que chez les Gitans !

Félicien se leva d'un bond. Madeleine le retint avant qu'il ne frappe sa fille. Maria se leva face à son père. Le regarda fermement. Il ne lui faisait pas peur. Au contraire, tout ce qu'il disait pour la détourner de François l'en rapprochait. Elle avait besoin de sortir. De prendre l'air.

— Je vais chez l'abbé Despeyroux, annonça-t-elle. J'ai un message à lui transmette de la part des sœurs.

C'était un mensonge, elle n'avait rien à lui dire, mais elle voulait le rencontrer pour le remercier et lui raconter ce qu'elle vivait dans cette école. Arrivée au presbytère, elle regarda au carreau et vit le curé qui dormait sur le coin de la table. Elle n'osa pas le réveiller et décida de revenir plus tard. N'ayant pas l'intention de revenir tout de suite chez ses parents, elle se dirigea vers l'étang. La vue d'une étendue d'eau lui ferait du bien. Le chemin qui y conduisait était désert. C'était normal à cette heure où tous terminaient le repas dominical. Tant mieux, elle n'aurait pas besoin de parler.

La vue de l'étang la calma. Il était lisse à souhait. Pas la moindre ride ne le troublait. Des bateaux, ancrés dans une anse tranquille, étaient immobiles. Sur la rive en face, à quelques kilomètres, la ligne de la forêt suivait les courbes de la dune, faisant sur l'horizon un feston irrégulier vert foncé, qui encadrait le décor. À gauche, au bord de la petite plage de sable jaune clair, devant l'île des Boucs, quelques pins, tordus par le vent d'ouest, invitaient malgré leur aspect à la sérénité. Maria marcha jusqu'à eux, s'assit sur une branche basse. Ici, le silence, troublé seulement par quelques croassements des corbeaux, était total. Maria sourit, pensa que ces croassements étaient comme les ragots du village. Ils troublaient la quiétude des lieux. Ils s'apaisèrent, cherchant sans doute un autre endroit à ennuyer.

Maria essaya de faire le point sur tout ce qui se passait. C'était donc ça la vie ? Une guerre quotidienne entre ses souhaits et la réalité ? Avec les gens qui se mêlaient de tout ? Sans doute. L'instruction, comme le lui avait dit l'abbé, l'aiderait dans ses choix ? Elle devrait s'imposer à ses parents ? Aux autres ? Elle l'avait déjà fait et payait cette désobéissance avec sa mise en pensionnat, alors qu'elle adorait sa lande. Mais, à présent, ce conflit lui pesait. Maria, jusqu'à peu, avait été heureuse avec ses parents et pensait que rien ne viendrait troubler cette quiétude. Bien sûr, son père n'avait pas été facile à vivre, mais elle s'en était accommodée. Elle voyait bien que sa mère l'aimait beaucoup mais, comme dans toutes les familles, le mari régnait sur la maisonnée, c'était comme ça. Il décidait et la famille suivait, alors le fait qu'elle se rebelle était pour eux une véritable injure. Aux yeux de la population, elle passerait pour une fille sans respect. Pourtant, c'est François qu'elle aimait, pas Jacques. Alors devrait-elle obéir à ses parents comme d'autres le feraient sans s'occuper de leur bonheur ? Elle se mit à espérer que cette Gitane dont on lui avait parlé soit seulement l'amie de François. Si c'était plus que ça, et bien tant pis, elle obéirait à ses parents et tout rentrerait dans l'ordre. La peine l'envahit.

Elle quitta le bord de l'étang, l'abbé Despeyroux devait avoir terminé sa sieste.

Il lisait son bréviaire dans l'allée du jardin où un désordre total régnait. Les plantes et les fleurs s'étaient emparées des lieux et en avaient fait une espèce de bouquet énorme, informe, mais très coloré. Un jardin de curé, comme on disait ici. L'abbé jetait les graines de fleurs et elles se débrouillaient pour pousser comme elles voulaient. La vieille Valentine, qui s'occupait du ménage et de la lessive, grattait bien de temps en temps une herbe trop envahissante, mais le chiendent, récalcitrant, avait raison de ses forces, et elle lui avait abandonné les allées de terre. De plus, son dos lui interdisait de sarcler avec énergie, elle n'insistait pas. « Vous voyez, Valentine, lui disait le curé, ce n'est pas facile de séparer le bon grain de l'ivraie, seul Dieu y parviendra. » Suite à quoi elle pensait, mais ne disait pas, que si le Ciel que l'on promettait était aussi désordonné que ce jardin, l'éternité serait nécessaire pour le rendre joli !

Maria toussa pour s'annoncer.

— Bonjour monsieur le curé.

Il se retourna, heureux en la découvrant.

— Maria, quel bon vent t'amène ? Entre, ma fille, entre.

Maria ne savait pas par où commencer. Elle lui raconta ses journées. L'ambiance de l'école. Les matières enseignées.

— Qu'aimes-tu le plus, Maria ?

Elle adorait l'histoire et la géographie. Elle aimerait tellement pouvoir voyager dans le monde. Il y avait tant de choses à découvrir. Malgré ce goût pour les études, qui aurait dû lui donner le sourire, il la trouva triste. À son âge, on aimait la vie. Il ne fallait pas s'arrêter en chemin ni désespérer, tout pouvait changer d'un jour à l'autre. Et puis ce métier d'institutrice qu'elle envisageait de faire était passionnant.

— Tu te rends compte, apprendre aux autres ? À des enfants qui te devront beaucoup ? Grâce à toi, ils réaliseront leurs rêves.

Et des rêves on pouvait en faire à tout âge.

— Regarde ce M. Ortal, tous le croient fou et il va bâtir son rêve dans un lieu impossible. Un lieu où personne de chez nous ne voudrait aller. Et il va même y faire arriver le train.

Il sentait monter en lui des élans de missionnaire, car, si ce bout du monde devait être habité, il faudrait y construire une église.

— Enfin, une église, une chapelle même petite. Construite en planches faites avec nos pins, dit-il en souriant. Je sentirais l'odeur de résine en disant la messe.

Il avait même l'idée du nom qu'elle pourrait porter : Notre-Dame-des-Sables.

— Ça serait joli, tu ne crois pas ?

Maria écoutait l'abbé Despeyroux. Son espoir faisait plaisir à voir, mais elle n'arrivait pas à se concentrer sur ses paroles. Il sentit qu'elle était malheureuse. Il connaissait les dernières nouvelles du village et comprit qu'elle était venue pour ça, mais avait fait semblant d'ignorer cette vraie raison. Maintenant, il ne pouvait plus reculer et devait faire front. Il poussa un soupir. Observa un instant le silence, puis prit les mains de Maria dans ses grosses mains de paysan qu'il était.

— Maria, laisse faire le temps. La vie est longue et ne se passe jamais comme on le voudrait. Même pour moi, tu sais. Poursuis tes études en ville, et ce pour deux raisons : la première, c'est parce que tu continues sur la voie que tu t'es tracée, et la seconde, pour ne pas vivre ici, dans ce village tant que certaines situations ne sont pas éclaircies.

Il avait raison. D'abord continuer les études, ensuite, peut-être, revenir vivre au pays. Il y avait une école tenue par des sœurs, peut-être auraient-elles besoin d'une maîtresse d'école.

— C'est exactement ce que tu dois faire, Maria. Pour le reste, attends de voir. Tu sais ce que tu veux ? François, peut-être pas vraiment. J'ai connu des pèlerins qui ont été transformés par le chemin. Ils y avaient fait des rencontres qui avaient changé leur vie. Ton chemin, c'est la pension et les études, ma fille. Et rien d'autre pour l'instant. Pour lui, laisse le temps l'aider à décider. Personne d'autre.

*
* *

Dans l'après-midi, Félicien s'était calmé. Il avait compris que sa colère n'apporterait rien à la situation, au contraire elle la dégraderait. En fait, que voulait-il ? Que ce berger n'ait pas pignon sur rue afin qu'il ne prenne pas de l'importance dans le village et, surtout, qu'il ne soit pas en contact avec sa fille. Sa qualité de berger, qui l'éloignait de la commune, ferait bien mieux l'affaire. Ça semblait difficile, Hermance en avait fait son héritier. Restant avec lui au bistrot, ça ressemblait à une rente viagère, et le fameux sou n'était qu'une excuse, il en était sûr. Donc quel était son but ? Devenir maire l'an prochain. Et pour ça ne pas se mettre à dos une partie de la population qui deviendrait amie avec le berger, de par sa position centrale dans le village. À voir des clients tous les jours, il recueillerait des rumeurs, des réflexions sur tout, ce qui l'inciterait à donner son avis. S'en faire un ennemi devenait délicat. Ce qui l'ennuyait aussi, c'était la démission du bossu. Certes, il ne l'aimait pas vraiment, mais il fallait reconnaître que c'était un fameux résinier et que le perdre en début de saison de gemmage allait l'embarrasser. Trouver quelqu'un rapidement dans le village ayant sa qualité allait être dur. Il comprit qu'il devait faire profil bas et redresser une situation qui semblait lui échapper.

Donc, calmé, il se dit qu'il valait bien mieux jouer les gentils plutôt que les méchants. Tantôt, il irait voir Hermance, s'excuserait même du bout des lèvres. Sa fille était partie chez le curé, il lui ferait sans doute la morale, c'était très bien, sa femme faisait la vaisselle, il se rendit donc chez Hermance. Il eut du mal à penser qu'il se rendait aussi chez le berger. En passant devant chez Augustin Rambert, il lui demanda de l'accompagner. À deux, ils auraient plus de détermination si la situation le demandait.

En ce milieu d'après-midi, le bistrot était quasiment plein. Les uns aux tables, jouant aux cartes, les autres dans la salle voisine, jouant au billard. Seul François était dans la salle. Hermance était dans l'arrière-boutique avec les parents de François. Ne voulant pas se montrer en première ligne, Félicien et Augustin s'assirent à une table un peu en arrière. François les regarda avec méfiance. Alors qu'il avait passé un bon moment en famille, il espérait que ce dimanche, qui avait été agité ce matin, se terminerait dans la bonne humeur. Anselme, invité, faisait la plonge derrière le comptoir, heureux qu'il était d'aider son copain.

— Messieurs, je vous sers quoi ?

L'heure de l'apéritif était encore loin, ils commandèrent deux blancs. François se dirigea vers le comptoir, revint avec une bouteille de blanc liquoreux et deux verres posés sur le plateau, et les servit en vrai professionnel. Si leur entrée ne passa pas inaperçue, personne ne fit de commentaire. La partie de billard comme les parties de cartes se poursuivirent avec leurs coups de gueule et les jurons habituels. Tout semblait être redevenu normal. Tant mieux, pensa François. C'est alors que la porte d'entrée s'ouvrit pour laisser passer un homme, une femme et une jeune fille.

— Diégo ! s'exclama François en les voyant.

Il fit le tour du bar, Anselme à ses trousses, heureux de revoir leurs compagnons de route. À leur allure, les clients reconnurent des Gitans. Que venaient faire ces gens-là ici ? Mais leurs regards se portèrent aussitôt vers Dolorès, qui se rendit compte aussitôt qu'elle était le point de mire de tous. Elle se redressa un peu plus, mit ses mains sur les hanches et fit tournoyer ses cheveux d'un mouvement de tête gracieux. Félicien se pencha vers Augustin :

— C'est sans doute la fameuse Gitane qu'on a vue avec le berger l'autre soir.

— Sans vouloir te vexer, Félicien, pas étonnant que le berger la préfère à ta fille. Laisse-le faire, comme ça il nous foutra la paix.

Cette idée ragaillardit Félicien. Dans le fond, ça l'arrangeait.

Diégo expliqua qu'ils campaient par ici et qu'ils venaient, comme convenu, leur dire un petit bonjour.

François appela ses parents, ils devaient connaître ceux qui avaient sauvé leur fils d'une mort probable. Marcel et Germaine vinrent les saluer en les remerciant chaleureusement. François raconta leur parcours commun, expliqua que Dolorès était une fameuse danseuse, et même une sacrée jongleuse. Un talent d'artiste de cirque, précisa Anselme.

La porte de l'arrière-boutique s'ouvrit et Hermance apparut, suivie de Marthe. En voyant les Gitans, Marthe se figea. Elle s'approcha doucement en les fixant. L'air incrédule.

— Diégo ? C'est bien toi, Diégo, le musicien et le jongleur que j'ai connu il y a longtemps ?

Diégo se figea lui aussi.

— Marthe. Ma petite lavandière.

Le silence s'installa dans le bistrot. Hermance était abasourdie. Elle aussi reconnaissait ce Diégo. Il était venu plusieurs fois chez elle. Discret, il consommait avec deux autres. Salomé, restée assise, baissa la tête. Elle comprit pourquoi son mari avait mis du temps à venir saluer François. Voilà plus de quinze jours qu'ils tournaient autour de cette commune. Il appréhendait cette rencontre. Par crainte de ce qu'il allait y trouver ? Par peur de ce passé qui avait détruit ses rêves ? Depuis qu'elle connaissait l'histoire de son mari, elle redoutait cet instant. Salomé avait toujours su, elle qui interprétait les lignes de la main, que Diégo retrouverait celle qu'il avait aimée. Elle n'éprouvait aucune rancune. Aucune jalousie. Salomé trouva même cette gadji jolie. Elle avait ce visage doux dont parlait Diégo lorsqu'il racontait. Marthe s'approcha encore plus près de Diégo. Lui prit les mains. Il la laissa faire. Elle se retourna et demanda à Marcel de s'approcher. François commençait à comprendre. C'était donc sa grand-mère qui avait conquis le cœur du Gitan. À cause de ce choix, sa vie de saltimbanque avait cessé un soir dans ce village. Par contre, il fut ahuri lorsqu'elle prononça cette phrase :

— Marcel, je te présente ton père.

On entendit vraiment les mouches voler. Tout s'arrêta. Plus un cri. Plus un claquement de boules de billard. Plus une parole. Diégo bafouilla. Son fils ? Oui, son fils. Marcel était ébahi. Son père ? Le bossu fils d'un Tzigane ? Félicien était aux anges. Il se régalait du spectacle. S'il y avait cru, il aurait remercié Dieu de l'avoir poussé à entrer chez Hermance ce dimanche-là. Incroyable. Le bossu fils d'un Gitan. Ah, ils avaient bonne mine les Hostein ! Sur leur arbre généalogique, ils pourraient indiquer : lignée issue de voleurs de poules.

— Oui, Diégo, lorsque j'ai compris que j'étais enceinte de toi, tu étais sans doute très loin et je ne t'ai jamais revu avant aujourd'hui, alors comment te le dire ?

Elle se tourna vers son fils :

— N'aie pas honte, Marcel, dit Marthe. Je n'ai connu que cet homme, et nous nous sommes vraiment aimés.

Marcel n'avait pas honte, mais découvrir que son père était gitan le troubla malgré tout un peu. Mais il savait que sa mère n'avait pas couché avec le premier venu. Il y avait eu vraiment une belle histoire d'amour entre eux. Forte. Trop forte pour y résister. Lorsque, enfant, il lui demandait où était et qui était son père, sa mère avait dans son regard comme une lumière qui en disait long sur les sentiments qu'elle éprouvait pour ce personnage mystérieux et absent. Il ne connaissait pas tous les détails, mais il avait confiance en sa mère.

François et Dolorès, interdits, se regardaient. Ils avaient le même grand-père. Ils saisirent aussitôt la raison de leur attirance. C'était de l'amour, mais celui qui vivait dans une famille. Celui qui ne franchissait pas les limites du cœur. Il fut heureux et soulagé. Il savait, maintenant, ce qu'il allait faire. Décidément, le chemin lui avait apporté un éclairage incroyable sur sa vie. Il se rappela les prédictions de Salomé : « Tu auras une grosse surprise. » Effectivement, la surprise était de taille. Diégo son grand-père ! Cette histoire racontée à la veillée, le soir d'une halte sur le chemin, François comprit aujourd'hui que c'était la sienne. En l'écoutant, ce soir-là, il avait eu un vague soupçon, rien d'autre, ce genre de méfait avait dû arriver dans d'autres villages.

À leur table, Félicien et Augustin souriaient, moqueurs. Quelle histoire ! De quoi raconter au village pendant des jours et des jours. Félicien troubla le silence en demandant d'une voix forte, brutale :

— Hé, le berger, sers nous deux autres blancs !

Cette brutalité sentait le sarcasme. Le mépris. L'insolence. Marthe le comprit. Elle les fusilla du regard.

— Vous deux qui riez en dessous en vous moquant, vous savez pourquoi à cette époque Diégo s'est échappé ? Non ? Je vais vous le dire. Ton père, Félicien, et le tien, Augustin, sont coupables de cette fuite. Les lavandières avaient raconté que Diégo venait au lavoir pour moi. Ça n'a pas plu. Un soir de beuverie, ils ont chaviré leur roulotte, cassé leurs instruments de musique, détruit leurs rêves de comédien. Le pire, c'est que tous les habitants ont ri de ces exploits. Tout ça parce que Diégo, un Gitan, celui-là même qu'ils avaient applaudi la veille lors d'une représentation, aimait une fille du village. Insupportable à leurs yeux. Les filles du village étaient pour eux. Rien que pour eux. Et vous, les enfants de ces mécréants, vous avez continué toute votre vie à vous moquer de ma famille, même aujourd'hui avec mon petit-fils. À l'époque, personne ne m'a aidé, personne. On a dit les pires choses sur moi. Vos pères sont des criminels, et vous aussi. Vous n'avez tué personne mais, par vos calomnies, vous avez détruit une famille, et vous deux, Félicien, Augustin, vous recommencez avec mon petit-fils. Vous n'êtes que des ordures.

François s'approcha de Félicien. Le regarda droit dans les yeux en souriant.

— Merci Félicien, merci.

Félicien ne comprit pas ce merci. Questionna du regard.

— Vous avez tellement dit du mal de moi, vous m'avez tellement fait passer pour un voyou aux yeux de tous que votre haine m'a fait quitter le village. Alors merci, parce que, en prenant le chemin, le hasard a fait que j'ai rencontré Diégo et trouvé le grand-père que je n'avais jamais connu. Alors merci beaucoup, Félicien.

Il se tut un instant devant un Félicien livide, puis s'adressa de nouveau à lui :

— Félicien, devant ma famille rassemblée, j'ai l'honneur de vous demander la main de Maria, votre fille.

Félicien et Augustin, en se levant brusquement, chavirèrent leurs chaises.

— Jamais, tu entends, jamais tu n'auras ma fille ! hurla Félicien.

Jacques entra à cet instant. Augustin le montra du doigt.

— C'est mon fils qu'elle épousera, tu entends ? C'est mon fils !

Ils quittèrent le bistrot, Jacques les suivit.

XXII

La nouvelle se répandit à une grande vitesse. Le dimanche soir, tout le village savait que le père du bossu était un Gitan. La nouvelle fit l'effet d'une bombe. Les femmes de la génération de Marthe se rappelèrent en effet de ce Gitan aux cheveux noirs et bouclés, qui venait au lavoir en voisin, puisqu'il stationnait tout à côté, avec ses copains. Ils avaient donné un spectacle et, le samedi soir, à l'occasion d'un bal, il avait dansé avec Marthe, toute la soirée, sous le regard venimeux des gens. Beaucoup se rappelèrent aussi de cette expédition punitive, organisée par Albert Tastet et Georges Rambert. Ils étaient bagarreurs, violents, et personne, au bourg, n'osait les affronter. D'autres jeunes les avaient accompagnés, par crainte des représailles dont ces deux-là étaient capables, ils régnaient en maîtres sur toute une bande de jeunes sans cervelle. En outre, le spectacle d'une roulotte qui chavire, d'un cheval qui s'enfuit de peur et de différents objets cassés était quand même rare, il ne fallait pas rater ça. Le maire de l'époque avait eu vent de l'histoire mais, comme personne n'avait porté plainte, il n'avait pas insisté, trop heureux de ne pas avoir à convoquer les coupables à la mairie. L'affaire avait animé les conversations quelques jours, et tous étaient passés à autre chose. Après tout, ce n'étaient que des Gitans, avaient dit les gens. Plus tard, Marthe, enceinte, avait fait les frais des conversations, mais, curieusement, personne n'avait fait le rapprochement avec les Gitans. On savait qu'elle travaillait de ferme en ferme et il s'était raconté qu'un chemineau de passage avait dû bénéficier de ses faveurs. Outre cette révélation fracassante concernant le bossu, ce qui avait animé aussi les conversations, c'était la demande en mariage faite en public de son fils. Tous se régalaient de la nouvelle et convenaient qu'il avait eu un sacré cran pour oser faire ça. Ceux qui avaient encore des doutes comprirent que la réputation du berger était bien morte et que François Hostein allait avoir pignon sur rue.

Celui qui ne décolérait pas, c'était Jacques. Il hurlait sa colère dans les autres bistrots du village et disait que cette histoire allait vite se régler. L'un des deux devrait quitter la commune, et ça ne serait certainement pas lui, on pouvait lui faire confiance. Son honneur venait d'être bafoué pour la seconde fois, il y avait de la vengeance dans l'air. Mais enfin, pour qui se prenait ce berger ? On lui rétorqua qu'il avait fait sa demande en bonne et due forme, de surcroît en public, ce qui avait donné de l'écho à sa demande. Il y avait suffisamment de témoins pour rapporter les paroles qu'il avait prononcées, comme ça, elles ne seraient pas déformées comme à l'habitude.

Anselme était aux anges. Dolorès était libre. Il faut dire que pour ne pas être amoureux d'une telle fille, il fallait être fou. Si l'annonce de Marthe l'avait un peu sonnée, Dolorès s'était vite ressaisie et avait réalisé que son amour pour François était bien plus joli comme ça. Parce que, souvent, les gens s'aimaient quelques années et, petit à petit, cet amour s'étiolait, alors que là elle pourrait aimer François sans arrière-pensées toute sa vie. Fille unique, elle était ravie d'avoir un frère plus âgé, auprès de qui elle pourrait se réfugier en cas de coup dur. Elle fut abasourdie pour son courage et sa mansuétude à l'égard de ce Félicien, qu'elle détesta au premier regard, comme ce Jacques qui était arrivé à la fin, en roulant du torse, comme un chien méchant. Dire merci à ce type qui sentait la rancune et le mépris l'avait époustouflée.

Le lendemain, Dolorès avait passé un long moment avec François. Incroyable, ils étaient de la même famille ! Ils comprirent cette attirance qu'ils avaient éprouvée en faisant connaissance. Elle s'inquiéta quand même. Ça lui faisait quoi d'avoir du sang de Gitan dans les veines ? François fut clair : si ce sang était le même que celui de Diégo, il s'en félicitait. Il avait vu vivre Diégo et Salomé pendant plusieurs mois et les avait trouvés exemplaires. Juste avec tous, Diégo avait l'âme d'un patriarche respectant les autres, mais qui vivait avec un réel code d'honneur. François n'avait connu que son grand-père maternel, il lui manquait quelque chose, et cette nouvelle équilibrait sa vie. Il avait demandé à Dolorès quelle impression ça lui faisait d'avoir un gadjo dans sa famille ?

— Depuis dimanche, répondit-elle, tu n'es plus un gadjo, mais un Gitan.

— Dolorès, la première fois que je t'ai vue, j'ai cru que j'étais amoureux de toi. Tu es belle, tu sais. Mais, jour après jour, l'image de Maria que j'avais un peu perdue est revenue tout doucement, puis s'est imposée. Je ne savais comment te le dire, et ma crainte, c'était de te perdre et de perdre Maria. Je ne savais plus. Maintenant, je sais que je vous garderai toutes les deux. Pour Maria, ce sera sans doute plus dur. Ma demande en mariage ne sera bien sûr pas acceptée. Mais j'ai des témoins pour affirmer que je l'ai bien demandée.

Dolorès jubilait. Non, ça ne serait pas dur. Maintenant qu'il était gitan, il pouvait adopter leur coutume : enlever sa fiancée, partir avec elle et, quand il reviendrait plusieurs jours plus tard, ce serait comme s'il était marié. François sourit, ce n'était pas comme ça que ça se passait ici.

Le visage de Dolorès s'assombrit. Elle partirait bientôt. Un Gitan ne reste pas en place. Dans quelques jours, Diégo quitterait le pays. Elle le suivrait. Pour quoi faire ? Danser le soir devant le feu de camp ? Continuer à chasser les hérissons ? Chaparder par-ci par-là ? Non, elle voulait faire quelque chose de sa vie. Le spectacle l'attirait. Alors si un jour elle trouvait une opportunité, elle la prendrait. Mais comment faire ? Et quand le faire ? Dans tous les cas, il faudrait partir.

— Les gens du cirque sont aussi des voyageurs.

— Et Diégo ? demanda François.

— Il partira lui aussi. Quoi qu'il arrive, un Gitan est marié à vie. Marthe le reverra peut-être, mais il ne restera pas ici pour la reconquérir.

Salomé le savait, il lui resterait, même s'il avait le cœur ailleurs. Il viendrait peut-être voir son fils, il avait besoin de le connaître, et Marcel avait sans doute envie de connaître ce père qui lui était tombé du ciel grâce à son fils. Parce que, si son fils n'était pas parti, Marcel n'aurait jamais connu son père. Il se dit que le père de Félicien avait détruit les ambitions de Diégo, et Félicien, en voulant détruire celles de François, lui avait permis de connaître son père. Incroyable destin !

*

* *

L'abbé Despeyroux souriait. Il était sans doute le seul, dans cette paroisse, à savoir que le Gitan était le géniteur inconnu. Il se remémora la confession de Marthe, à l'époque où il était jeune curé de cette paroisse. Sous le choc de sa future naissance, elle avait voulu le faire passer, comme on disait ici, mais Amélie, la recommandayre, l'en avait dissuadée. Il y avait plus de risques que de chances de réussite. Perdue, désemparée, elle avait pensé au suicide. Heureusement, ses parents l'avaient soutenue, mais à une condition, qu'elle élève son enfant sans essayer, comme disait son père, de lui chercher un père à tout prix. Un jour, alors qu'elle pleurait silencieusement sa peine à l'église, avachie sur un prie-Dieu, l'abbé Despeyroux l'avait écoutée avec attention. Il n'avait parlé ni de faute ni de péché. Sa compréhension pour celle qui avait été baptisée pécheresse par les bigotes locales avait mis du baume au cœur à Marthe. Il savait les difficultés du quotidien et avait décidé, alors que tant de ses confrères sanctionnaient, de pardonner, ayant compris que se sentir coupable n'avait pas le résultat escompté. Cette philosophie, comme il disait, lui venait de son enfance et de ses maîtres, qui n'hésitaient pas à taper sur les doigts des enfants, sans discernement de leur culpabilité. Cette manière n'engendrait que de la colère et une envie folle de recommencer des bêtises.

On lui rapporta également l'attitude de François devant Félicien, et sa demande en mariage dans ce contexte curieux. Il la trouva sublime. Courageuse. L'abbé, qui ne jurait jamais, prit plaisir à dire tout bas que Félicien était vraiment un couillon, n'osant pas dire autre chose de plus cru. Sa conversation, dimanche, avec Maria l'avait conforté dans sa position, elle devait à tout prix continuer à travailler, afin de se sortir de cette famille. Ce qui s'était passé ensuite lui donnait raison. Pourtant, une inquiétude le tenaillait. Qu'allait faire Jacques Rambert ? Ce rancunier avait la dent dure, et nul doute qu'il envisageait de se venger pour montrer sa force.

Durant la semaine, les conversations épuisèrent toutes les possibilités de médisance, de moqueries et tous attendaient le final. Il paraissait évident que cette situation se terminerait par un feu d'artifice de violence, mais on ne connaissait pas l'artificier. Deux clans s'étaient constitués, un pour le berger, un pour Félicien. L'un comme l'autre avaient leurs partisans. Le siège de Félicien était au *Café du Commerce*, dont le patron voyait d'un œil ironique l'arrivée du berger. On ne s'improvisait pas Mastroquet comme ça, disait-il en ricanant. Les clients ne se traitaient pas comme un troupeau de moutons. D'autant qu'à cause de son ascendance gitane qui venait d'être découverte il paraissait inconcevable qu'il s'installe dans la commune. Son bistrot serait fréquenté par des gens indésirables, qui viendraient de toutes parts du pays. Pour éviter ce gâchis, affirmait-il, s'il fallait, lui, le vrai professionnel, rachèterait le bistrot de la Mastroquette, avec des espèces sonnantes et trébuchantes, pas comme ce sou du moussu qui ne valait rien à ses yeux.

On constata très vite que la houle de dénigrement ne faiblissait pas et qu'elle allait tout emporter.

Ces ragots qui n'arrêtaient pas finirent par irriter le curé. Si chacun avait le droit d'avoir un avis, il ne comprenait pas l'attitude de ses paroissiens. Elle l'énervait au plus haut point. Où étaient passées les bonnes paroles qu'il leur distribuait chaque dimanche ? Le village se perdait dans la méchanceté et se coupait en deux. Intolérable pour l'abbé Despeyroux. Puisque le maire ne disait rien, n'intervenait pas, lui, le garant de la morale chrétienne, devait le faire. Il s'y prépara pour le dimanche, à la grand-messe.

Habituellement, lorsqu'il commençait son sermon, il s'adressait à ses paroissiens en disant le traditionnel « mes bien chers frères, mes bien chères sœurs ». Là, ce fut différent. Déjà, au début de la messe, il avait semblé énervé, en manquant de chavirer le livre des prières. Ses nerfs n'étaient pas calmés, il le confirma en chaire et commença son homélie d'un ton très vif :

— D'habitude, je m'adresse à vous avec des mots emplis de bienveillance. Aujourd'hui, non. Non, parce que ce que j'entends dans les rues de notre village depuis quelques jours est trop violent. Enfin, ce que j'entends : ce n'est pas tout à fait vrai. En réalité, je ne l'entends pas car, lorsque vous me croisez, j'ai droit à des « bonjour monsieur le curé » longs comme le bras, j'ai droit à des bérets qui se soulèvent pour me saluer. Mais, dès que j'ai le dos tourné, les ragots recommencent de plus belle.

Il s'arrêta un instant, puis reprit avec force :

— La calomnie est dans nos murs. La médisance est comme le brouillard de novembre, tenace. On juge, on juge et on rejuge. Mais, bon sang, quand cesserez-vous ce jeu perfide ? Quand ? Lorsque les victimes finiront par quitter le village ? Vous faut-il un vaincu et un vainqueur pour que vous soyez satisfaits ? J'en entends quelques-unes en confession. Mais j'entends quoi ? Des « je regrette » ? Des « je demande pardon pour mes méchancetés » ? Oh non, pas du tout. Ce que j'entends en confession, c'est des « j'ai dit quelques gros mots », « j'ai mangé une tranche de saucisson vendredi », mais rien, rien, rien sur le pire péché qui se répand dans cette paroisse : la médisance. À croire que c'est votre plat favori. Et que je te bouffe du bossu. Et que je te bouffe du berger. Et que je te bouffe du Gitan. Vous avez un grand appétit pour les commérages. Quel dommage que vous n'ayez pas le même appétit pour la mansuétude ! Puis-je vous rappeler l'épisode du bon Samaritain ? Vous savez, celui qui avait sauvé un homme qui n'était pas de sa condition alors que les siens l'avaient laissé dans la souffrance. Je vois qu'ici, dans ce village, il y a très peu de bons samaritains. Je sais qu'il y a des libres-penseurs qui, non contents de bouffer du curé, bouffent du berger. Ont-ils oublié que leurs pères, autrefois, ont été odieux avec ces mêmes gens ? Ont-ils oublié que ce jour-là c'est la vie de plusieurs personnes qui a changé gravement à cause d'eux ? Bien sûr, ce n'est pas de leur fait, les fils ne devraient-ils pas réparer plutôt que d'enfoncer ? Notre village est devenu un théâtre romain dans lequel se déroulent les jeux du cirque. Vous savez, ces jeux où les lions dévorent les bonnes personnes. Aujourd'hui, les lions, c'est vous. Mais votre crinière est terne. Grise. Alors cessez de tuer avec des mots et, à la place, bâtissez plutôt avec des mots. *Amen.*

À la sortie de la messe, curieusement, les fidèles se dispersèrent rapidement, mais le bruit se répandit très vite : le curé les avait drôlement asticotés.

Furieux d'avoir été doublé par le curé, les jours suivants, le maire annonça qu'une réunion d'information aurait lieu dans une quinzaine de jours, chez le nouveau Mastroquet. Il donnait ainsi sa position sur cette affaire, et tout le monde comprit que Félicien ne serait peut-être pas maire aux prochaines élections. Par contre, il ne décolérait pas. De quoi se mêlait ce maudit curé ? Il avait eu besoin de lui, mais qu'est-ce qu'il croyait, il était et resterait libre-penseur.

L'abbé Despeyroux ne s'était pas contenté de parler, il avait aussi écrit une lettre à Maria, pour lui expliquer la situation tendue au village. À la lecture,

Maria avait laissé couler quelques larmes et avait pris sa décision. Si apprendre que François avait demandé sa main à son père l'avait touchée, malgré cela, elle ne viendrait pas au village aux prochaines grandes vacances. La situation devrait se calmer, elle ne voulait pas être de nouveau au milieu d'une histoire qui la dépassait. Les sœurs avaient des places d'étude dans un couvent en dehors de Bordeaux, elle demanderait à y aller.

Dans le village, un semblant d'accalmie se fit sentir dans la semaine qui suivit. Il faut dire que les femmes avaient été très contrariées de passer pour des « ragotières » et avaient conseillé aux maris d'être moins virulents. Comme dans la semaine le travail commandait, les hommes n'iraient pas souvent au bistrot, ce serait mieux. Ceux du dépôt avaient des horaires à respecter et ils consacraient leur temps libre aux travaux du jardin. Ceux qui travaillaient en forêt ne rentraient souvent que le samedi après-midi, donc les racontars se feraient rares et les tensions chuteraient. Le mois de mai se dessinait et, dans peu de temps, on fêterait la Saint-Yves, second patron de la commune. Et déjà un événement d'exception s'annonçait : le cirque Moreno devait faire escale dans le village, en installant son chapiteau sur la place de l'église.

Lorsque François apprit la nouvelle, il convainquit Diégo de retarder son départ.

XXIII

À L'ANNONCE DE LA VENUE du cirque Moreno, Dolorès s'était mise à espérer intensément. C'était l'occasion ou jamais de tenter sa chance. Diégo, par ses récits, lui avait communiqué la passion du cirque. Elle rêvait de bravos. Comme lui l'avait eue il y a longtemps, elle avait envie de cesser cette vie d'errance sans but avoué. Avec le cirque, elle garderait sa vocation de voyageuse, mais dans des conditions meilleures. Dolorès s'exerçait à jongler, ayant en tête d'améliorer son numéro. Pour être plus efficace, elle avait besoin que François la laisse utiliser la salle attenante au bistrot. Évoluer sur un parquet était mieux que dans l'herbe où stationnait la roulotte. Déjà le bruit se répandait chez les femmes du lavoir : la jeune Gitane jonglait, et c'était joli, disait-on. Enfin des paroles gentilles, pensa François. Dolorès voulait perfectionner le numéro qu'elle s'était mis en tête de présenter au cirque Moreno. La salle contiguë au bistrot, qui servait pour quelques banquets, était libre toute la journée, sauf le samedi en soirée. Depuis quelque temps, une dizaine de musiciens locaux, sous la houlette de Jean Saubesty, essayaient de se créer un répertoire. Leur rêve était de monter une association musicale qui pourrait animer les fêtes et cérémonies. Pour réussir, il faudrait trois ou quatre fois plus de musiciens, et des jeunes déjà apprenaient la musique. Si ça se faisait, le nom était déjà trouvé, ce serait La Lyre de Lacanau. Le professeur de solfège, Henri Lusseyran, avait été pressenti pour la diriger, mais il y avait encore beaucoup de travail à faire pour former un véritable groupe.

Bien sûr, François accéda à la demande de la Gitane. Avec la bénédiction d'Hermance, Dolorès prit possession des lieux tous les après-midi. Elle jonglait avec des balles de différentes dimensions. Dans sa robe aux couleurs vives, virevoltant avec grâce, elle esquissait des pas d'une danse sur une musique qui jouait dans sa tête. Dans ces moments-là, elle était seule, concentrée au maximum. Parfois, François ouvrait doucement la porte, la regardait évoluer avec grande légèreté et grande habileté. Anselme et Francis l'admiraient aussi.

Le samedi suivant, Ismaël Vignau arriva plus tôt qu'à l'habitude pour la répétition avec ses amis. Il avait des partitions à préparer. Il s'arrêta à la porte et, observant le spectacle, fut stupéfait. Il trouva la jeune danseuse extraordinaire. Mû par une envie soudaine, restant dans l'entrée de la salle, il sortit son violon de l'étui, le posa sur l'épaule, le coinçant sous le côté de son visage, prit l'archer et se mit à jouer en respectant le rythme que Dolorès imprimait à son corps. Le son du violon sembla lui donner un second souffle et un nouvel élan à la danse. Sans s'arrêter, elle regarda le musicien, donna un coup de tête qui fit voler ses longs cheveux, envoya les balles plus haut en épousant parfaitement la musique. Le spectacle était saisissant. Le violoniste et la danseuse étaient en accord parfait, tandis que les balles se relançaient à chaque coup de main de la jongleuse, faisant un ballet aérien et gracile. Le spectacle était sublime. Ce n'était plus une jeune fille qui s'amusait, c'était une artiste qui naissait.

Au bout de dix minutes, elle lança les balles haut, les laissa retomber sans les rattraper, puis elle se laissa glisser sur le parquet, la tête face au sol, les cheveux tombant autour d'elle en corolle. Les personnes, qui au son du violon étaient venues voir ce spectacle inattendu, applaudirent à tout rompre. Ismaël s'approcha de Dolorès, l'aida à se relever en lui tendant la main. Ce fut la fin du ballet improvisé.

— Mademoiselle, vous êtes une merveilleuse artiste, lui dit-il. Vous ferez carrière.

Dolorès rougit, s'échappa en vitesse. François la rattrapa. Elle ne devait pas fuir, mais rester. Son talent était évident. Elle avait sa place dans un cirque comme Moreno, qui avait une excellente réputation.

— Je suis sortie, expliqua-t-elle à François, parce que c'est la première fois qu'on m'applaudit, et surtout c'est la première fois qu'on m'appelle mademoiselle, qu'on ne me traite pas de Gitane.

— Alors sois heureuse, répondit François.

Hermance pensa que ce qui venait de se passer pouvait être utile pour tous. Elle demanda donc à Dolorès de revenir s'entraîner et, samedi prochain, si Ismaël était d'accord, elle jonglerait en public et en musique. Ismaël fut immédiatement d'accord.

C'était bien pour Dolorès comme pour François. Il fallait redonner de la tranquillité à ce village, et la musique et le spectacle semblaient appropriés à la cause.

Le bruit se répandit dans le village, Ismaël Vignau avait fait danser une artiste. D'autres dirent qu'Ismaël Vignau avait fait danser une Gitane et que le bistrot de la Mastroquette allait devenir un repaire de voleurs de poules et qu'on ne comprenait pas que des gens sérieux se prêtent à ce jeu.

Félicien se gargarisa. Ce genre de ragot l'arrangeait, il prouvait qu'il avait encore des gens dans son camp. Mais ça ne lui suffisait pas. Il devait trouver le moyen de faire l'unanimité dans le village pour mieux renvoyer le berger à ses moutons, les Gitans à leur errance, sa fille chez les Rambert, et surtout pour mieux se faire élire l'an prochain. Il avait beau se creuser la cervelle, une idée avait fini par s'imposer à lui. On savait qu'ici, comme dans tous les villages de la lande, l'unanimité se faisait autour d'un seul ennemi, le feu. C'était l'ennemi commun. Toutes les barrières tombaient et tous participaient à la lutte, quelles que soient leurs opinions. Donc, si le feu brûlait sa propriété, le village serait rassemblé derrière lui. Les hommes, les femmes, tous se jetteraient dans cette tâche difficile, dangereuse, mais nécessaire, indispensable, éteindre les flammes et limiter les dégâts. Ensuite, il récompenserait les bénévoles par un repas copieux qui fortifierait les amitiés, et même les renouerait. C'est ce qui se faisait habituellement.

Félicien se félicita de cette idée. Il y réfléchirait encore un peu. Ce n'était pas simple. Il fallait choisir l'endroit. Pas les pins qu'il venait d'acheter à Jules Marian, ce serait quand même bête. Il fallait aussi choisir le jour. Pas trop de vent, mais assez pour brûler quand même un peu. Et la manière aussi. Il pensa à cette pièce où les pins poussaient mal. Pas loin de l'étang, elle était idéalement placée. Si le vent était bien placé, l'incendie pourrait finir de se consumer jusqu'au bord de l'eau. Le marais serait ainsi brûlé, c'est ce qu'on faisait souvent pour le nettoyer, afin que les moutons trouvent de l'herbe nouvelle qui pousse toujours mieux après un feu. Il allait y réfléchir très vite.

*
* *

François avait insisté auprès de ses parents, ils devaient venir voir Dolorès danser. Diégo et Salomé seraient présents, c'était un excellent moyen de rassembler la famille, puisque maintenant elle était complète. Marcel était toujours autant réticent à se monter en public. Il avait trop souffert des autres, et sa dernière visite l'avait quand même secoué. Faire la connaissance de son père devant Félicien et Augustin l'avait marqué. Outre sa bosse, voilà qu'il était fils de Gitan. Il lui paraissait évident que tout allait recommencer. Par ailleurs, il était content d'avoir appris qui était son géniteur. D'autant que d'emblée le courant était passé entre eux. Mais il n'en restait pas moins que le bossu était le fils d'un Gitan. Il avait été sensible à la discrétion totale de Salomé. Une sacrée femme, avait-il pensé. Rester calme devant cette découverte alors que son mari retrouvait son amour d'autrefois prouvait son intelligence. Il avait donc un frère ou une sœur, puisque Dolorès était leur petite-fille. Oui, avait répondu Diégo avec tristesse. Il avait eu une fille avec Salomé, Kamli, mais hélas elle était décédée à la naissance de la petite, et le père, incapable de s'occuper de son enfant, la leur avait confiée, puis avait disparu sur les chemins. Germaine était ravie pour son mari, il connaissait enfin son père. Qu'il soit gitan ou pas, elle s'en moquait complètement. « Les gens, malgré leurs différences, sont tous pareils. Ils naissent et ils meurent », affirmait-elle avec fatalisme, alors qu'importait qu'il soit gitan, noir ou blanc. Quant à Marthe, elle était heureuse, son fils connaissait ses origines. Elle n'avait jamais eu honte de cette liaison. Ça avait été l'amour de sa vie, et le revoir avant de mourir était une véritable bénédiction. Donc elle irait voir Dolorès danser. Germaine aussi. Marcel comprit qu'il n'avait plus qu'à les accompagner.

Jacques avait appris pour le spectacle. Il irait lui aussi. Au premier rang. Comme ça, il pourrait voir cette Bohémienne de près et, s'il pouvait lui jouer un sale tour, il ne s'en priverait pas.

*

* *

Le soleil dardait ses rayons depuis plusieurs jours. En mars, il avait fait très chaud, mais par contre, incroyable, il avait gelé en avril. Entre le 13 et le 19, il avait fait moins trois degrés, et les vignerons du Médoc proche s'inquiétaient, la vigne avait souffert. Par la suite, le beau temps s'était installé, il faisait vingt-cinq degrés. Les vieux prévoyaient un été chaotique, ils avaient regardé les vents le jour des Rameaux, entre messe et vêpres, et il avait changé sans cesse de direction. Avec le temps actuel, Félicien se dit que c'était le moment de mettre son idée à exécution. En début d'après-midi, il mettrait le feu.

Félicien longea le ruisseau du lavoir sur le petit chemin qui serpentait sur la rive, après la gare. L'endroit lui sembla parfait pour commettre son forfait. Ce ruisseau, qui arrivait de Sainte-Hélène et se jetait dans l'étang, était poissonneux. Par endroits, les trous faits par le courant abritaient des brochets et des *aubours*, ces petits poissons blancs qui pullulaient à certaines périodes. Aussi, beaucoup venaient y pêcher une petite friture qui améliorait bien l'ordinaire. On pourrait toujours accuser un pêcheur qui avait jeté son mégot dans les broussailles. Même mieux, les Gitans campaient au lavoir, il serait facile de les accuser. Félicien ferait en sorte qu'on pense à une vengeance contre son père qui avait démoli leur roulotte autrefois. Il se dit qu'il ferait d'une pierre deux coups : il éliminerait les Gitans et se ferait des amis à cause de l'acte criminel contre lui. Comme ça, le spectacle que tous attendaient samedi n'aurait pas lieu. Sinon, bientôt, cette danseuse aurait tout le village pour elle.

Il scruta le ciel. Observa la direction du vent. Parfait. Le danger n'était pas trop grand, mais suffisant pour mobiliser le village qui arriverait rapidement, c'était à peu de distance du bourg.

Il s'arrêta. Posa son vélo. Sortit une boîte d'allumettes. En prit une. Énervé malgré tout par l'acte qu'il allait commettre, il n'arriva pas à l'allumer.

S'y reprit à quatre ou cinq fois avant d'y parvenir. Il jeta l'allumette enflammée dans les broussailles, attendit un court instant, vit les flammes s'intensifier et repartit en vitesse vers le bourg.

Il arriva vers la gare sans avoir rencontré âme qui vive. Parfait. Le temps du retour, il s'était persuadé de la bonne raison de son acte. Ça ne brûlerait que chez lui, le reste, le marais, ce serait un service rendu à tous. En tout cas, il s'en persuada. Et si, de surcroît, on accusait les Gitans, ce qu'il claironnerait partout, ce serait génial.

Félicien avait compris que pour réussir il fallait se donner les moyens. Ce qu'il avait fait était un moyen, celui d'être plaint par tous et de se débarrasser de ces intrus et peut-être même de François qui pourrait passer pour leur complice.

Ce qu'il ne savait pas, c'est que quelqu'un l'avait vu.

*
* *

Diégo, lui aussi, en début d'après-midi, avait pris le chemin qui longeait le ruisseau. Il savait qu'il menait à l'étang et que, dans ces coins bas, il y avait des girolles. Habituellement, elles poussaient à l'automne, mais il était fréquent d'en trouver en mai et en juin. Alors qu'il fouillait le sol des yeux, il avait entendu du bruit, s'était caché derrière un buisson. Il avait vu un homme poser son vélo et l'avait reconnu, c'était celui à qui François avait demandé la main de sa fille. Sachant l'homme hargneux, il n'avait pas bougé et avait observé son manège. Lorsqu'il l'avait vu craquer les allumettes, il songea qu'il allait fumer, mais il n'avait pas de cigarette au coin des lèvres. Lorsqu'il l'avait vu en jeter une enflammée dans les broussailles, il avait compris. Il voulut bondir mais, à son âge, il préféra rester tranquille. Après que l'homme se fut éloigné, Diégo était sorti de sa cachette. Les flammes n'étaient pas vraiment violentes, mais commençaient à prendre de l'importance. Il coupa une branche feuillue et tapa sur le feu de toutes ses forces. Après plusieurs minutes d'effort, il parvint à limiter, puis à éteindre complètement le début d'incendie. Une trace de brûlé de quelques mètres carrés marquait bien qu'il y avait eu un début d'incendie. Assuré qu'il n'y avait vraiment plus aucun risque, il rentra à la roulotte, mais se dit que François devait savoir. Il se rendit au bistrot.

François fut ébahi. Félicien avait osé faire ça ? Mais pourquoi ? Diégo en avait la certitude, les faire accuser. Pour l'instant, il ne dirait rien mais, si c'était nécessaire, il n'hésiterait pas à le faire.

*

* *

Pendant ce temps, Félicien attendait de voir s'élever la fumée dans les cieux. Rien. Que devait-il faire, attendre encore ? Aller voir ce qui se passait ? Il bouillait d'impatience. Très énervé, il décida de revenir sur ses pas. En passant le long des ateliers de la gare, pour prendre le petit chemin, Francis en sortait.

— Alors Félicien, vous repartez à la pêche ? Je vous ai vu passer tout à l'heure.

Félicien répondit un vague oui et se dit qu'il n'avait pas été assez discret. La crainte qu'on le soupçonne l'envahit. Il déboula comme un fou à l'endroit où il avait allumé le feu et vit qu'il s'était éteint. Quelqu'un l'avait éteint ? Pourtant, il avait bien pris. De toute façon, pas question de recommencer, Francis ferait un lien entre le feu et ses deux passages.

La colère le submergea. Il rentra chez lui fou de rage.

XXIV

La place du village devint méconnaissable, le cirque Moreno l'avait envahie avec ses roulottes. Il faut dire que ce cirque, créé dans l'autre siècle à Bordeaux, également connu sous le nom du cirque des Îles, car il plantait son chapiteau sur les îles d'Aix, de Ré et d'Oléron, avait une excellente réputation. Il allait de ville en ville dans tout le département, et son spectacle était de grande qualité. Le jeudi, à l'apparition de la première roulotte, les gamins s'étaient égaillés dans tout le bourg pour porter la nouvelle, le cirque arrivait. L'après-midi, ce fut un ballet d'enfants courant et criant dans tous les sens pour ne rien rater de l'événement. Le lendemain, ceux des villages, voulant leur part de rêve, en sortant de l'école et avant de faire les quelques kilomètres qui les séparaient de leur maison, s'étaient précipités en courant pour « voir » les roulottes aux couleurs vives, ce qui pour eux était déjà un spectacle. Deux représentations étaient annoncées, une le samedi soir et l'autre le dimanche après-midi. On se régalait à l'idée des numéros présentés. Les chevaux pacageaient dans un pré plus loin et les gamins faisaient déjà des paris sur ceux qui seraient sur la piste, comme il était indiqué sur les grandes affiches de couleur. On les voyait, montés par des écuyères en tutu de tulle, avec au-dessus de leur tête des cercles brillants garnis de pompons argentés. Arrivaient aussi les marchands forains : petits manèges de chevaux de bois, confiseurs fabriquant des berlingots aux multiples couleurs, tirs, loteries. Cette année, la fête serait belle.

Si tous rêvaient dans l'attente de voir les artistes, d'autres attendaient samedi, en fin d'après-midi, pour assister à la prestation annoncée de Dolorès. François s'était préparé à ce qu'il espérait être un excellent moment, mais la nouvelle que Diégo lui avait apportée concernant Félicien l'avait troublé. Félicien était-il devenu fou ? Il avait vraiment voulu mettre le feu ? Ici, on respectait la forêt. On haïssait l'incendie. On faisait bloc pour lutter contre les flammes. C'était l'ennemi commun. Non, vraiment, il ne comprenait pas. D'abord, il avait pensé que Diégo s'était trompé, mais tout à l'heure, en arrivant au bistrot, Francis lui avait dit en plaisantant qu'il avait demandé à Félicien s'il s'était mis à la pêche.

— Pourquoi tu lui as posé cette question ?

— Je l'ai vu deux fois prendre le chemin de la rive du ruisseau, alors je lui ai demandé s'il avait oublié ses cannes à pêche. Il ne m'a rien répondu.

Donc Diégo ne s'était pas trompé, c'était bien Félicien qu'il avait vu sur le bord du ruisseau. Il aurait fait ça pour faire accuser Diégo et Salomé ? Pour faire croire à une vengeance ? Il s'en était ouvert à Hermance.

— Tu sais, mon petit, Félicien est capable de tout. Même de sacrifier une partie de son bien pour arriver au but qu'il s'est fixé.

Son bien, à cet endroit, n'avait qu'une importance relative, alors quelles étaient ses véritables raisons ?

*
* *

Maintenant, Dolorès se mettait en place. Elle avait le trac. C'était une première pour elle et elle regrettait presque cet instant. Aurait-elle le courage de se présenter devant un vrai public ? Danser devant ses amis ne la gênait pas, ils étaient de la même condition, mais ici c'était bigrement différent. Elle savait que François avait sympathisé avec le patron du cirque et qu'il lui avait présenté Diégo. Tous trois avaient passé un grand moment à discuter. Gaëtan Moreno avait entendu parler de ces artistes comme Diégo. Certains avaient été son modèle. Diégo s'était enhardi à lui parler de sa petite-fille. Elle jonglait admirablement bien et justement, samedi en fin d'après-midi, elle se produisait avec un musicien local. Si Gaëtan Moreno voulait y assister, ce serait un honneur, lui avait-il dit. Gaëtan avait accepté pour faire plaisir à Diégo, ça ne l'engageait à rien. Ça arrivait souvent, dans les villages, qu'un artiste local s'imagine pouvoir entrer dans sa troupe, mais il avait un tel souci de l'efficacité que sa rigueur était totale, et, d'un mot, d'une phrase, il faisait comprendre que les seuls qui s'amusaient au cirque étaient les spectateurs. Les artistes devaient travailler, toujours travailler et encore travailler. Rares étaient ceux qui intégraient la compagnie. Mais bon, il ferait plaisir à ce vieux Gitan, il serait présent samedi malgré la préparation du spectacle qui avait lieu le soir. Dans sa troupe, il avait des équilibristes, des dresseurs de chevaux, des clowns, tous de qualité, il n'avait pas vraiment besoin de qui que ce soit d'autre, mais après tout un coup d'œil ne coûtait rien.

— Il y a du talent chez beaucoup, mais seuls un travail régulier et un entraînement intensif permettent de devenir une vedette.

Diégo avait approuvé. Dolorès le savait et elle était prête, selon lui, à beaucoup travailler pour sortir le meilleur d'elle-même.

À ces mots, François fut fier de cette famille. Diégo n'était pas n'importe qui, et Marthe n'avait aucune honte à avoir de cette relation condamnée par beaucoup.

Maintenant, la salle se remplissait et le trac serrait de plus en plus la poitrine de Dolorès, qui attendait derrière une porte de la salle. Ismaël Vignau lui donna quelques conseils. Elle devait se sentir sûre d'elle et ne pas avoir peur du public. Il lui recommanda de respirer très fort avant d'entrer sur scène et de se lancer avec détermination. Elle ne devait pas montrer sa peur, mais seulement sa fierté de Gitane. Diégo et Gaëtan Moreno s'étaient assis au fond de la salle, dans la pénombre, et Salomé, toujours discrète, plus en arrière, contre la porte de communication. Un brouhaha se produisit. Félicien, suivi d'Augustin et de Jacques, se frayait un chemin pour être au premier rang. On comprenait que Jacques avait déjà bu quelques verres. Son visage était rouge et il marchait d'un pas mal assuré. François fit un signe à Anselme et à Francis. Ils allèrent se mettre chacun à un bord des allées extérieures, prêts à intervenir s'il s'en prenait à Dolorès.

Lorsque la porte s'ouvrit pour laisser Dolorès entrer, il y eut des sifflements dans la salle, mais c'étaient des sifflements d'admiration. Vêtue d'une robe rouge bariolée de traits de couleur qui lui descendait jusqu'aux pieds qu'elle avait nus, un foulard rouge à grosses fleurs lui tenant les cheveux, les bras placés en anse de chaque côté du corps, les mains posées sur les hanches, elle avait tout d'une diva. Son regard partait vers le fond de la salle, au-dessus du public. Elle occupait tellement l'espace qu'Ismaël n'en revint pas. Il commença à jouer une *czardas*. Le morceau, tiré du folklore tzigane, débutait avec lenteur et gravité, puis accélérait ensuite pour se transformer en danse vigoureuse. Sur les premières mesures de la mélodie, tout en douceur, Dolorès déplia ses bras lentement, au rythme de la musique. Elle se pencha en avant avec grâce, puis fit monter ses mains le long de son corps d'une manière suggestive, qui attira le rire moqueur de Jacques. Sans sourciller, Dolorès, relevant la tête, toujours avec lenteur, fixa brusquement Jacques d'un regard noir et déterminé. C'est à ce moment que le rythme se modifia et devint rapide et entraînant. D'un geste, elle fit voler son foulard. D'un coup de tête bref, fit tournoyer sa chevelure, sortit avec grâce des balles de ses poches et se mit à jongler en cadence avec le violon d'Ismaël. Presque aussitôt, les gens, happés par le tempo, se mirent à taper dans les mains. Derrière, Diégo, la larme à l'œil, fixait Gaëtan Moreno qui avait l'air conquis et qui, comme d'autres, tapait aussi dans ses mains. Les balles volaient, s'envolaient, faisant un ballet aérien d'une régularité parfaite. Dolorès les prenait, les reprenait, tournant sur elle-même. Elle ne restait jamais statique, faisant corps avec la mélodie ardente. À la fin du morceau, lâchant ses balles, elle se laissa glisser à terre, sa robe étalée autour d'elle, comme une corolle. Bien sûr, la jonglerie avait été belle, agile, en accord total avec le violoniste, mais ce qui se dégageait le plus de Dolorès, c'était la puissance de sa danse. On comprenait que son corps vibrait au diapason avec chaque note et s'exprimait pleinement, à la manière d'un instrument de musique.

Un tonnerre d'applaudissements se déclencha. Ismaël Vignau, larmes aux yeux, s'approcha de Dolorès, l'aida à se relever et, la main sur son épaule, ils saluèrent le public enthousiaste. Il venait de vivre un grand moment dans sa vie de musicien.

Les commentaires allaient bon train. Ceux qui l'appelaient la Gitane l'appelaient désormais Dolorès. Diégo se tourna vers Gaëtan Moreno, le questionnant du regard. Il lui dit immédiatement qu'il voulait la rencontrer. Elle lui avait fait forte impression. Il y avait un jeune Tzigane, au cirque, excellent violoniste, et nul doute qu'il serait heureux de devenir son partenaire. Diégo, ému, se rappela ses débuts prometteurs, brisés par des voyous. Son âme fataliste de Gitan lui fit penser que sa petite-fille était née pour accomplir le destin qu'il n'avait pas réussi à réaliser.

François était heureux et triste à la fois. Il aurait aimé que Maria soit là pour participer à cette joie. Elle seule manquait à sa famille, car maintenant il n'avait plus aucun doute, il la voulait vraiment pour épouse. Elle lui manquait de plus en plus. Quand la reverrait-il ? Aux prochaines vacances ? Il ne savait pas. Il pensait à ça lorsqu'il vit Jacques s'approcher de Dolorès. Anselme et Francis le pistaient aussi.

— Tu danses bien, Gitane. N'empêche, tu n'es qu'une voleuse de poules qui sait danser, rien d'autre.

Devant ces paroles blessantes, Dolorès le regarda sévèrement. Elle lui rétorqua d'un trait qu'il n'était que le petit-fils du voyou qui avait cassé la vie de son grand-père. Rien d'autre.

Jacques se raidit, eut envie de la gifler, mais il avait vu Francis, Anselme et François s'approcher. Il se rapprocha de son père, qui était accoudé au bar avec Félicien. Tous observaient en imaginant la suite qui serait sans doute violente. Félicien, d'une voix forte, s'exclama :

— Laisse tomber, Jacques, tu vois bien que ces gens, à part savoir danser, ne valent rien.

Le sang de François ne fit qu'un tour. Il en eut assez des insultes de Félicien. Il était temps de le remettre à sa place. Il était surtout temps de le montrer sous son vrai jour : violent, calculateur, méchant, odieux, vengeur. Il haussa le ton. Vint derrière le bar, afin que tout le monde l'entende, à sa place de patron, et apostropha Félicien :

— Vous dites que ces gens ne valent rien ?

Les clients s'étaient tus. Un autre spectacle commençait. Félicien regarda François en souriant.

Exact, il pensait, il était même sûr que ces Gitans ne valaient rien. Pas plus d'ailleurs que leurs descendants, et que ce serait bien si le village en était débarrassé. Marcel, plus loin, se leva pour répondre, mais François continua :

— C'est vous qui dites ça, Félicien ? C'est vous qui jugez ainsi les autres ? Vous m'avez jugé l'an dernier à cause de l'amour que Maria, votre fille, me porte, vous jugez mon père depuis longtemps, et vous vous permettez de dire du mal de ces gens-là ? Ils ne vous ont rien fait, par contre, votre père ! Alors je vais vous dire, moi, ce que je pense d'eux et de vous.

Il éleva encore la voix et clama :

— Mes amis, il y a deux jours, Félicien Tastet, dont tout le monde sait qu'il veut être le prochain maire de notre commune, Félicien Tastet a mis le feu à une parcelle le long de la Berle, pas loin du campement de Diégo.

Des « oh » d'étonnement se firent entendre. Incroyable ! L'accusation était grave. Félicien blêmissait de rage. Avait du mal à se contenir, tandis qu'Augustin Rambert et Jacques le regardaient, étonnés. François poursuivit :

— Diégo, qui cherchait des champignons, l'a vu. Lorsqu'il est parti, le feu allumé, Diégo a réussi à éteindre ce début d'incendie. Mais, sans doute étonné de ne pas voir la fumée s'élever, Félicien est revenu voir ce qui se passait. Francis, ici présent, l'a vu deux fois en moins d'une heure, à vélo, prendre le chemin du ruisseau. J'affirme donc, preuve à l'appui, que vous, Félicien, êtes un incendiaire et que c'est vous qui ne valez rien.

Incroyable ! Les gens n'en revenaient pas. C'était quoi, cette histoire ? Félicien criait au menteur, c'est alors que Diégo, s'approchant de lui, lui dit droit dans les yeux :

— Je jure sur ma foi et ma famille que c'est vous que j'ai vu allumer le feu. Avec difficulté d'ailleurs, il vous a fallu plusieurs allumettes, tellement vous sembliez être énervé. Alors, quand vous êtes parti, j'ai coupé une branche feuillue et j'ai tapé sur les flammes. J'ai eu du mal, mais je suis arrivé à éteindre le feu que vous aviez allumé. Heureusement, sinon les flammes auraient filé jusqu'à l'étang.

Félicien ne savait plus que dire. Il quitta le bistrot, suivi d'Augustin et de Jacques, qui hurlait des insanités à tous. Il bouscula sciemment Diégo en passant, manquant de le faire tomber. Salomé, qui était à la porte, lui saisit brutalement le poignet, lui retourna la main, regarda et dit :

— Tu es un violent, gadjo. Je vois dans ta main que tu disparaîtras dans la violence. Celle que tu as créée.

Jacques retira brusquement sa main de celle de Salomé et hurla :

— En arrière sorcière, en arrière !

Et il s'enfonça dans le soir qui tombait.

*

* *

Dolorès était rayonnante. Gaëtan Moreno, subjugué par sa prestation, lui proposa d'intégrer le cirque rapidement.

Plus tard, elle remercia François. Depuis qu'ils s'étaient rencontrés, sa vie avait changé. « La mienne aussi », rétorqua-t-il. Il se rappela le jour où, à Bouricos, il avait décidé de prendre le chemin sans savoir ce qu'il allait y rencontrer. Au bout de cette quête imprévue, comme Jean Michaud, il s'était trouvé lui-même, et la rencontre avec Diégo lui avait apporté une bien plus grande chose : une vraie famille. Que de choses avaient changé. Il se tourna vers son père. Marcel était avec Diégo et se faisait raconter cette histoire incompréhensible de l'incendie. La raison ne faisait aucun doute, jeter le discrédit sur eux et, par la même occasion, sur François et les siens. Si demain allait sans doute être différent, les rancunes ne s'effaceraient pas facilement.

Maintenant que Dolorès faisait partie du cirque et commençait sa vie d'artiste, Diégo et Salomé pouvaient quitter le village. Ils décidèrent de se poser à Arès. Le bord du bassin leur convenait bien, ils y avaient été bien accueillis et Lacanau ne serait pas loin, ils pourraient y venir de temps en temps.

Ce soir, en se couchant, François eut du mal à s'endormir. Maria, sa Maria de la lande lui manquait vraiment. Dolorès partie, il se retrouvait seul. Anselme le quitterait l'an prochain pour faire son service militaire. Le bistrot de la Mastroquette lui parut d'un coup trop au centre du village. Trop à la vue de tous. Ces jours derniers avaient été riches en émotion, et le berger qu'il était resté au fond de lui, même s'il était très bien dans ce bistrot, regrettait sa lande. Il rêvait de coucher de soleil sur les dunes. Il rêvait surtout du silence de cet espace libre qu'était la lande. Un espace où les ragots ne pénétraient pas. Un espace où la méchanceté ne pénétrait pas. Cet espace pastoral où tout était beau. Le vent comme la pluie. Les orages comme les ciels bleus. Dans cet espace, il imagina Maria, sa Maria de la lande, appelant ses moutons à petits cris : « Té, té vous autres, té té venez. » Ce soir, il mesurait combien cette simplicité, cette complicité lui manquait. Mais comment, maintenant, communiquer avec Maria ? Si ce soir il avait gagné une bataille, les jours à venir, Félicien et Jacques n'allaient sans doute pas lui faire de cadeau.

*
* *

Roger Lambert était fou de rage. Derrière son bureau, il écumait littéralement. Lorsqu'il avait appris ce qu'avait tenté de faire Félicien, il avait manqué d'air. Un forestier, oser commettre ce crime de mettre le feu ? Il était devenu fou ? En outre, un élu ? Et qui plus est qui avait des ambitions pour la mairie ? Bravo. Bel esprit. Dans le fond, le maire se dit que cette situation était parfaite pour lui. Félicien se croyait exempté de tout devoir, de toute morale, ne se cachait pas pour le dire, mais il avait des amis qui auraient rendu les prochaines élections délicates. Il venait de faire la faute de trop, c'était plutôt bien, il ne s'en relèverait pas. Il l'avait donc convoqué ce matin et l'attendait de pied ferme.

Lorsqu'il frappa à la porte du bureau de Roger Lambert, Félicien n'était pas fier du tout. Un quart d'heure plus tard, il l'était encore moins, le maire lui avait donné l'ordre de poser sa démission du conseil municipal immédiatement : « Nous n'avons pas besoin d'un incendiaire dans nos murs. »

Félicien essaya d'expliquer son geste, de se trouver des excuses, ce fils du bossu qui voulait épouser sa fille, ces Gitans qui débarquaient, sa colère, son énervement compréhensible, le maire ne voulut rien entendre.

— Et ne te plains pas, l'avait-il sermonné en lui montrant la porte, je ne dirai rien aux gendarmes, ils cherchent encore celui qui a foutu le feu l'an dernier, si je leur raconte, ils vont te prendre pour le coupable et te questionner !

Comment annoncer la nouvelle de sa démission à sa femme ? Déjà qu'il allait être mis au ban des accusés dans tout le village. Parce que, pour le feu, il avait bien imaginé qu'il pourrait retourner la situation à son avantage. Personne ne l'avait vu, sauf ce Gitan, mais ici on ne prêtait pas foi aux paroles de ces gens-là. Mais le maire l'avait saigné en l'obligeant à démissionner. Le faire, et il n'avait pas le choix, sinon c'étaient les gendarmes, c'était reconnaître ses torts. En outre, il réalisa que son commerce de marchand de bois pourrait en souffrir.

Il ne rentra pas chez lui tout de suite et décida d'aller mesurer des piles de bois en forêt, du côté du Moutchic. Il avait besoin d'être seul. Sur le bord de la route, à droite, une allée large, tracée dans le sable, laissait deviner que dans un an ou deux le train reliant le bourg à l'océan passerait par là. De loin en loin, des piles de traverse en acacia attendaient d'être utilisées pour former le ballast.

Félicien voyait à peine ce décor qui changeait. Rongé par la honte, il n'avait pas sa tête à lui. Cette situation lui pesait d'un poids lourd. Très lourd. Pourtant, il se dit qu'il ne regrettait rien. Il avait senti de la satisfaction dans les propos du maire, celle de pouvoir abattre un concurrent potentiel. Il restait un an avant les prochaines municipales. D'ici là, il aurait le temps de rassembler les mécontents. Mais, d'abord, faire le gros dos. Attendre que l'orage passe. Sa démission ? Il la poserait, mais officiellement pour des raisons de désaccord avec le maire. Comme ça, il marquerait sa différence. Roger Lambert était pour cette satanée station à l'océan, lui, Félicien, se battrait contre. Cette idée était folle, il aurait la majorité des hommes avec lui. Le maire s'en rendrait compte à la réunion de présentation du projet.

Il tourna au chemin de Talaris. Passa devant la maison de Marcellin. Il était occupé à bêcher un carré de jardin.

— Eh beh, Félicien, tu t'arrêtes pas boire un coup ?

Cet appel surprit Félicien qui était tout à ses pensées. Il n'avait pas envie de s'arrêter, mais Marcellin était un brave homme, ne pas s'arrêter lui aurait paru suspect. Et puis il fallait commencer à compter ses amis.

— Excuse-moi, Marcellin, j'étais dans mes comptes, je ne faisais pas attention.

Marcellin vivait seul. Travaillait bien sa terre et son jardin, moins bien son intérieur. En entrant, malgré le désordre, Félicien sentit une bonne odeur de soupe qui tiédissait sur le bord de la cuisinière à bois. Marcellin poussa l'assiette creuse marquée du trait rouge du chabrot, les couverts du dernier repas qui encombraient la table, recouverte d'une toile cirée, donna un coup de béret sur les miettes restées dessus ; attrapa deux verres pas très nets, les posa sur le coin de la table, d'un coup de menton montra une chaise à Félicien en guise d'invitation à s'asseoir et sortit une bouteille de vin rouge du buffet.

— C'est du bon, Dubois m'en porte une cantine tous les quinze jours.

Félicien passa presque une heure avec Marcellin. Ils parlèrent de tout. Du prix des bois. Du prix de la résine. De ce chemin de fer qui allait amener des fous à l'océan et peut-être du monde dans ce coin tranquille où il allait pêcher le *mule*[1]. De ce Pierre Ortal : « *Incare oun pec dé la bille !* » s'était écrié Marcellin. Pas un mot sur ce qui s'était passé samedi dernier. Félicien allait partir quand Marcellin lui jeta :

— Alors comme ça, il paraît que quelqu'un a voulu foutre le feu dans tes pins ? C'est des racontars ?

Félicien se figea.

— Tu sais que c'est la bonne période pour les tioques. L'herbe de l'hiver des marais, une fois brûlée, en laisse pousser une autre bien grasse qui leur plaît. Elles aiment ça, et ceux qui les mangent aussi : les côtelettes sont plus grasses.

Il poursuivit :

— C'est con que le gonze a raté son coup. Enfin, pour le marais, pas pour tes pins.

Il repartit vers son jardin en touchant son béret du bout des doigts en guise d'au revoir.

---

1. Mule : *appellation locale du bar, poisson de mer.*

Félicien ne sut quoi penser. C'était quoi ces phrases, de la moquerie ? De la finesse de paysan roublard ? En tout cas, s'il connaissait la véritable identité de l'incendiaire, il avait bien joué avec lui. L'avenir serait sans doute comme ça, pensa Félicien. Il faudrait souvent jouer entre deux eaux.

Mais ça, il savait le faire.

XXV

ROGER LAMBERT était satisfait, la salle était pleine de monde. Il avait demandé à Pierre Ortal et à son équipe d'ingénieurs de participer à cette réunion d'information. Des plans, réalisés par les architectes Pierre Durand et Jean Bonnamy, étaient étalés sur une table et tous regardaient avec curiosité ce que voulaient faire ces hommes dans le sable. Jules Marian et ses deux gendres étaient au premier rang. Après avoir présenté les intervenants, le maire passa la parole à Pierre Ortal, qui expliqua son projet :

— Comme vous le savez, je suis chef de service aux Chemins de fer des Landes et propriétaire à Lacanau. Mon désir est de voir grandir cette ville, et je rêve d'en faire un second Arcachon, parce que c'est possible. Nous avons le même climat et le même environnement.

Quelques sourires moqueurs éclairèrent les visages. On connaissait Arcachon à la renommée montante et, ici, le décor était très loin de cette image. Le Crohot du marin était quand même désertique et, pour les gens du pays, à part y pêcher de temps en temps, qu'y faire d'autre ? Qui viendrait s'y perdre ? À Arcachon, on s'y baignait, mais le bassin n'était pas l'océan, il était plus tranquille.

— Je parle sous le contrôle de M. le maire, ici présent, qui pourra confirmer ce que je dis. Je résume : en 1884, j'ai fait connaître par écrit à la municipalité mon intention de créer une station balnéaire sur les dunes littorales de la commune, en un lieu que vous appelez le Crohot du marin. Je sais que crohot signifie trou, et marin l'endroit, sans doute, où quelques-uns d'entre vous vont tendre les filets que vous appelez *traïnots*. Cet endroit ne va pas rester un trou bien longtemps, je m'engage à le combler de monde et d'activités.

Le discours de Pierre Ortal, que certains appelaient le *pec* de Bordeaux, amusait une partie du public, les autres écoutaient avec attention. Ils avaient le sentiment qu'une page se tournait pour ceux qui croiraient à ce projet. Pierre Ortal continua :

— Le conseil municipal du 5 octobre 1884 a étudié l'avant-projet de chemin de fer d'intérêt local que j'ai déposé et qui prolongerait la ligne de Bordeaux Saint-Louis à Lacanau. Ce projet a été mené à bien et la ligne ouverte au public, comme vous le savez, le 21 décembre 1885. Depuis ce jour-là, Bordeaux est à une heure et demie de chez vous, alors qu'avec la diligence il vous fallait plus de quatre heures pour vous y rendre. Ceci s'appelle le progrès, et ce n'est pas fini, parce que bientôt nous pourrons faire le trajet de Lacanau à l'océan, par le même moyen de transport, économisant ainsi du temps et de l'énergie. Ce sera bon pour l'industrie du bois, de la gemme, et pour ceux qui viendront travailler à la construction de la nouvelle station. Pour parvenir à créer cette nouvelle station balnéaire, je me suis entouré de notables de la région bordelaise, et nous avons fondé, en 1890, la Société immobilière de Lacanau et du chemin de fer de Lacanau à l'océan. Les principaux actionnaires de cette société sont MM. Émile Faugère, ingénieur, Albert Lagueyte, Jean Bonnamy, entrepreneurs, et Pierre Durand, architecte, ici présents. Nous avons acheté des terrains du domaine de Lacanau et nous avons procédé à un échange avec l'État, en 1900, de quelque trois cent quatre-vingts hectares situés sur les dunes littorales de la commune de Lacanau. Le plan du lotissement que vous pouvez consulter a été établi par Pierre Durand et Jean Bonnamy, depuis déjà quelques mois, et approuvé. Par ailleurs, Émile Faugère, ingénieur spécialisé dans la construction de voies de chemin de fer, va présenter en août aux autorités le plan définitif de la future voie de chemin de fer dite « d'intérêt local », pouvant relier Lacanau à l'océan. D'ailleurs, à la sortie du village, on peut déjà voir le début du tracé et les traverses d'acacia qui serviront à sa construction.

Il se tourna vers le maire.

— Je voudrais saluer M. le maire ici présent pour son accueil. Il a tout de suite compris l'intérêt local de la chose et a su convaincre son conseil municipal de le suivre dans ce projet, qui mettra Lacanau en avant pour les siècles à venir.

Les applaudissements, timides, montrèrent que peu adhéraient au projet. Roger Lambert se devait d'arranger les choses. Il précisa que la population, dans son ensemble, était pour et que les quelques réticences allaient être balayées sans problème, dès que le train circulerait jusqu'à l'océan et les premières maisons construites.

Félicien, assis au fond de la salle, se dit que c'était le moment de se manifester. Depuis un mois, il avait été d'une grande discrétion, mais il pensa que le moment de se manifester était arrivé. Il leva la main, demanda la parole, ce qui fit grincer les dents du maire.

— Voilà, c'est pas que je sois contre…

Roger Lambert le coupa vivement :

— Heureusement que tu le dis, à chaque fois que ce projet était à l'ordre du jour, tu as toujours voté pour.

Des rires fusèrent. Le duel des municipales commençait avec un an d'avance.

— C'est vrai, poursuivit Félicien, j'étais pour, mais parce que tu étais pour et qu'au conseil, quand tu as parlé, les autres n'ont plus grand-chose à dire. Nous marchons aux ordres de M. le maire.

Des sourires en coin, des chuchotements narquois vinrent troubler la quiétude de la réunion, enfin on allait commencer à rire.

— Donc j'étais pour, parce que bâtir sur du sable, ici, tout le monde sait que c'est de la couillonnade, le sable ça fuit et ça bouge. Mais je me suis dit que vous alliez retrouver la raison et arrêter ce projet. Mais là, avec la construction d'une voie de chemin de fer jusqu'à l'océan, vous insistez. Vous allez couper un tas de pins, votre chemin de fer va nous foutre le feu, comme il l'a fait ailleurs, alors je suis contre.

Au mot feu, on en entendit gronder quelques-uns.

— D'ailleurs, j'ai démissionné du conseil municipal il y a quelques semaines, pour pouvoir être libre de mes propos.

Des bravos nourris éclatèrent. Le maire était fou de rage. Sa démission était tout autre, mais comment commenter en public cette histoire de feu sans que les gendarmes le sachent ? Voilà plusieurs semaines que c'était passé, et ces mêmes gendarmes lui reprocheraient de ne pas avoir dénoncé le criminel avant. Il passerait pour un faible, et surtout pour le fautif qui avait négligé la sécurité des biens et des personnes de sa commune que lui conférait sa charge de maire. Roger Lambert se sentit pris au piège. Il fulminait.

M. Ortal ne se démonta pas et précisa que les ingénieurs, qui n'étaient pas nés de la dernière pluie, avaient tenu compte de tous ces éléments et que tout avait été fait pour que la réussite soit totale. Avec le charisme qui le caractérisait, il assena une chose qui fit réfléchir tous les indécis ou les opposants, il y aurait du travail pour beaucoup, et ceux qui avaient quelques économies pouvaient même penser à créer des commerces dans ce Crohot du marin, qui deviendrait bientôt Lacanau-Océan. Il termina avec emphase en disant :

— Bâtissons le rêve ensemble, et ensemble, pour le bien de tous, transformons cette commune en la faisant entrer de plain-pied dans le XXe siècle !

Les applaudissements crépitèrent de toutes parts, tandis que le buffet, copieux, préparé par François et Hermance, avec l'aide d'Anselme, qui était ravi de servir ses patrons, régalait. Félicien se mit dans un coin avec quelques autres. Même s'il n'avait pas réussi à convaincre, il avait réussi à se positionner pour l'avenir, et le sien, pensait-il, ne serait pas bâti sur le sable.

À ce discours des promoteurs, François comprit que la commune changeait, c'était irréversible. S'il était ravi de la nouveauté, si l'enthousiasme de Pierre Ortal l'avait séduit, revenait toujours au fond de lui cette envie de solitude. Il pensa à Élie, le pêcheur qui l'avait accueilli sur la plage avant son départ pour Bouricos et le chemin. À sa cabane, aux filets qui séchaient accrochés aux pointes, sur les murs de planches. À ce feu de bois où cuisait le poisson frais pêché. À ce silence. Aux embruns salés. Aux kayocs hurlant au vent d'ouest. Aux mouettes criardes, qui se chamaillaient pour un poisson. Tout ça resterait ? Décidément, ce siècle amenait son lot de changement et, quoi qu'on dise, tous n'étaient pas près de changer.

*
*   *

Loin de cette révolution qui s'annonçait, Maria était songeuse. Les vacances approchaient à grands pas et elle reviendrait au village, ce dont elle n'avait aucune envie. Sœur Marguerite avait sympathisé avec elle et était devenue sa confidente. Au début, elles parlaient de tout et de rien et, petit à petit, Maria lui avait parlé d'elle. De son village, de ce père brutal et de sa mère soumise. Elle lui avait parlé de sa passion pour les moutons et de la lande, cette lande qu'elle adorait. Puis elle lui avait parlé de Jacques, et de François. Sœur Marguerite l'avait toujours écoutée avec gentillesse et douceur, lui recommandant la patience. Tout, disait-elle, avec la sainte Providence, s'accomplissait un jour. Au fond d'elle, Maria pensait que la sainte Providence devait avoir peur de son père, parce qu'elle n'entrevoyait aucun moment de faiblesse le concernant. Sa copine Odile, toujours au courant de tout, savait que dernièrement Félicien avait encore fait parler de lui. Elle se confia à sœur Marguerite, elle n'avait aucune envie de passer l'été chez elle à Lacanau. La sœur eut alors une idée. Elle savait qu'à Arès, sur les bords du bassin, Sophie et Paul Wallerstein avaient créé, en faveur des plus démunis, un lieu de soins. Le premier pavillon, construit grâce à la générosité des fondateurs, pouvait accueillir six hospitalisés. Il comprenait une salle d'opération et un dispensaire. Il avait été inauguré en grande pompe le 21 novembre 1894 en présence de nombreuses personnalités, les maires d'Arès, d'Andernos, de Lège et du Porge, ainsi que les docteurs Cousin et Peynaud. L'abbé Delugeol avait béni l'établissement, que les religieuses de la Sainte-Agonie prenaient en charge. Depuis cette date, il s'était agrandi et les malades sans ressources venaient frapper à cette porte où on les accueillait sans rien leur demander. Les sœurs de l'Agonie s'étaient transformées en infirmières et, devant la demande toujours plus importante, recrutaient des filles pour les soins, le nettoyage des salles, pour aider en cuisine. Si elle le désirait, sœur Marguerite pouvait intercéder pour qu'elle passe son été à aider les plus démunis. L'idée, d'emblée, plut à Maria, mais, étant encore mineure, il lui fallut l'accord de ses parents.

Félicien lui donna immédiatement. Elle ne voulait pas passer l'été au village ? Tant mieux. Ainsi, elle serait loin de ce berger de malheur qui commençait à sérieusement l'agacer en trônant derrière son comptoir. Il inciterait Jacques à lui rendre visite à Arès, il devait entretenir cette relation. Maria fut ravie de la réponse de ses parents. Elle passerait rapidement chez elle, entre deux trains, pour prendre du linge de rechange.

La date fut fixée au dimanche 28 juin. Un train partait de Bordeaux vers 8 heures et arrivait à Lacanau vers 9 h 30. Le soir, un convoi partait vers le bassin vers 17 heures, elle serait à Arès avant l'heure du dîner.

*
* *

Maintenant, l'obscurité commençait à tomber. Tout le village était rassemblé en cette nuit de la Saint-Jean. Un bûcher avait été installé sur la place de l'église, à quelques pas du bistrot de François. Déjà le vin avait coulé dans les gosiers des jeunes, qui fêtaient la nuit la plus longue de l'année. C'était la nuit de toutes les audaces. La nuit où les filles regardaient les garçons avec un air en disant long sur leurs états d'âme. Pareil pour les garçons. Ces jeunes, ce soir, pouvaient affirmer, en public, leurs intentions vis-à-vis des filles. Celles qu'ils aimeraient épouser. Les filles avaient quitté leur tablier de tous les jours et passé une robe plus légère qui leur tombait sur les pieds, chaussés de petits souliers, mais pour la plupart par des sabots, neufs pour la circonstance. Taillés dans du bois de hêtre ou de bouleau, vernis et décorés de motifs à fleurs sculptés, ils iraient très bien pour frapper le tempo de la bourrée, sur le plancher du bal installé plus loin qu'allaient animer Ismaël Vignau et ses musiciens. Seul luxe, un joli nœud de couleur dans les cheveux, ramassés en boucles ou en chignon, marquait la fantaisie féminine du moment. Déjà, elles regardaient les garçons en douce et riaient entre elles. En choisissaient un, en conseillaient un autre, riaient de celui-ci avec son air arriéré. Par contre, elles faisaient attention à leurs manières, parce que les mères les pistaient du coin de l'œil. À la moindre incartade, c'était le retour à la maison. Les garçons étaient plus libres. Ils avaient déjà vidé quelques verres. Pour certains, plus timides, c'était le moyen de s'enhardir devant les filles. Ils les observaient en ironisant : « Regardez-les glousser. » Mais il leur tardait que commence la fête pour faire la ronde et sauter le feu pour montrer leur ardeur à la tâche !

Jacques et ses copains avaient fait les deux bistrots de la place et avaient déjà bu plus que de raison lorsqu'ils s'installèrent en terrasse, chez François, qui prit leur commande, assortie d'un sarcasme de Jacques. Il lui demanda si sa famille de Gitans danserait ce soir. François ne répondit pas, les servit et tourna les talons. Francis, en colère, lui demanda s'il avait entendu la réflexion, et pourquoi il ne lui répondait pas. Pff, à quoi ça servait. Il valait mieux ne pas répondre plutôt qu'entrer dans sa combine pour provoquer une bagarre, il n'attendait que ça. Dans la semaine, des clients, au comptoir, lui avaient rapporté des propos plus virulents : Jacques promettait d'en faire voir, comme il disait, aux bossus père et fils. Alors que faire ou que dire ? On verrait bien.

La place résonnait des conversations et des cris des enfants attendant le spectacle. Le silence se fit quand le curé arriva, très digne dans sa chasuble dorée. Il était accompagné de deux enfants de chœur habillés d'une soutane rouge et d'un surplis blanc, décoré de motifs de dentelle. Cette arrivée solennelle paraissait étrange au milieu de ces gens en habit simple. Des jeunes mirent le feu au bûcher. Des flammes s'élevèrent dans le ciel et donnèrent une clarté vive dans le soir qui maintenant tombait. L'abbé Despeyroux trempa le goupillon dans le bénitier que portait un enfant de chœur et bénit le feu en disant des prières emportées par le bruit du feu qui ronflait. En terrasse, chez François, quelqu'un cria :

— Tu vois, Félicien, le curé allume le feu bien mieux qu'un libre-penseur, tu pourrais prendre des leçons !

L'éclat de rire fut général.

Le curé fit le tour du feu, toujours en le bénissant, et se retira. Ce fut le signal des réjouissances.

En cercle autour du feu, garçons et filles se prirent par la main, pour une farandole qui allait durer tard dans la nuit, sous l'œil vigilant des parents surveillant ces ébats. La musique commença et emporta les jeunes dans la danse. François regardait ce spectacle avec une grande nostalgie. Observant les regards chauds et brillants que se jetaient les jeunes couples, il pensa à Maria. Les événements de ces dernières semaines l'avaient un peu éloigné de ses pensées, mais, au fond de lui, elle était toujours présente. Que ferait-elle pendant les vacances qui arrivaient ? Viendrait-elle au village ? Félicien la cacherait-il ? On disait qu'Augustin Rambert commençait à s'impatienter au sujet du mariage et que la façon dont Félicien était entré en opposition à la réunion d'information ne lui plaisait pas vraiment. Ce climat tendu dérangeait beaucoup François. Hermance lui demandait de s'armer de patience, il le faisait, mais ça lui coûtait beaucoup. La seule chose positive dans cette situation était que Dolorès ait suivi le cirque Moreno. Avec le talent qu'elle avait et qu'elle allait développer, elle ferait sûrement carrière. Diégo avait rejoint Arès, qui semblait, si on ne l'en délogeait pas, être son dernier point d'attache. Avec l'âge, il avait décidé qu'il devait arrêter ces pérégrinations. De plus, la santé de Salomé le préoccupait, se fixer lui permettrait de se reposer un peu. Il continuerait à rempailler quelques chaises, à pêcher quelques poissons, et la vie s'écoulerait tranquillement, avec la joie de penser que Dolorès réalisait ses rêves et le sien.

Un bruit de chaises renversées et de verres brisés fit sursauter tout le monde. Francis, devant l'air narquois de Jacques et à force d'entendre les réflexions méchantes envoyées à tous les clients, qui ne répondaient pas, lui avait demandé de se taire.

— Tiens, tiens, avait ironisé Jacques, le petit chien du berger veut mettre de l'ordre dans ce courtioù ?

Et il éclata de rire.

À ces mots, Francis lui envoya une forte bourrade qui le fit tomber de sa chaise, et les verres aussi.

— Voilà ce que le chien peut faire. Et estime-toi heureux qu'il ne te morde pas.

Jacques se releva péniblement et comprit que son état avancé d'ébriété ne lui donnerait pas l'avantage. Il partit en promettant que la vengeance serait terrible.

Des mots, encore des mots, mais cette tension devenait insupportable.

Sur la place, le feu commençait à pâlir, mais la danse continuait de ravir les couples qui promettaient de se revoir. Il était l'heure de rentrer mais, si tous partaient chez eux, Jacques et sa bande de copains, que la fraîcheur de la nuit avait un peu ragaillardis, avaient un autre projet. Ils iraient à l'étang pour saccager les nasses du bossu.

— Il les pose dans la conche du vieux port, je l'ai vu faire plusieurs fois. Avec la clarté de la nuit, on les repérera facilement et on les cassera. Ce sera ma vengeance pour ce soir, avait dit Jacques.

Sur la rive, à cet endroit, les pêcheurs laissaient leurs bateaux. Ils en détachèrent un et y montèrent en riant. « Promenade au clair de lune, disaient-ils, il ne manque plus qu'une fille. » Tandis que ses copains ramaient, Jacques, à l'avant du bateau, cherchait à repérer les nasses.

— Il en met à l'entrée de la passe, au bout de l'île des Boucs, c'est plus profond.

Les rameurs s'amusaient à faire tanguer le bateau.

— Faites pas les couillons, les gars, j'arrive pas à les trouver.

L'équilibre rétabli, sa quête reprit sous les quolibets.

— Dis donc Jacques, et ta Maria, tu l'as déjà emmenée ici en amoureux ?

— Tu lui as fait quoi dans le noir ?

— Si ça se trouve, le berger, dans le courtioù, lui en a fait plus que toi.

— Arrêtez vos conneries, les gars, le berger il ne lui a rien fait, c'est moi qui aurai son pucelage, et je vous raconterai devant le comptoir de François du bossu pour qu'il en profite un peu.

Les éclats de rire se répercutèrent sur l'étang.

— Stop, les gars ! Je vois la bouée d'une nasse à droite. Approchez-moi.

À grands coups de rame, le bateau vira de bord et se déséquilibra légèrement, et Jacques, à genoux sur le plat-bord de devant, tomba à l'eau. Des cris fusèrent : « Merde, merde, Jacques ! » L'affolement fut général. À cet endroit, le fond était à au moins quatre mètres. Ils virent Jacques remonter, chercher son souffle. Il n'y avait rien à lui jeter sur le bateau, corde ou bouée, pour qu'il s'y accroche. Aucun d'entre eux ne savait nager. Au bout d'un long moment, ils comprirent que Jacques ne remonterait pas. Il venait de se noyer.

XXVI

La nouvelle de la noyade de Jacques éclata comme un coup de tonnerre. Les circonstances étaient étonnantes. Qu'allaient faire ces jeunes sur l'étang à la nuit, après avoir bu comme des trous ? disait-on. À force d'insister, l'un d'eux avoua que c'était pour démolir les nasses de Marcel Hostein. Jacques les avait convaincus de le suivre, il voulait se venger du berger à travers son père. Incroyable ! Comment pouvait-on être stupide à ce point ? La nouvelle attrista fortement le village. On connaissait Jacques méchant et hargneux, mais il ne méritait pas une mort brutale et horrible. Ses parents furent atterrés. Pétrifiée par la mort de son fils, sa mère s'enferma dans le silence, tandis qu'Augustin hurlait et jugeait Félicien coupable de cet accident dramatique. À partir du moment où il lui avait proposé Maria pour bru, le village avait vécu une cascade d'incidents regrettables, de malentendus, avec toujours le berger pour cible. Le retour de François avec Diégo avait ranimé des rancœurs, remué des histoires pénibles du passé et mis à mal leur réputation. Malgré le sermon du curé, un vent de folie soufflait sur le village. Le pire, c'est que les multiples incidents que le village avait vécus à la suite de tout ça, comme le dernier, avec la tentative d'incendie volontaire, avaient créé des clans, et Félicien se plaisait à cet exercice, en titillant les susceptibilités de chacun. La preuve, cette opposition sans raison, puisqu'il avait toujours voté oui sans problème, au devenir du Crohot du marin, Félicien ne faisait qu'entrer en campagne. Si Roger Lambert ne mettait pas fin à tout ça, ça dégénérerait encore.

Augustin réalisa que lui proposer sa fille comme bru n'était rien d'autre qu'un stratagème. Il se répandit dans la commune en disant tout le mal qu'il pensait de Félicien et n'hésita pas à l'accuser d'être un criminel.

— Si je le vois à l'enterrement, je le fous dehors du cortège !

*
* *

François avait été très peiné de la nouvelle de cette disparition. Il n'avait jamais souhaité la mort de son rival. En apprenant ce qu'ils avaient l'intention de faire à ses nasses, Marcel, son père, fut très en colère, mais, s'ils avaient été violemment punis, il ne s'en réjouissait pas pour autant. Il se rappela les paroles de Salomé à Jacques, l'autre soir, lui prédisant une mort violente. Cette femme était étonnante de clairvoyance. Cette mort allait-elle calmer les esprits ? Il espérait que oui, mais regrettait que ce soit une cause comme la mort d'une personne qui en soit l'origine.

Dimanche matin, en débarquant sur le quai de la gare, Maria apprit la nouvelle de la mort de Jacques de la bouche de sa mère avec tristesse. Elle avait cru l'aimer, mais François s'était imposé à son esprit. Elle ne serait jamais devenue l'épouse de Jacques, mais sa mort ne devait pas précipiter son mariage avec François. On ne profitait pas du malheur des autres pour bâtir son propre avenir. De toute façon, elle n'avait pas terminé ses études et, surtout, elle n'était pas encore majeure, et ses parents n'accepteraient jamais François comme gendre. Donc elle devait encore patienter. Les obsèques auraient lieu lundi, elle était attendue à Arès dimanche soir, elle ne savait que faire, y assister ou pas. Félicien régla immédiatement le problème. Il avait appris la colère d'Augustin. Comme si c'était de sa faute si son arsouille de fils s'était noyé. Ce n'était pas lui, Félicien, qui l'avait envoyé détruire les nasses du bossu. Comme il claironnait partout, même si le fils du Gitan était depuis toujours leur ennemi, il n'y avait pas de raison de lui nuire par des actes aussi stupides, les paroles suffisaient amplement. Sans qu'il s'en rende compte, Félicien s'éloignait de tous, fatiguait tout le monde avec son caractère violent et ses incessantes histoires. Pour sa fille, ce serait simple, ce soir il irait l'amener au train, un point c'est tout.

*
* *

L'église fut trop petite pour les obsèques de Jacques Rambert. Devant la mort, on oublie tous les mauvais côtés des gens. On ne veut retenir que les bons. Ceux qui fabriqueront des souvenirs. Un village est toujours marqué par la mort d'un de ses jeunes, quel qu'il soit. Quel qu'il ait été.

L'abbé Despeyroux semblait en colère de cette mort ridicule. En termes forts, il fustigea la violence, qui ne sème que la destruction. Tous avaient bien compris que c'était cette violence répétée qui avait amené ce drame.

— Je vous ai déjà dit que les paroles étaient parfois violentes, trop violentes, et qu'elles pouvaient provoquer des tragédies. Aujourd'hui, ce drame me donne, hélas, raison. Aujourd'hui, ce sont les actes qui sont violents, et c'est un jeune qui en subit les conséquences accidentelles. Je ne veux pas ici chercher des coupables, des responsables, ce n'est pas mon rôle. Je ne vais pas non plus vous parler de paradis, de purgatoire ou d'enfer, ce qui serait mon rôle, mais plutôt de la vie sur cette terre qui nous héberge et dont nous oublions trop souvent qu'elle pourrait être un paradis, si nous le voulions. De cette vie que nous pourrions construire ensemble, grâce à un minimum de respect pour les autres. Mais le voulons-nous ? J'en doute tous les jours et surtout en ce moment. Pour les parents de Jacques, depuis le moment de sa mort, c'est l'enfer et je présume que ça le restera tout le reste de leurs jours. Ce serait si bien, si d'autres enfers ne s'ouvraient pas dans nos vies.

Ces paroles, fortes, émurent les gens. Si d'habitude, lorsque le convoi funèbre se dirigeait vers le cimetière, les conversations reprenaient en sourdine, aujourd'hui rien de tout cela, le poids du drame était trop lourd à porter, et tous gardaient le silence, sans doute occupés à réfléchir à ce village qui était dans la douleur et la peine, malgré le soleil qui les accompagnait.

La semaine qui suivit fut très calme. On avait le sentiment que la vie avait du mal à reprendre son cours. François était désemparé. Cette mort l'avait affecté. Il se disait qu'il avait peut-être sa part de responsabilité. Sans cet amour entre Maria et lui, rien de tout cela ne serait sans doute arrivé. Il serait resté au pays, et tout serait resté calme. D'autre part, lui rétorqua Anselme, il fallait voir le côté positif de ce départ. C'est grâce à lui qu'il avait découvert un pan de la vie de sa famille, et c'était très important.

— Tu sais, François, je ne connaissais pas beaucoup Jacques, mais il s'est détruit tout seul.

François appréciait le caractère d'Anselme. Il avait découvert presque un gamin sur le chemin. En peu de temps, il était devenu un homme et il appréciait beaucoup ses avis et ses remarques. Mais, hélas, il devait partir à la fin de l'année dans son village natal, pour tirer au sort début février, afin de savoir combien de temps durerait son service militaire. Il y avait trois sortes de numéros, les numéros faibles, moyens et gros. Les petits numéros correspondaient à ceux qui feraient le temps de service complet, les plus gros, ceux qui ne faisaient qu'un an, ou deux s'ils étaient illettrés, car on leur demandait de rester un an de plus pour apprendre à lire. Mais, sachant que sur un canton seuls trente-cinq jeunes ou veufs sans enfants étaient suffisants sur les cent hommes convoqués, Anselme espérait tomber sur un gros numéro qui l'exempterait de ce service inutile, disait-il. Il aspirait à être sur le premier train qui ferait la liaison de Lacanau à l'océan.

Il reverrait sa famille, quittée depuis longtemps, mais reviendrait ici dès que possible, car les résultats de ce tirage ne seraient dévoilés que fin août, un mois avant son départ à l'armée, en septembre 1904.

*
* *

Maria trouva la maison de santé magnifique, située entre le centre du bourg d'Arès et le bassin, au milieu d'une pinède. La sérénité des lieux devait favoriser la guérison des malades. Le premier pavillon, construit il y a neuf ans, s'était agrandi. Les salles étaient claires, les lits des malades séparés par un paravent, afin de faire régner un peu d'intimité. Les sœurs de l'Agonie voyaient arriver tous les jours des malades, elles furent ravies d'accueillir Maria. Son premier travail fut de faire connaissance avec le service. Sœur Marie de l'Enfant-Jésus, la responsable de l'établissement, qui rendait des comptes à Mme Sophie Wallerstein, ne lui avait pas caché le travail. Elle débuterait demain lundi à 6 heures du matin. Il fallait passer dans les salles, nettoyer les saletés de la nuit. Elles étaient deux pour faire ça, une autre jeune fille, Mélanie, en poste depuis plus d'un an, lui montrerait le travail. Elles s'entendirent très bien immédiatement. Ensuite, il fallait aider les cuisinières à éplucher les légumes, nettoyer les chambres, faire les lits, etc. Le travail était harassant et, sans la bonne humeur de Mélanie, Maria aurait crié grâce rapidement. Mélanie habitait à Arès, où ses parents travaillaient dans un parc à huîtres. Maria n'avait jamais mangé d'huîtres. Elle eut du mal à avaler la première, ayant peur que l'animal, mangé tout cru, ne lui fasse mal à l'estomac. Mais, après les deux ou trois premières, rassurée, elle les trouva excellentes et se mit à en raffoler. Mme Sophie Wallerstein, étonnée que cette collégienne, qui préparait des études longues, ait choisi ce travail particulier et pénible, lui en demanda les raisons. Maria se contenta de dire qu'elle avait toujours travaillé, que ça ne la changerait donc pas, et que s'occuper des malades lui montrerait les vraies difficultés de la vie, c'était mieux que de rester dans son village. La bonne dame d'Arès avait souri et compris que sa réponse n'en était pas une. Mais, si elle décela chez Maria une raison personnelle, elle ne fit aucun commentaire. Cette petite était vaillante, jolie, souriante, tout était parfait.

Après quelques jours, Maria avait pris ses repères. Avec Mélanie, lorsque leur temps de travail leur permettait, entre 2 et 3 heures de l'après-midi, avant de porter les légères collations aux malades, elles allaient se promener sur les bords du bassin, à quelques centaines de mètres. Maria était étonnée de cette marée qui vidait le bassin et qui laissait apparaître cette vase qui, si l'on ne prenait garde, vous avalait tout habillé ! Par contre, lorsque le sable était à sec, avec Mélanie, elles pêchaient des coques, des pétoncles. Ce qui l'amusait le plus, c'était d'attraper des couteaux sur l'estran, cette bande de terre comprise entre les marées les plus hautes et les plus basses, qui laissait apparaître un sable à gros grains. Il fallait d'abord repérer le mollusque. Comment repérer quelque chose enfoui dans le sable ?

— Facile, lui expliqua Mélanie, tu repères deux petits trous près l'un de l'autre, c'est par là qu'il respire. Tu prends du sel et tu en mets une pincée dans ces trous. Le couteau, croyant que l'eau revient, sort du trou, il suffit que tu l'attrapes avec tes doigts.

Maria n'en revenait pas. Mélanie savait tout sur ce bassin. Les poissons, les mollusques, les herbes du marais, incroyable !

À côté de la tour de l'ancien moulin à vent, des Gitans campaient. Mélanie les connaissait, ils venaient souvent et ils étaient revenus depuis peu.

— Tu verras, avait-elle dit à Maria, la vieille lit l'avenir dans les lignes de la main.

Maria avait ri, elle ne croyait pas à ces choses-là. Les sœurs, à l'école, leur avaient expliqué que personne ne pouvait prévoir l'avenir, surtout pas les Gitanes. Mélanie se rebella :

— Je te dis que celle-là est une véritable voyante. D'ailleurs, elle m'a dit, seulement en regardant ma main, que je rencontrerais un jeune homme de bonne famille et que je serais riche et heureuse.

Maria sourit. Comment pouvait-on résister à ne pas croire de belles choses ? Ces femmes étaient malignes et ne prédisaient jamais rien de grave, ou alors seulement pour de courtes durées.

— C'est pas vrai ! s'était insurgée Mélanie. Il y a peu de temps, elle a prédit à un jeune homme qu'il finirait dans la violence et il s'est noyé quelques jours après. C'est vrai, on l'a su par un cheminot de la gare.

Le sang de Maria ne fit qu'un tour. Un jeune homme noyé ? Serait-ce Jacques ?

— Tu sais où c'est arrivé ?

— À l'étang de Lacanau.

Maria fut très troublée. Est-ce que ces Gitans étaient ceux de Lacanau ? Est-ce que ce vieil homme était le grand-père de François ? Elle devait les voir. Leur parler. Comprendre.

— Viens, dit-elle à Mélanie, il faut que je les voie.

— Ah, tu veux connaître ton avenir toi aussi ?

Maria ne répondit pas et se dirigea vers la tour.

Diégo était assis sur une chaise devant la roulotte. Voyant s'approcher les deux jeunes filles, il reconnut Mélanie.

— Tu viens pour Salomé ? Elle est souffrante et se repose dans la roulotte. Mais tu peux revenir demain, j'espère qu'elle ira mieux.

— Ce n'est pas pour Mélanie, c'est pour moi, dit Maria d'un ton ferme.

— Ah, fit Diégo en souriant, ces jeunes filles qui souhaitent connaître leur avenir. Toi aussi tu rêves d'un prince charmant, n'est-ce pas ? Salomé le verra peut-être dans ta main, ma belle.

— Ce n'est pas la peine, je l'ai trouvé. Il s'appelle François, et moi je suis Maria.

Diégo se leva brusquement. Maria. La tristesse dans le cœur de son petit-fils sur le chemin, c'était elle ? C'était la fille de ce Félicien à qui François avait demandé sa main ?

— C'est toi, Maria ? Mais que fais-tu ici, alors que François t'attend tous les jours que Dieu fait ? Tu sais qu'il t'aime et que Dolorès n'est pas ta rivale ? Tu le sais ?

Elle l'avait compris, mais ce n'était pas possible pour l'instant. L'opposition de ses parents était trop forte. Mais, pour Jacques, Salomé lui avait vraiment prédit cette mort ?

— Celle-là non, mais elle avait lu que ça serait brutal. Ne me demande pas comment elle fait, je ne sais pas. Je vais lui demander de venir.

Maria vit descendre de la roulotte une vieille femme. Les cheveux en désordre, elle semblait très fatiguée. Les rides lui mangeaient le visage. Ses yeux délavés avaient un regard lointain. Maria avait déjà vu cet air sur le visage des malades de la maison de santé. Le visage de ceux qui allaient mourir. Elle frissonna. Salomé s'approcha d'elle.

— Je suis Maria.

Salomé sourit, d'un sourire chaud. Amical.

— Alors voilà Maria. Notre Maria. Je t'imaginais comme tu es. Et je vois que François ne s'y est pas trompé, tu es la femme qu'il lui faut. Tu arrives un peu tard, je vais bientôt partir.

— Ah, bredouilla Maria, vous quittez Arès ?

Salomé sourit. Oui, elle allait quitter Arès, mais l'ailleurs où elle allait n'était pas de ce monde.

— Je suis trop vieille. Mon temps est fait.

Mélanie s'interposa. Avec Maria, elles l'amèneraient à la maison de santé. On la soignerait. Bien. Elle pourrait de nouveau lire dans les lignes de la main et promettre des princes charmants aux jeunes filles en quête de bonheur.

— Elles ont raison, dit Diégo. Il faut te faire soigner. Tout de suite. Elle a les médicaments pour les autres, ajouta-t-il avec résignation, mais elle ne peut rien pour elle.

Salomé regarda Maria droit dans les yeux. Lui prit les mains.

— Maria, il faut que tu me promettes quelque chose. Je vais mourir, je le sais, mais je ne veux pas mourir à la maison de santé. Si j'y vais, il faut me promettre de me ramener ici. Une vraie Gitane meurt dans sa roulotte. Quand ça arrivera, je te demande de prévenir François. C'est un bon garçon.

Les larmes dans les yeux, Maria promit. Elle lut sur le visage de Salomé une grande sérénité. La vieille femme se donna un semblant de coup de peigne. Mélanie et Maria, aidées de Diégo, l'accompagnèrent à la maison de santé.

Huit jours après, Salomé rendait l'âme. Pendant trois jours, les Gitans la veillèrent, selon leur coutume, sans manger. Un petit coin du cimetière d'Arès l'accueillit. Avant de se séparer, ses amis prirent chacun, dans la roulotte où elle avait passé sa vie, un souvenir d'elle. Une broche, un bol, une assiette, un peigne, des babioles pour montrer que le souvenir restait bien vivant au travers de ces menus objets.

C'est Salomé, autrefois, qui avait recueilli Diégo alors qu'il s'enfuyait de la fureur des jeunes fous qui avaient brisé son rêve. Alors, là aussi, la coutume fut respectée, la roulotte du défunt devait être brûlée. Ce fut fait. Tous repartirent sur leurs chemins d'errance, continuant à payer leur faute du temps de Jésus.

Tout au long de ces trois jours, François et son père furent présents. Ce soir, ils repartaient chez eux en emmenant Diégo. Il n'avait plus de toit. Marthe, la femme qui l'avait aimé, le recevrait chez elle. Il leur restait combien de temps ?

Dolorès était venue depuis Bordeaux, où le cirque Moreno était en représentation. Elle tomba dans les bras de Maria.

— Rends-le heureux, Maria, il le mérite, et il te mérite.

XXVII

Au village, l'arrivée de Diégo fit de nouveau jaser. Félicien en tête. Dans le bar où il avait ses habitudes, il distillait sa méchanceté. Il en avait après tout le monde. Comment le maire pouvait accepter que ce vieux Gitan vive dans sa commune ? Quant au curé, Félicien se gargarisait, Marthe vivait avec cet homme ? Et l'Église acceptait ça ? Bravo. Que devenaient les prêchi-prêcha sur la morale chrétienne ? Lui, le libre-penseur, rigolait. Le curé n'avait rien à faire de ces réflexions désobligeantes, disant même que cette présence n'était qu'un juste retour des choses et que Diégo avait sa place au village depuis longtemps. Quant au maire, il commençait à en avoir assez de ces fanfaronnades. Félicien allait trop loin. Sa méchanceté, attisée par une jalousie maladive, faisait de lui un être abject. Même s'il était toujours suivi par quelques-uns, grâce aux nombreuses tournées qu'il offrait, une grande majorité des habitants le supportaient de moins en moins. Ses histoires fatiguaient tout le monde. Il faut dire que, depuis cette tentative d'incendie, sa notoriété avait fortement chuté. Sa femme, lorsqu'elle allait faire ses courses, voyait bien que les autres femmes lui adressaient moins la parole et chuchotaient dans son dos. Elle en souffrait et craignait que tout ça finisse mal.

François ne s'occupait pas de ces ragots, ils le laissaient indifférent. Son bistrot tournait bien, Hermance se félicitait de l'avoir choisi comme successeur, d'autant qu'elle fatiguait vite, et on la voyait de moins en moins souvent derrière le comptoir.

Diégo, désormais, vivait dans un coin de la maison de Marthe. Ce retour aux sources lui avait permis de faire son deuil de Salomé, qui l'avait sauvé à un moment délicat de sa vie, sans lui poser aucune question. Sa vieille mule, embarquée dans un wagon, l'avait suivi et pacageait dans le pré d'à côté.

Marcel profitait de ce père tombé du ciel, comme il disait, et chaque jour apprenait à connaître ce monde étrange des Gitans. Par contre, il ne regrettait pas ne pas avoir connu cette vie d'errance. Il était bien dans sa forêt, c'était parfait. Depuis qu'il avait quitté Félicien, et il s'en félicitait, il avait pris plusieurs lots de pins dans les dunes pour l'administration des Eaux et Forêts, qui l'avait reçu, compte tenu de sa réputation de gemmeur, à bras ouverts. Ça l'obligeait parfois à rester coucher dans des cabanes de résinier. Il aimait bien, ce qui lui faisait dire à Diégo que cette cabane en forêt, c'était un peu sa roulotte.

La rencontre, autour de la mort de Salomé, entre Dolorès et Maria avait troublé François. S'il était heureux pour Dolorès, elle ferait sûrement carrière au cirque, il savait que Maria, à cause de son jeune âge, ne deviendrait pas du jour au lendemain son épouse. À la rentrée d'octobre, elle quitterait la maison de santé et reviendrait à ses études, puis passerait le reste de l'année scolaire à Bordeaux. De surcroît, l'institutrice qu'elle voulait devenir n'avait pas sa place dans un bistrot.

Le soir des obsèques de Salomé, au moment de prendre le train pour Lacanau, sur le quai de la gare d'Arès, il l'avait serrée contre lui. À l'oreille, il lui avait affirmé son amour. Il l'attendrait et ferait sa vie avec elle.

— Tu es restée ma petite Maria de la lande, comme je te nommais sans te le dire.

Maria aussi lui avait fait des confidences. Si elle était ravie de ses études, cette lande lui manquait.

— Tu sais, c'est l'abbé Despeyroux qui m'a incitée à les faire, pour que je puisse m'éloigner de mon père et de sa méchanceté.

Le curé ne s'était pas trompé. À apprendre, elle s'enrichissait jour après jour. Elle se sentait plus forte devant ses parents. Quant à la lande, oh oui, elle l'aimait. Elle lui rappela cette nuit d'orage, dans le courtioù de Mistre.

— On était bien, au chaud, avec cet orage qui s'agitait au-dessus de nos têtes. En sécurité. Je n'avais pas compris ton amour, dit-elle. C'est après que j'ai mesuré ma naïveté. Tu sais, je n'ai jamais aimé Jacques, mais mon père avait décidé, et moi je ne savais pas que je t'aimais. Ce soir d'orage a été la seule fois où nous avons été vraiment ensemble, libres, mais je ne l'ai compris que plus tard.

François s'était confié. La lande lui manquait. Son silence surtout. Son décor aussi, avec ses brumes d'automne qui allaient l'envelopper dans les semaines à venir. Avec ses bosquets de bouleaux qui prendraient des teintes rouge feu, comme un phare sur un océan d'herbe rase. Ces moutons qui pacageaient tranquillement, encadrés par les chiens, tandis que lui, perché sur ses échasses, tricotait des chaussettes de laine noire. Il mesurait toute la liberté dont il bénéficiait. Bien sûr, maintenant ses revenus étaient différents, mais il se demandait à quoi lui servirait l'argent dans un monde de servitude.

En fait, c'était ce métier de berger et cette lande qui les réunissaient. Mais c'était le passé.

L'amour était fort entre eux. Ils le comprirent encore, mais comprirent également tout le chemin qu'il leur restait à accomplir pour être ensemble.

François était dans ses pensées, lorsque la porte du bistrot s'ouvrit brutalement :

— François, tu as appris la nouvelle ? demanda Francis en entrant.

— Quelle nouvelle ?

— Le maire.

Non, aucun écho n'avait troublé la matinée du bistrot.

— Une bombe, mon vieux. Le maire a décidé de se passer des services de Félicien pour le marquage des bois de la commune et il lui a également retiré la garde du niveau des eaux du canal des étangs.

Ce travail consistait à se rendre aux écluses du sud régulièrement, pour réguler le niveau de l'étang. Félicien décidait et déléguait le travail à Émile et Antoine, qui se rendaient alors sur les lieux et ouvraient les écluses, laissant partir le trop-plein vers le bassin d'Arcachon proche, ou les fermaient, afin de remonter le niveau. D'ailleurs, il y avait souvent des désaccords avec les éclusiers de Carcans qui voulaient soit garder les eaux pour eux, soit les envoyer à outrance vers Lacanau. Si ce travail n'était que moyennement rémunéré, il donnait de l'importance à celui qui décidait. C'était une sacrée gifle pour Félicien, mais le pire était la surveillance de la forêt communale. Celle-ci retirée, lui serait sans doute aussi retiré le commerce des bois, dans lequel il avait toujours été choisi comme acquéreur. Le marchand de bois pour lequel il travaillait ne serait pas ravi de cette nouvelle.

— Comment il a réagi ? demanda François.

— Il est monté à la mairie quatre à quatre, mais en est redescendu aussi vite, vu que le maire l'a foutu à la porte.

La nouvelle fit le tour du bourg en une matinée. Pendant plusieurs jours, personne ne vit Félicien et le bourg y gagna en sérénité. Seules les lavandières s'assurèrent que Madeleine sache ce que tous pensaient de son mari. Elle lui en parla très vite. Il devait réagir. Pour lui, une seule solution, prendre la mairie. On était fin octobre, les élections municipales étaient prévues en mai prochain, il savait ce qu'il restait à faire, commencer à constituer une liste.

Il se rendit chez Augustin Rambert.

Depuis la mort de son fils Jacques, le premier adjoint se montrait à peine. Sa femme ne sortait plus et se faisait porter les courses par une voisine. Le fait d'apprendre que Félicien avait été « puni » par le maire avait presque ramené le sourire sur les lèvres d'Augustin. Même s'ils savaient que leur fils était buveur et festayre, ses parents rendaient Félicien quasiment responsable. Cette violence qui s'était abattue sur le village depuis cette demande en mariage, qui d'ailleurs n'aurait servi, si elle avait abouti, que les intérêts de Félicien, avait été engendrée par lui. Tout avait découlé de cette situation. Le départ du berger, son retour avec ce Gitan qui s'était avéré être le père du bossu, et l'aveu de la culpabilité des deux familles dans cette histoire entre Diégo et Marthe. Tout cela avait rallumé un feu qui dormait depuis longtemps. Et, pour couronner le tout, ce couillon de Félicien qui avait voulu mettre le feu, se lamentait Augustin.

Il mettait de l'ordre dans son jardin, lorsque Félicien arriva. Il posa sa bicyclette contre le grillage. S'approcha. Le visage fermé d'Augustin l'interpella, mais il pensa que la mort de Jacques, encore trop proche, en était la cause. Il prit donc un air de circonstance.

— Alors, mon pauvre Augustin, comment vas-tu ?

Augustin le fusilla du regard.

— Comment je vais ? Comme un père qui a perdu son fils à cause de ta connerie.

Félicien se défendit. Ce n'était quand même pas lui qui avait noyé son fils. S'il n'avait pas tant bu…

— Stop ! cria Augustin. C'est vrai que tu ne l'as pas fait boire, mais c'est toi qui as foutu le bordel dans ma famille. Et tu sais pourquoi ? Non ? Tu ne sais pas ?

Félicien semblait pétrifié. Augustin était sous le coup du chagrin. Il aurait dû attendre encore un peu pour venir le voir.

— Alors, tu ne comprends toujours pas ? Tu lui as promis ta fille, et il y a cru. Moi aussi d'ailleurs. Mais, à partir de ce moment-là, tout est parti de travers. Parce que ta fille, avoue, tu la donnais en contrepartie de quoi, de la mairie ? En te disant que moi, premier adjoint, je te ferais avoir des marchés de bois ? En te disant que plus tard tu prendrais ma place ?

Félicien bredouillait, essayait de se défendre, mais sans y parvenir.

— Je vais te dire, Félicien, la seule personne sensée de ta famille, c'est Maria, ta fille. C'est la seule qui a du cran. Toi, tu n'es qu'une grande gueule. Rien d'autre. Alors fous le camp, et ne me dis pas que tu venais pour me consoler. Je suis sûr que tu vas monter une liste et que tu as besoin de mes conseils. Mes conseils, je ne les donnerai à personne. Vu ?

La voisine d'Augustin, au bruit des voix, avait tendu l'oreille, s'était rapprochée de la haie. Elle s'était régalée.

Cet après-midi, elle aurait de quoi faire la fière au lavoir.

François fut plutôt content d'apprendre que la complicité entre Félicien et Augustin avait cessé. C'était une bonne chose. Il fut satisfait du jugement porté sur Maria. C'est vrai qu'elle ne ressemblait en rien à son père, ce qui lui faisait dire que ces mariages arrangés ne valaient souvent rien. Qu'un jour il faudrait sortir de ces manières d'esclavagistes campagnardes. Mais ce qui le préoccupait le plus aujourd'hui, c'était l'état de santé d'Hermance.

Depuis quelques jours, une toux rauque la taraudait. Malgré les ventouses et les tisanes, rien ne la guérissait. Le Dr Bézian était venu, il avait diagnostiqué une forte bronchite. Flavien Rames, le pharmacien, selon la prescription du médecin, avait préparé les médicaments. Malgré cela, depuis deux ou trois jours, aucune amélioration ne se manifestait. François avait demandé à Germaine, sa mère, de venir s'occuper d'elle. Malgré les soins, la toux devint plus forte. Ce soir, la température était encore montée. François pensa à Salomé. Si elle avait été encore de ce monde, elle l'aurait peut-être guérie.

Hermance fut agitée toute la nuit. Germaine lui épongeait sans cesse le front. François ne s'était pas couché, craignant une issue fatale. Elle arriva au petit matin.

Le village entier accompagna la Mastroquette à sa dernière demeure. Il ne manquait personne, ce qui fit dire à l'abbé Despeyroux que la mort effaçait les différences et qu'Hermance méritait cet hommage, elle qui avait toujours été bonne et brave envers tous et toutes.

Après les obsèques, François accueillit dans le bistrot tous ceux qui souhaitaient rendre un dernier hommage à la Mastroquette, en venant boire un verre. Ça se passait dans tous les villages.

À sa grande surprise, il vit Augustin entrer et se diriger droit vers lui.

— François Hostein, je viens te présenter mes excuses pour le tort que j'ai pu faire à ta famille ou à toi. Je te présente aussi les excuses de Jacques, celles qu'il ne t'a jamais présentées, mais qu'il aurait dû te présenter. Sa mort n'efface rien, certes, mais ajoute seulement de la peine. J'espère qu'un jour tu seras heureux avec Maria et, si ce jour-là je peux réparer quelque chose, je le ferai.

Ces paroles allèrent droit au cœur de François, stupéfait de cette démarche. Elles le troublèrent profondément. Il était très ému. Il avait le sentiment que tout le village lui demandait pardon, ainsi qu'à son père, qui regardait, étonné, cette scène qu'il n'avait jamais imaginée. François prit les mains d'Augustin. Les serra fort. Augustin comprit ce geste de pardon.

— Merci François, merci.

Et il quitta le bistrot sans boire, il n'avait pas le cœur à ça.

Me Maigret, notaire à Castelnau, convoqua François. Il prit le train pour Sainte-Hélène, changea et prit celui qui amenait à Castelnau. Il trouva, dans le compartiment où il s'était installé, Jules Marian. Il se rendait lui aussi chez le notaire, à qui il avait confié quelques biens à gérer. Il s'inquiéta pour lui. Ce bistrot lui convenait ? Que devenait Maria ? Oui, François était content, mais il regrettait, parfois, le temps où il était berger pour lui.

— Ah, sourit Jules Marian, la liberté ne paie pas tout, François. Et puis ton bistrot te permet de ne pas trop te faire de soucis. Tu es à l'abri et au chaud, c'est bien.

Sans doute, mais il n'avait jamais pris froid sur la lande et avait toujours bien gagné sa vie.

— À propos, François, toi qui parles toujours de moutons, j'ai appris que le vieux Cartier, au village de Couyrasseau, à Carcans, il est comme moi et n'a que des filles, va se séparer de son troupeau. Trois cents têtes d'une vraie splendeur, je les ai vues il n'y a pas longtemps, il passait dans ma lande.

C'était joli, mais la somme serait sans doute importante et difficile. Ce n'était pas d'actualité.

Me Maigret fit entrer Jules Marian, fit patienter François un moment. Il pensa à ce que venait de lui apprendre Jules Marian. Ne put s'empêcher de se voir à la tête d'un tel troupeau. Un instant, il se vit avec ses bêtes et chiens. Depuis qu'il ne gardait plus les moutons, ils étaient chez son père. Il ne leur faudrait pas beaucoup de temps pour réapprendre le métier. Parfois, quand il les caressait, il semblait voir dans leurs yeux comme une interrogation : alors, on recommence quand ? Ils se frottaient à lui avec délice. Mais aujourd'hui la page était tournée. Et puis, pour un tel travail, il faudrait être deux, et sa seule aide possible voulait être institutrice.

Le notaire l'invita à entrer. Il lui présenta ses condoléances pour Hermance.

— Je sais qu'elle vous prenait pour un fils et qu'elle était ravie de votre décision d'acheter son bar. Et elle m'avait confié qu'elle ne le regrettait pas.

Le clerc entra avec un dossier sous le bras, le posa sur le bureau et sortit. Me Maigret prit une grande enveloppe et, avec un coupe-papier, l'ouvrit. Il toussota pour s'éclaircir la voix. François était tendu. Il n'avait jamais assisté à un tel moment. Le notaire sortit une feuille, commença à lire :

— « Moi, Hermance Maleyran, veuve d'Yves Maleyran, n'ayant pas de descendant ni d'ascendant, déclare faire de François Hostein mon héritier. Je lui donne tous mes biens mobiliers et immobiliers, ainsi que toutes les sommes d'argent déposées chez Me Maigret, notaire à Castelnau-de-Médoc. »

François savait qu'il héritait de tout, mais ne savait rien des sommes d'argent dont parlait le notaire. Il se tut, attendant la suite avec gêne.

— Il y a une trentaine de louis d'or de vingt francs et de l'argent liquide que je lui fais prospérer, ce qui fait, en tout, dans les vingt-cinq mille francs.

François ferma les yeux. Il manquait d'air. Non, ce n'était pas possible, le notaire se trompait. Il connaissait les recettes du bistrot et ne comprenait pas cette somme importante.

— Mon cher ami, dit le notaire, Hermance Maleyran travaille depuis plus de quarante ans. À une époque, elle faisait de la restauration, et les recettes étaient plus importantes. Avec l'âge et la fatigue, elle avait cessé de proposer des repas, comme vous le savez. Mais vous voyiez qu'elle ne dépensait rien en toilette ou en mondanité, et qu'elle vivait simplement. Elle mettait donc des sous de côté, ajoutez à cela un petit héritage de ses parents, mais bien modeste, et vous avez l'explication. Maintenant, François Hostein, vous voilà riche.

François Hostein, assis sur le banc de la gare de Castelnau, ne réalisait pas ce qui lui arrivait. Non, ce n'était pas possible. Il avait mal entendu. Il y aurait des frais de succession, mais il lui resterait quand même un sacré pactole. Riche. L'expression ne lui plaisait pas. La richesse ne l'avait jamais attiré. Les quelques riches de la commune avaient cet air supérieur et condescendant qu'il n'aurait jamais. Et puis c'était quoi la richesse, montrer aux autres qu'on était supérieur ? Supérieur de quoi ? En voyant Augustin, qui avait de gros moyens, à la vie brisée par son fils qui dépensait un argent fou en boissons avec sa bande de fauchés qui l'avait suivi partout jusqu'au drame, il se demandait à quoi servait la richesse. Sur le chemin de Compostelle, il n'avait pas croisé la richesse, mais la pauvreté. La rusticité. Mais il y avait trouvé la seule chose qui comptait à ses yeux, la solidarité. Le respect de l'autre. C'était ça, pour lui, la vraie richesse. Les louis d'or, sans solidarité, à quoi serviraient-ils ?

— Alors l'héritier, ça va comme tu veux ?

François fut surpris. Jules Marian souriait devant lui. Le notaire n'avait pas su tenir sa langue. Il bégaya plus qu'il ne répondit qu'effectivement il avait hérité.

— Vous êtes sûr que c'est vrai ? Le notaire ne s'est pas trompé ?

Jules Marian éclata de rire. Non, il ne s'était pas trompé. Le plus dur arrivait maintenant, il faudrait gérer tout ça. Ça ne serait pas facile pour quelqu'un qui n'avait pas l'habitude.

— Si tu veux, il y a des terrains à l'océan à côté de ceux que j'ai achetés.

François se dit qu'avant cet héritage il comptait seulement vivre dans son bistrot, payé par le sou du moussu. Ce sou avait été sa seule fortune et il l'avait bien gérée, mais là, les sommes étaient différentes et l'effrayaient. Il devait réfléchir, et surtout digérer la nouvelle. Par contre, non, l'océan ne lui disait rien. Il y croyait, c'était un beau projet, mais ça ne le tentait pas.

— À chacun ses rêves, monsieur Marian. Pierre Ortal rêve de sa station balnéaire ; moi, mon rêve est bien plus simple.

Jules Marian le savait bien. C'est pour ça que ce matin il lui avait indiqué que le vieux Cartier vendait son troupeau.

— Les moutons, c'est ça ton rêve ?

Il sourit. Hocha la tête. Peut-être. Avant tout, il devait faire honneur à Hermance pour ce qu'elle lui laissait. Mais son principal rêve, c'était Maria. Maria de la lande.

XXVIII

MARCEL HOSTEIN était soucieux. Son fils l'inquiétait. Cette manne tombée du ciel l'avait complètement chaviré. La honte s'était emparée de lui. Il estimait qu'il n'avait pas le droit de recevoir autant. Si Hermance avait vécu plusieurs années avec lui dans le bistrot, peut-être l'aurait-il mieux accepté, mais là, ça faisait à peine un an qu'il y était. Marcel avait beau expliquer à son fils que, si Hermance avait décidé de le faire héritier, c'était son choix, il gardait cet air de coupable qui mettait Francis en colère.

— Putain, tu te plains ? Tu as une chance incroyable, et tu n'es pas content ? C'est une belle revanche que tu as là, non ?

Une revanche ? Et sur quoi ? Il n'avait de revanche à prendre sur personne. Il n'avait jamais rien demandé à qui que ce soit et avait toujours fait son chemin seul. Hermance l'avait déjà énormément aidé en lui confiant le bistrot, le reste était du superflu.

— Francis, franchement, tu me vois vivre comme un riche ? J'en ferais quoi de tout cet argent ?

Une telle attitude désarmait Francis. Lui, dont l'avenir était tracé une fois pour toutes aux ateliers de la Compagnie des chemins de fer du Médoc, à repeindre les wagons tout au long de ses jours, n'aurait jamais une chance pareille.

— Je n'ai pas le sou du moussu, moi, dit-il presque en colère, personne ne me confiera un bistrot comme le tien.

C'est vrai que dans ce bistrot il se sentait un peu chez lui. Il y venait régulièrement pour aider son copain. Il lui arrivait même de délaisser parfois Fanchon, sa petite amie, pour rendre service à François. Fanchon l'attendait avec patience et gentillesse. La condition d'ouvrier de son futur mari lui convenait. Il lui ferait des enfants et elle s'occuperait de sa maison. Comme les autres filles du village. Elle essayait de le calmer.

— Ne te fâche pas avec ton meilleur ami.

— Mais tu te rends compte ? Il est plein aux as et il fait la gueule ?

Fanchon lui passait la main dans ses cheveux frisés et en désordre, l'embrassait dans le cou et il se calmait.

Cependant, l'héritier, comme on l'appelait désormais, n'en démordait pas, c'était trop pour lui.

Autre surprise de taille, Roger Lambert était venu le voir afin qu'il se présente avec lui, aux prochaines élections. Il était devenu un monsieur dans le village et avait donc sa place au conseil, lui avait expliqué le maire. François avait rétorqué que les pauvres aussi avaient sûrement leur mot à dire, alors qu'il aille en chercher un pour sa liste. Entre ceux qui lui faisaient la cour et ceux qui le critiquaient, François était vraiment chamboulé. Ah, si Maria avait été là, elle lui aurait sûrement donné un avis. Mais là, seul, il paniquait un peu. Diégo lui conseillait d'être patient.

— Tu sais, petit, les gens sont comme un orage d'été. Ils enflent, grondent beaucoup, mais le vent les chasse quand même.

Félicien se moquait de la situation et clamait à tout vent que François Hostein allait changer de nom et s'appellerait désormais François Rothschild.

— Fini les bossus, ils sont devenus banquiers.

François comprit très vite que sa popularité allait baisser. Incroyable ! Les gens n'acceptaient pas cet héritage. Les vieux cherchèrent dans leurs souvenirs, essayant de trouver un lointain parent d'Hermance qu'ils inciteraient à réclamer sa part. Comment ce petit-fils de Gitan avait-il fait pour récupérer cet héritage ? Quel sort avait-on jeté à la Mastroquette pour qu'elle fasse ce grand n'importe quoi ? Elle qui avait toujours été une femme exemplaire passa d'un coup pour une folle. Balayée la vague de sympathie du jour des obsèques. Balayés les bons sentiments ressentis pour elle. De nouveau, le village vécut à l'heure de la calomnie. Dans son sermon, l'abbé Despeyroux, toujours attentif aux bruits de la rue, s'était époumoné, en chaire, après ceux qui, par jalousie, condamnaient l'héritier et la donatrice :

— Vous me faites penser à la parabole des ouvriers de la dernière heure que le maître embauche. « Le soir, ceux de la onzième heure vinrent et reçurent chacun un denier. Les premiers vinrent ensuite, croyant recevoir davantage, mais ils reçurent aussi chacun un denier. En le recevant, ils murmurèrent contre le maître de la maison et dirent : “Ces derniers n'ont travaillé qu'une heure, et tu les traites à l'égal de nous, qui avons supporté la fatigue du jour et la chaleur.” Il répondit à l'un d'eux : “Mon ami, je ne te fais pas tort, n'es-tu pas convenu avec moi d'un denier ? Prends ce qui te revient, et va-t'en. Je veux donner à ce dernier autant qu'à toi. Ne m'est-il pas permis de faire de mon bien ce que je veux ? Ou vois-tu d'un mauvais œil que je sois bon ? Ainsi les derniers seront les premiers, et les premiers seront les derniers.” » Vous aussi, vous vouliez hériter ? Vous êtes jaloux des biens des autres ? Qui êtes-vous pour décider s'il le mérite ou pas ? Quand allez-vous cesser de médire une fois pour toutes ? Quand cesserez-vous de penser que François et l'ouvrier de la onzième heure méritent moins que les autres et qu'Hermance ne pouvait pas faire ce qu'elle voulait avec son bien ?

Sa vie étalée devant tous devenait insupportable. Après plusieurs jours de réflexion, François finit par trancher. Il fit savoir, par le biais de ses clients, que pas plus le curé que le maire n'avaient à s'occuper de ses affaires. Il n'avait rien demandé à personne, alors, surtout, qu'on lui fiche la paix.

Francis se réjouit de ces propos, inhabituels dans la bouche de son copain. D'habitude, il était gentil, là, il avait laissé sortir sa colère. Ça lui ferait du bien. Ce qu'il ne savait pas, c'est que François avait décidé que le centre d'intérêt qu'il était devenu devait cesser. Il y pensait depuis longtemps, mais les événements de ces jours derniers l'avaient incité à trancher, et pour ça il devait rencontrer le vieux Cartier, à Couyrasseau.

Fernand Cartier fut à moitié étonné par la visite de François Hostein. Ils s'étaient déjà rencontrés dans la grande lande. Il le connaissait vaillant et aimant son métier. Attentif à la santé de ses bêtes. Lui vendre les siennes lui ferait le plus grand plaisir, il savait qu'elles seraient bien soignées. Il avait deux cent cinquante têtes à vendre. Il s'en gardait quelques-unes qui brouteraient dans les prés autour de chez lui. Ça les entretiendrait, dit-il à François, et il continuerait à les voir.

— Mais dis-moi, petit, tu veux revenir au métier ? Tu as pourtant de quoi. Je me trompe ? Pourquoi veux-tu revenir travailler à la dure, alors que tu es au chaud dans ton bistrot et que tu n'es pas dans le besoin ?

François soupira. Lui expliqua qu'être en ligne de mire de tous n'était pas dans sa nature. Le métier de berger lui avait appris la modestie et donné le goût de la solitude. Tout ce tracas autour de lui, tout ce bruit le fatiguait, et tout l'argent qu'il avait ne remplacerait jamais sa lande.

— Tu l'aimes tant que ça, cette lande ?

Oui. Avant de la quitter, il ne le savait pas. Mais, depuis qu'il s'était frotté au monde et aux gens, il était sûr de lui, entre les gens et la lande, il avait tranché.

— Je sais qui est ton grand-père, dit Fernand, figure-toi que le Gitan, je l'ai souvent rencontré dans mes haltes. Un brave homme, même qu'une fois sa femme m'a guéri une jambe, envenimée par une piqûre de ronce mal soignée. Tu es peut-être comme lui, l'errance te va bien.

Peut-être, il ne reniait pas ses origines et n'en éprouvait aucune honte.

L'affaire fut rondement menée. Ils furent vite d'accord sur le prix. Pourtant, Fernand s'inquiéta :

— Tu es d'accord, c'est bien, mais tu vas les mettre où tes bêtes ? Et ton bistrot, que vas-tu en faire ?

François le rassura. Il allait régler ça rapidement et reviendrait très vite.

Le soir, il entra dans le bistrot tout guilleret. Francis, qui l'avait remplacé l'après-midi, se réjouit de le voir ainsi.

— Enfin te voilà content. Ça y est ? Tu as digéré tes inquiétudes ? Tu as fait quoi pour ça, tu as consulté la recommandayre ?

François sourit. S'appuya sur le comptoir, comme un client.

— Tu es bien, derrière ce comptoir, Francis, je me trompe ?

Non, il ne se trompait pas. Il s'y sentait bien.

— Fanchon me dit toujours que je passe plus de temps avec toi qu'avec elle, avoua-t-il en riant.

— Dis-moi, mais réfléchis avant de me répondre : tu crois qu'elle serait capable de t'aider à le tenir, ce bistrot ?

Devant son air ébahi, François vit que son copain n'avait pas compris la question. Il la précisa :

— Est-ce que tu serais capable, avec l'aide de Fanchon, de me remplacer ?

Francis était de plus en plus étonné.

— Longtemps ? demanda-t-il.

— Toujours, répondit François.

François lui expliqua qu'il voulait redevenir berger. Qu'il ne se sentait pas bien au milieu de tous ces gens. Au milieu de tous ces regards qui le jugeaient. Au milieu de toutes ces polémiques qu'il vivait depuis plus d'un an. Il voulait retrouver la lande. Sa lande. Il s'était mis d'accord avec Fernand Cartier et allait acheter son troupeau.

— Mais… mais… et Maria ?

François soupira. Maria n'était pas libre. Elle voulait devenir institutrice, donc pas mastroquette. Il l'attendait, mais avec un faible espoir. S'il était devenu riche, il était toujours sans beaucoup d'instruction, tandis qu'elle…

— Fanchon et toi, vous allez bien ensemble. Vous êtes un joli couple, elle est très souriante. Jeune, la Mastroquette devait être comme elle. Les clients aiment ça.

Ouf, quelle proposition ! Comment réfléchir à une chose comme celle-là ? Peut-être que ce serait bien, mais il avait une place sûre et, surtout, il n'avait pas un sou pour acheter le bistrot. François éclata de rire. Ce n'était pas un problème.

— Je ne peux pas te vendre ce que je n'ai pas payé, Hermance me l'avait vendu pour le sou du moussu. On pourrait voir le notaire, je suis sûr qu'il nous dirait comment arranger la chose. Peut-être en payant une somme tous les ans, comme font les métayers ?

Francis était abasourdi. L'idée lui plaisait, mais elle lui faisait peur. Et puis, pour Fanchon, ils n'étaient pas encore mariés. Il fallait attendre.

— D'accord pour attendre, mais pas plus de huit jours. Après, je vends le bistrot à qui le voudra.

Francis rentra chez lui, il avait beaucoup de choses à faire. D'abord réfléchir, ensuite en parler à Fanchon, et se marier rapidement. Il dormit très mal cette nuit-là.

Restait à François un gros problème, celui du parc pour abriter ses moutons.

Une fois le bistrot fermé, il se rendit chez Augustin Rambert. Il allait se mettre au lit. Augustin le fit asseoir et remit une bûche dans la cheminée, qui pétilla et jeta des étincelles.

— Pour que tu viennes me voir si tard, ça doit être grave.

François le rassura, pas vraiment, mais il préférait que personne ne le voie venir ici. Ça jasait assez dans le pays.

— L'affaire est simple, Augustin. Votre visite, l'autre soir au bistrot, m'a profondément touché. Mon père aussi a été touché par votre démarche. Mais il m'a dit que ça ne le surprenait pas, parce que vous n'étiez pas comme Félicien.

Augustin fit un geste de la main pour signifier que c'était normal.

— Vous m'avez dit ce jour-là que, si un jour j'avais besoin de quelque chose, vous seriez là.

Augustin confirma d'un mouvement de tête.

— Alors voilà. Je vais acheter le troupeau de Fernand Cartier, de Carcans, seulement je n'ai pas de ferme avec un courtioù ni de prés. Et vous, Augustin, vous avez une petite ferme, à Talaris, au milieu de grands prés, avec personne depuis quelque temps. Alors je me suis dit que vous pourriez me la vendre.

— Mais, ton affaire, tu en fais quoi ?

— Je me suis trompé. Tenir un bistrot n'est pas dans ma nature. Mais je ne remercierai jamais assez Hermance. Ma nature, c'est de garder des bêtes. Avec le troupeau de Jules Marian, j'ai fait mes preuves, je veux recommencer, mais pour mon compte. Mon affaire, comme vous dites, je vais la confier à mon copain Francis Clouet. Il ne m'a pas encore dit oui, mais je sais qu'il en meurt d'envie.

— Pardon de te poser la question, mais que devient Maria dans cette histoire ?

François soupira. Il était gêné de parler d'elle ici. Elle était promise à leur fils, c'était délicat. La femme d'Augustin le comprit.

— Tu sais, François, Jacques n'avait pas demandé Maria. C'est Félicien qui nous l'a proposée.

François perçu ce « qui nous l'a proposée » comme si Maria était une marchandise. Il ferma les yeux en imaginant ce que souhaitait Félicien en proposant cela. Je te donne ma fille, que peux-tu faire pour moi ? Quelle honte !

— Nous, on aurait bien aimé qu'il la marie. C'est une brave petite. Mais depuis, avec ce qui s'est passé, on a compris qu'on ne mariait pas les gens contre leur gré. Et puis c'est surtout ses parents qui voulaient ce mariage.

Elle se tut. Les larmes envahirent son visage, tandis que celui de son mari se crispait.

— Au début de cette histoire, poursuivit-il, on t'en a voulu, bien sûr, mais ensuite on a compris.

Et puis, tu sais, cette histoire, nous la payons très cher. Nous voilà tous les deux seuls à présent.

Augustin s'éclaircit la voix en toussotant. Regarda sa femme et la questionna d'un geste de la tête. Elle répondit oui de la même manière. Il se tourna vers François.

— C'est oui pour la ferme de Talaris. Je te la vends, mais la moitié du prix qu'elle vaut. C'est pour te prouver que je regrette vraiment tout.

La semaine de Francis fut très agitée. Il avait beaucoup à faire. D'abord convaincre Fanchon, ce fut le plus facile. Ensuite, demander officiellement sa main à ses parents. Ils les savaient amoureux, mais il fallait officialiser et fixer la date du mariage, puis démissionner de son poste aux Chemins de fer. Ce fut presque le plus dur, M. Jean Fourtens, le chef du dépôt, ne voyant pas d'un bon œil la perte d'un bon ouvrier. Il essaya de le dissuader de cette idée de bistrot. Ses gains seraient aléatoires. Irréguliers. Les horaires aussi seraient plus durs. Des poivrots l'ennuieraient. En outre, plus de dimanche. Plus de vie de famille. Francis sourit en lui précisant que la vie de famille serait parfaite, il allait tenir le bistrot avec sa future épouse. Il sortit du bureau heureux de son choix. Par contre, restait à voir André et Henriette Dubernet. Fanchon n'avait que vingt ans, il fallait leur accord. Francis fit une demande tellement maladroite et tellement inaudible que les Dubernet éclatèrent de rire. Heureusement, Fanchon était passée avant Francis et avait tout expliqué à ses parents. Très heureux de voir leur fille prendre une place en vue dans le village, ils dirent oui avant que Francis ne termine sa demande. Demain, ils iraient déclarer leur mariage à la mairie qui publierait les bans et, dans un mois, ce serait le mariage.

Il restait un mois à François pour tout régler. Ensuite, ce serait le grand saut dans une nouvelle aventure.

XXIX

La ferme de Talaris était au centre de l'airial. Bâtisse pas très haute, avec des murs parsemés de garluches, ces pierres ferrugineuses de couleur marron, arrachées à l'étang proche, elle s'inscrivait parfaitement dans le décor. Ces blocs irréguliers, encastrés dans l'argile et la paille du torchis monté entre des poutres de bois et recouverts d'un mélange de ciment blanc et de chaux, étaient les témoins des temps immémoriaux d'une époque où l'océan recouvrait les terres à cet endroit. L'église du bourg, elle aussi, était bâtie avec ces matériaux. La maison, recouverte de tuiles canal couleur brique, fabriquées à Sainte-Hélène, la commune voisine, était orientée sud-sud-est, ce qui lui donnait un ensoleillement parfait, du matin au soir. À l'intérieur, une grande cuisine, une autre grande salle et trois chambres. Le tout, meublé simplement, donnait un sentiment de quiétude. Toutes les pièces possédaient une cheminée. À côté de celle de la cuisine, des brassées de bois secs n'attendaient qu'un craquement d'allumette pour s'enflammer. Sur le fronton, au-dessus de l'entrée principale, était inscrite en relief la date de construction : 1830.

Plus en arrière de la maison, le courtioù, adossé aux vents dominants, semblait attendre les brebis, tandis que le *courtillon*[1] voisin servait de grange. Un peu plus loin, à côté d'une cour grillagée, sans doute pour la volaille, le parc à cochons sentait encore des relents fauves des bêtes précédentes. Deux gros chênes décoraient l'airial. Pour pénétrer dans la propriété, clôturée, une grande barrière de bois pivotait sur un socle de pierre. Les prés s'étendaient côté ouest jusqu'en bordure de l'étang, au nord jusqu'à la propriété de Béniteau, et au sud jusqu'au ruisseau du Pont des Tables. On disait que le nom de ce ruisseau signifiait « pount dé Talabot », ou pont de Talbot, pont qui aurait été construit afin que le célèbre général anglais puisse franchir aisément ce mini-fleuve qui alimentait l'étang depuis les landes de Sainte-Hélène. À l'est, le chemin de Talaris et du Moutchic servait de limite. Bientôt, le train passerait juste à côté. Augustin Rambert avait hérité de cet endroit depuis une vingtaine d'années, mais aucun métayer n'avait pris la relève du vieux Médard, mort il y a deux ans.

Immédiatement, François se sentit bien dans ces lieux. Du regard, il observa lentement chaque coin, imaginant déjà ce qu'il y mettrait. Il y avait ici une paix ignorée au centre du bourg, pourtant pleine de vie. Il s'y sentit bien.

Son père et Diégo vinrent voir cet achat. Ils le trouvèrent parfait, mais, bon sang, avait demandé Marcel, pourquoi avait-il encore envie d'être berger ?

1. Courtillon : *petite grange.*

Diégo avait souri. Peut-être que son petit-fils aimait cette errance, héritée de sa famille ?

Après-demain, François irait à Carcans chercher ses bêtes. Il avait préparé sa paire de tianques.

— Pourquoi tu ne prends pas le train pour y aller ? demanda son père.

— À cause des chiens. On ne les accepte pas.

Depuis le temps qu'il n'était pas monté sur ses échasses, ça ferait un entraînement parfait, et pour ses chiens aussi.

— En partant à l'aube, je serai à Couyrasseau en trois heures et, si les bêtes veulent bien faire, je serai de retour le soir. Je passerai par les landes de Couyrasseau, celles de Coutin, et, arrivé au domaine de Devinas, Talaris sera à deux pas.

En attendant, il fallait tout préparer pour les accueillir et deux jours seraient sans doute nécessaires. Ce midi, sa mère leur porterait le repas, qu'ils prendraient pour la première fois dans la maison.

Ses parents étaient contents de retrouver leur fils comme avant, mais inquiet de la solitude qu'il se préparait. Franchement, ils comprenaient mal cette envie qu'il avait chevillée au corps de redevenir berger. Avec l'argent qu'il avait, est-ce que c'était nécessaire ?

— Avec l'argent, d'autres ont acheté des terrains à l'océan, avait-il répondu, moi il m'a servi à acheter le troupeau et la ferme.

Mais le bistrot, Francis s'en occuperait bien ?

— Oui, il adore ce travail et Fanchon aussi, c'est parfait.

C'est vrai que tout allait bien pour lui, sauf, pensaient ses parents, Maria. Parce que quand même, cette fille dont il s'était amouraché, cette fille qui était la cause de tous ses tourments, elle était absente. La ville l'avait absorbée et, à leur avis, elle ne remettrait jamais les pieds ici, dans cette campagne loin des avantages de la grande ville. Qui plus est, François lui proposerait à nouveau de courir la lande ! De plus, si elle revenait, Félicien leur mènerait une vie d'enfer. Donc, pour l'instant, beaucoup d'incertitudes demeuraient.

Le lendemain, avant midi, l'abbé Despeyroux, à la demande de François, était arrivé avec son eau bénite. Il fallait bénir la ferme et son nouvel habitant, ainsi que le courtioù où seraient les moutons. C'était la tradition. Si on ne le faisait pas, disaient les vieilles, une sorcière de passage pourrait bien s'amuser à jeter un sort. Si la maison était bénie, le sort tomberait dans le vide. Alors on bénirait !

— François, je bénis cette maison, ce courtioù, cet airial. Qu'ils soient pour toi un havre de paix et de bonheur. Et qu'ici, loin de la fureur et de la méchanceté des gens, tu sois heureux, seul ou accompagné.

François crut percevoir, dans le propos de l'abbé, une once de complicité. Il pensa intensément à Maria. Certes, c'était ce curé qui l'avait encouragée à entrer dans cette école, mais en sortirait-elle avec l'esprit d'avant ?

Après le bénédicité, tous prirent place à table pour ce premier repas dans la ferme de Talaris.

Le lendemain soir, François, en arrivant de Carcans, avait laissé le troupeau brouter tranquillement dans son nouveau domaine. Il était rentré sans encombre, grâce à ses chiens qui avaient été heureux de retrouver des pattes à mordre. Avant la nuit, les bêtes étaient rentrées directement dans le courtioù.

*
* *

Félicien, comme à son habitude, ne décolérait pas. Voilà que cet imbécile d'Augustin avait fait le jeu du berger en lui vendant la ferme de Talaris. Un comble ! Cette ferme aurait dû revenir à sa fille, si Jacques n'avait pas disparu. Il en avait assez d'avoir le fils du bossu toujours dans ses pattes, mais que faire ? Il ne pouvait même pas aller faire scandale au bistrot, Francis n'était pas aussi tendre que le berger, il avait le sang vif et ne se laisserait pas déborder par les ivrognes ou les râleurs.

Sa femme, Madeleine, en avait assez de ces jérémiades permanentes. Si au début elle avait été d'accord avec lui, la mort brutale de Jacques l'avait énormément troublée. Elle décida de lui tenir tête :

— Mais enfin, Félicien, quand vas-tu cesser cette comédie, hein ? Quand vas-tu te tenir tranquille ? Tu as perdu ta fille, une partie de ton travail, des amis, et tu continues à râler ?

Félicien, qui mangeait sa soupe, fut tellement surpris qu'il en laissa tomber sa cuiller.

— Mais... mais enfin, Madeleine, tu ne vas pas aboyer avec la meute, quand même ?

— Si. Parfaitement. J'en ai largement assez. Au bourg, les gens m'adressent à peine la parole. Plus personne ne vient nous rendre visite. Ta fille ne nous écrit même plus, et toi tu continues à râler, râler et encore râler. Alors je n'en peux plus !

Elle jeta son salisson sur la table, partit se réfugier dans la chambre en pleurant, laissant Félicien abasourdi devant un repas qui refroidissait.

*
* *

La date du mariage de Francis et Fanchon était fixée, il aurait lieu en novembre. La noce serait simple. Francis aurait pour témoin François, et Fanchon, Cécile, sa cousine germaine. De plus, une bonne nouvelle était arrivée en avance. Anselme avait tiré un bon numéro et était donc exempté de service militaire. « Quelle chance, avait dit Marcel, il ne connaîtra jamais la guerre. » Dans son village, son retour avait fait sensation. Après le récit de son arrivée à Santiago, il fut appelé Leroy. Le curé comprit qu'il avait perdu un séminariste, mais fut heureux du parcours d'Anselme. Ses parents regrettèrent son départ vers Lacanau, ils ne le verraient plus. Il les rassura, maintenant, avec toutes les voies de chemin de fer qui existaient, il viendrait les voir, et même eux aussi pourraient venir découvrir cette nouvelle ville qui allait se créer au bord de l'océan.

Anselme reprit avec joie son poste aux chemins de fer. S'il fut surpris du choix de François, il n'en fut pas très étonné. Il avait remarqué son aptitude à la solitude. Sur le chemin, il passait des heures à marcher sans dire un mot aux autres. La foule l'importunait. À Santiago, il avait fui la foule massée sur le parvis de la cathédrale. François l'avait emmené à Talaris pour voir la ferme.

— Superbe, mais trop grande pour toi, mon ami. Il te faudrait une épouse, non ?

François avait fait un signe de la main, comme pour dire qu'on verrait bien.

Félicien avait réfléchi. Sa femme avait raison, il exagérait. Pour se faire pardonner, il décida que le dimanche 8 novembre ils prendraient le train pour Bordeaux, afin d'aller souhaiter son anniversaire à Maria. Madeleine fut ravie de ce changement. Enfin son mari revenait à la raison. Arrivés à la gare Saint-Louis, ils prirent le tram et, une demi-heure après, Félicien sonna à la porte de l'école. Une sœur vint ouvrir.

— Bonjour ma sœur, nous sommes les parents de Maria Tastet, nous venons passer le dimanche avec elle.

La sœur eut un air embarrassé. S'écarta pour les laisser passer.

— Je vous emmène chez la mère supérieure, mais elle ne sera visible qu'après la messe, dans une demi-heure environ.

Inquiets, ils s'installèrent dans le bureau, ne comprenant rien à ce contretemps.

— J'espère qu'elle n'est pas malade.

Ils firent toutes les suppositions possibles, jusqu'à ce que la mère supérieure arrive.

— Vous êtes les parents de Maria. Elle ne vous a rien dit ?

Non, sa dernière lettre datait de quinze jours, mais c'était habituel, elle n'écrivait pas souvent.

— Elle n'est pas souffrante au moins ? s'inquiéta Madeleine.

Elle fut rassurée, la santé de Maria était parfaite.

— Nous sommes bien le 8 novembre ? demanda la mère supérieure. C'est bien son anniversaire, exact ?

C'était exact, c'était la raison de leur présence, ils avaient voulu lui faire la surprise de passer cette journée avec elle.

— Mon mari veut l'emmener au restaurant, dit Madeleine avec un brin de fierté.

La mère supérieure soupira. Ça ne serait pas possible.

— Mais pourquoi ?

— Tout simplement parce que, aujourd'hui, votre fille est majeure, et elle a décidé de reprendre sa liberté, comme elle en a le droit, et elle a quitté l'école ce matin à la première heure.

Pour les Tastet, tout s'écroula. Ils avaient sans doute mal entendu. Maria n'était pas comme ça. Et puis partir, pour aller où sinon chez eux ? Et elle n'y était pas.

— Je n'en ai aucune idée. Je regrette seulement qu'elle nous ait quittées, c'était une excellente élève. Madame, monsieur, si vous voulez bien.

— Mais elle n'a pas laissé de courrier pour nous ?

— Non, je suis désolée.

François regardait ses moutons pacager dans l'airial. Ce spectacle l'enchantait toujours. Ici, tout était tranquille. Au bourg, c'était l'heure de la sortie de la messe, et où le bistrot se remplissait de monde et de bruit. Il imagina Francis et Fanchon au travail. Il se réjouit du choix qu'il avait fait. Depuis la cour de l'école, son copain l'avait toujours soutenu.

Avec Fanchon, ils allaient ressembler à Hermance et Yves, qui avaient fondé le bistrot. Ils étaient faits pour ça. Ça se voyait, ça se sentait.

Il regarda le soleil, c'était l'heure de faire chauffer la soupe. Il avait fait ses provisions pour la semaine. Ce mois de novembre était encore beau, il pourrait faire une dernière sortie avec ses bêtes, avant l'hiver qui ne tarderait pas. Il partirait vers Mistre. Il longerait l'étang, puis passerait derrière la gare, traverserait le ruisseau du lavoir et, vers les 7 heures, serait au courtioù de Mistre. Comme il était chargé de souvenirs, cet endroit. Il se remémora ce soir d'orage où il avait soigné une tioque de Maria. Il chassa la peine qui le gagnait en se mettant à table. Ce serait un premier parcours rapide, il devait être là samedi prochain pour la noce de Francis et Fanchon.

Il avait à peine terminé son assiette de soupe qu'il entendit toquer au carreau. Qui pouvait frapper à cette heure ? Il se leva. Ouvrit la porte. Devant lui Maria.

— Maria ? dit-il, stupéfait.

Elle lui sourit d'un sourire d'amour.

— Eh oui, Maria. Maria de la lande.

Ils tombèrent dans les bras l'un de l'autre.

Précisions

L'esprit du village où se déroule le roman semble particulier, mais la différence de condition séparait vraiment les gens, comme dans tous les villages de France. À vivre en vase clos, ils s'observaient et ne restaient pas indifférents. À cette époque, le curé et le maire avaient une importance capitale dans les communes et n'hésitaient pas à prendre position. Bien sûr, Lacanau n'a jamais été comme ça. Si je le raconte, c'est pour fixer le climat de l'action du roman. En revanche, ce qui n'est pas une fiction, c'est la création de Lacanau-Océan, voulue par le visionnaire qu'était Pierre Ortal. Tous les noms et les dates cités sont réels. En ce qui concerne la création de la station balnéaire, les gens du bourg de Lacanau n'y croyaient pas vraiment. Du coup, un fossé s'est creusé entre les deux espaces géographiques, issus pourtant d'un même lieu. Et ça existe encore : dommage. La station doit tout à cet homme. Dès 1905, la voie ferrée et la gare de Lacanau-Océan ont été mises en service. Lacanau-Océan a fêté son centenaire en 2006.

Le cirque Moreno a réellement existé, et existe encore sous le nom de Bormann Moreno. Il est installé à Paris, en face de France Télévisions, et existe depuis plus de sept générations. Il avait des attaches à une famille de Sainte-Hélène. Jocelyne Moreno y a vécu quelques années et a d'ailleurs fréquenté l'école dans cette commune, des femmes de son âge s'en rappellent aujourd'hui. Tous les ans, pour la foire de Sainte-Croix, le cirque installait son chapiteau sur un pré proche de la foire, et ceci jusque dans les années 1978-1980.

La Lyre de Lacanau a vu le jour le 1er novembre 1905. M. Lusseyran en prit la direction jusqu'en 1927, et Ismaël Vignau a aussi vécu à Lacanau. Musicien de qualité, il a eu un rôle important dans la création de La Lyre de Lacanau.

Clinique d'Arès : Le Pôle Santé du Nord Bassin (Wallerstein) à Arès appartient à l'association Les Amis de l'Œuvre Wallerstein, créée en 1895 par Sophie et Paul Wallerstein, en faveur des plus démunis. Le premier pavillon construit grâce à la générosité des fondateurs pouvait accueillir six hospitalisés. Il comprenait une salle d'opération et un dispensaire.

À la mort de son mari en 1905, Sophie Wallerstein consacra sa vie et sa fortune à développer et à enrichir son œuvre : treize hectares de terrain lui appartenant ont été utilisés pour l'aménagement des constructions.

Les Gitans : J'ai été fasciné par cette tradition de l'errance de ces gens-là. C'est une autre manière de vivre que nous ne comprenons pas toujours, mais c'est la leur. Dans les campagnes, autrefois, on voyait souvent des colporteurs, des affûteurs de ciseaux, de couteaux, des marchandes de dentelles.

Diverses sources : Wikipédia. *Lacanau pour mémoire*, réalisé par la Mémoire canaulaise en 1996. Site du cirque Bormann Moreno et souvenirs personnels. Site de la clinique d'Arès.

Dans la même collection

www.deboree.com
livres@centrefrance.com

Imprimé en France par CPI
en juin 2023
N° d'impression : 2070491
Dépôt légal : juillet 2023
ISBN : 978-2-8129-3885-6
ISSN : 1627-6779